# SOUS UN CIEL ÉTOILÉ

**De la même autrice**

*Le Souffle des rêves*, Charleston, 2022

*À la lumière de nos jours*, Charleston, 2021 ; Pocket, 2022

*Et nous danserons sous les flocons*, Charleston poche, 2021

*La Femme au manteau violet*, Charleston, 2020 ; Pocket, 2021

*La vie a plus d'imagination que nous*, Charleston poche, 2020

*Ceux qui voulaient voir la mer*, Charleston, 2019 ; Pocket, 2020

*La vie est belle et drôle à la fois*, Charleston poche, 2019

*Le Jardin de l'oubli*, Charleston poche, 2019

*La Plage de la mariée*, Charleston poche, 2018

*Les Lettres de Rose*, Charleston poche, 2017


10, place des Cinq-Martyrs-du-Lycée-Buffon
75015 Paris – France
www.editionscharleston.fr

ISBN : 978-2-36812-810-7

Pour suivre notre actualité, rejoignez-nous sur Facebook (Editions.Charleston), sur Twitter (@LillyCharleston) et sur Instagram (@LillyCharleston) !

**Charleston s'engage pour une fabrication écoresponsable !** Amoureux des livres, nous sommes soucieux de l'impact de notre passion et choisissons nos imprimeurs avec la plus grande attention pour que nos ouvrages soient imprimés sur du papier issu de forêts gérées durablement.

## LES LECTRICES ONT AIMÉ !

« Des secrets saupoudrés de cannelle, des non-dits recouverts de pain d'épice, des réconciliations autour d'un verre de lait de poule et beaucoup de bienveillance et de sincérité. Clarisse Sabard est ma référence des comédies de Noël françaises, elle a su bâtir un univers à Vallenot dans lequel je me sens bien. »
Angélique, de @mme_chacha_lit

« La magie de Noël est présente grâce au village enneigé, à son marché de Noël, à la boutique de la mère de Chloé et à toute cette ambiance réconfortante qui nous met du baume au cœur. La féerie de Noël opère et nous embarque dans ce récit familial et romantique dont on ressort avec un sentiment de bien-être. »
Laura, de @laurasreadings

« Un bonheur de retrouver Vallenot et ses habitants, comme un sentiment d'aller passer les fêtes de fin d'année à la maison. Un roman cocooning à lire au coin du feu avec une bonne tasse de chocolat chaud ou de lait de poule ! »
Stéphanie, de @steffdepikiti

« J'ai adoré ma lecture, encore une fois Clarisse Sabard nous transporte avec sa plume enivrante et chaleureuse ! Cette comédie est parfaite pour se mettre dans l'ambiance des fêtes, elle se dévore et se savoure et m'a donné très envie d'arriver à la période de Noël ! »
Clara, de @lecturedepetiteplume

« Quel enchantement de retrouver la plume de Clarisse ! Cette comédie de Noël est un réel petit bonheur. Les personnages sont aussi attachants qu'amusants, ils

rayonnent. Je recommande cette pépite qui donne des étoiles plein les yeux et qui fait scintiller nos cœurs. »
Joanna, de @joanna_in_books_wonderland

« Une chouette lecture bien cosy pour la période de Noël! Bien évidemment, Clarisse Sabard nous régale avec sa plume douce et agréable. J'ai très vite été emballée par l'histoire et par les personnages. J'ai trouvé ce livre très fluide, et la plume de l'autrice nous donne vraiment l'impression de se trouver à Vallenot. »
Ilinca, de @lectio.academias

« Une romance de Noël agréable, divertissante et rafraîchissante ! De la neige, de la pâtisserie qui sent bon la cannelle, des pulls moches, de l'humour et de l'amour… Que demander de plus ? »
Pascale, de @entredeuxpages

« Une nouvelle comédie romantique de Clarisse, une nouvelle escapade à Vallenot, un nouveau délice de Noël à savourer ! Clarisse nous gâte par sa façon d'écrire, ses dialogues, ses scènes cocasses, ses moments de grâce et de bonté. Si vous voulez connaître le vrai feel-good, la vraie délectation et la sensation de chaud au cœur un petit instant, lisez ce roman ! »
Julie, de @julie_jelis

Pour en savoir plus sur les Lectrices Charleston, rendez-vous sur la page www.editionscharleston.fr/lectrices-charleston

Clarisse Sabard

# SOUS UN CIEL ÉTOILÉ

*Roman*

CHARLESTON

*En hommage à mon frère, Alexis, parti rejoindre le ciel étoilé durant l'écriture de ce roman.*

*« La vie est ainsi faite que ce qui arrive ne ressemble jamais à ce qu'on en attendait. »*

Charlotte Brontë

# Prologue

*Mardi 2 novembre 2021*

— Matthew veut arrêter ? Mais ça n'a aucun sens, son dernier roman cartonne !

— Je t'assure que c'est pourtant ce qu'il m'a annoncé, Chloé.

Hébétée, je fixai mon patron en ayant tout à fait conscience de renvoyer l'image d'une biche figée sur le point d'être percutée par un camion. Un gros camion.

— Ce n'est pas possible, soufflai-je.

Excédé, Damon se leva pour se planter face à la baie vitrée. Situé au trente-deuxième étage d'un gratte-ciel, son bureau offrait un panorama époustouflant sur Manhattan, dont le ciel, cette matinée-là, était aussi sombre que son humeur.

— Il annule même sa tournée de dédicaces, maugréa-t-il. Je parie que ce requin de Fisher lui a fait une offre. Ça fait des mois qu'il lui tourne autour.

OK. Si mon boss voyait juste, c'était une catastrophe. Perdre Matthew n'était pas une option, nous ne pouvions pas nous le permettre.

— Qu'est-ce que la concurrence pourrait lui apporter de plus que nous ? lançai-je en m'efforçant de reprendre mes esprits. Il a déjà tout.

Matthew Coopland était l'auteur phare de notre maison d'édition. Ses thrillers politiques caracolaient en tête des ventes, et trois d'entre eux avaient déjà été adaptés pour le cinéma ou la télévision. Oh, et accessoirement, Matthew était aussi mon petit ami... ce qui pouvait s'avérer un tout petit peu gênant, étant donné que je dirigeais le marketing dédié à ses romans. Mais certaines choses ne se contrôlent pas ; le coup de foudre nous était tombé dessus un peu plus de deux ans plus tôt, dans un avion, alors que je l'accompagnais à une conférence. L'attirance était trop forte pour lutter et nous avions fini par tomber éperdument amoureux l'un de l'autre. Cependant, notre relation risquant de faire jaser au sein de l'équipe, nous ne l'avions jamais officialisée. Cette situation engendrait bien sûr pas mal de frustration, surtout quand je devais veiller à me comporter de façon strictement professionnelle quand il passait au bureau, ou faire une croix sur un restaurant parce qu'on pouvait le reconnaître, et moi avec. L'amour impossible et tout le tralala, ce n'était pas exactement ce qui me faisait vibrer quand j'imaginais mon avenir sentimental, mais en éternelle optimiste je me consolais en me raccrochant à mon grand objectif : celui de fonder un jour ma propre maison d'édition. Dès lors, Matthew et moi pourrions assumer notre bonheur sans avoir à nous justifier. Enfin... c'était encore ce que je pensais quelques jours plus tôt. En réalité, je n'avais plus aucune nouvelle de Matthew depuis près d'une semaine. Il ne répondait pas à mes messages, encore moins à mes appels. Rien, silence radio. Flûte, tout allait pourtant bien entre nous ! Notre amour était passionné, fait de rêves d'infini et de sentiments comme je n'en avais encore jamais ressenti. Je me trouvais dans l'incompréhension la plus totale. Et voilà que Damon m'annonçait que Matthew n'avait pas l'intention de signer un nouveau contrat avec nous… Tout cela était déroutant.

Damon pivota pour me faire face. À près de cinquante ans, sa haute stature et son allure à la Sean Connery époque James Bond en impressionnaient plus d'un. Les sourcils froncés, il me dévisagea d'une façon qui n'augurait rien de bon. Le camion n'allait plus tarder à percuter la biche.

Il se mit à articuler avec une lenteur délibérée :

— Comme tu le dis, Chloé, Matthew a tout. Des avances et des droits d'auteur pharaoniques, des traductions dans le monde entier… En fait, je ne vois qu'un seul problème.

Ses yeux s'étrécirent davantage. J'aurais dû me douter qu'être convoquée dès huit heures dans le bureau du big boss de Harman House, ça sentait les ennuis à plein nez.

— Tu trouves que l'on n'en fait pas assez sur le marketing ? demandai-je, m'efforçant d'ignorer le mauvais pressentiment qui me gagnait. La campagne d'affichage dans le métro a été un grand succès ! Ses fans ont fait des selfies devant et les ont partagés sur les réseaux sociaux. Sans parler des têtes de gondole dans les librairies qui…

— La campagne de communication est très réussie, me coupa Damon.

— Alors où est le souci ? m'enquis-je d'un mince filet de voix.

Mon degré de confiance en moi frôlait désormais celui d'un nourrisson.

*Contrôle-toi, Chloé ! Sois une femme mature et sûre de toi, pas cette petite chose apeurée !*

Damon poussa un soupir et retourna s'asseoir.

— Bon, je ne vais pas y aller par quatre chemins, dit-il en croisant ses grandes mains devant lui. Une directrice marketing qui couche avec son auteur vedette, ça ne peut qu'apporter des conflits.

Je restai un instant estomaquée. Mes joues devinrent si cuisantes qu'une paire de gifles aurait eu le même effet.

— Tu... Tu es au courant ? hoquetai-je.

— Vous pensez être discrets en vous dévorant du regard, mais ça ne trompe personne, cingla-t-il.

— Et quand bien même ? trouvai-je la force de riposter. Ma vie privée ne concerne que moi.

Damon leva les yeux au ciel.

— C'est considéré comme une faute professionnelle, tu comprends ? Une ligne a été franchie.

Mon visage perdit quelques couleurs.

— Qu'est-ce que ça signifie, au juste ?

Il planta son regard grave dans le mien. Damon était intraitable, je savais qu'il ne ferait aucune concession.

— Soit tu trouves les bons arguments pour retenir Matthew, soit Harman House se passera de tes services.

Un nœud se logea dans ma gorge. La sentence était rude et totalement injustifiée. J'essuyai discrètement mes paumes moites sur mes cuisses. La nervosité me tordait l'estomac.

— C'est dégueulasse, Damon ! Je fais du bon boulot, tu le sais aussi bien que moi ! Et pour être honnête, ça fait plusieurs jours que je suis sans nouvelles de Matthew.

Je déglutis, espérant qu'il compatirait. Au lieu de quoi, Damon se laissa aller contre le dossier de son fauteuil et me scruta d'un air dur.

— Je ne suis pas là pour régler les histoires de cœur, ma grande. Débrouille-toi seulement pour que Matthew Coopland ne signe pas chez Fisher et qu'il me présente un synopsis dans les semaines qui viennent. J'ai besoin de collaborateurs compétents, conclut-il, menaçant.

D'un geste de la main, il me fit comprendre que notre entretien était terminé. Alors que mon poing me suppliait de le laisser lui refaire les dents, je me relevai sans un mot avec la désagréable sensation d'être passée sous un train. Il ne me restait plus qu'à rejoindre mon bureau pour tenter de régler cela. Au moment de franchir la porte, je m'immobilisai toutefois. Merde, je n'allais tout de même pas autoriser ce connard à tout foutre en l'air ! Quelle serait la prochaine étape, si je parvenais à retenir Matthew ? Sacrifier notre histoire d'amour sur l'autel des bénéfices ? Hors de question. Je refusais de devenir ce genre de personne.

Prenant une lente inspiration, je me retournai pour toiser mon patron d'un regard sans aménité.

— Autre chose, Chloé ? m'interrogea-t-il d'un ton volontairement distrait.

— Oui. Tu peux aller te faire voir, Damon.

Une expression de surprise courroucée passa dans ses yeux.

— Je te demande pardon ? manqua-t-il de s'étrangler.

— Je m'en vais. Tu auras ma lettre de démission dans la journée.

Puis, sans lui laisser le temps de réagir, je franchis le seuil d'un pas lourd. Je ne pouvais plus revenir en arrière, à présent. Et si je venais de me tirer une balle dans le pied ? Qu'allais-je faire, si je ne retrouvais pas d'emploi ?

Après un coup pareil, inutile de compter sur Damon pour chanter mes louanges !

En traversant le couloir, je perçus une certaine effervescence en provenance du bureau des *community managers.*

— On prépare les photos du calendrier de l'Avent ! me lança Adam, un stagiaire, les bras chargés de décorations de Noël. Tu as eu une super idée, Chloé !

Mes yeux s'emplirent de larmes à l'évocation de Noël. L'un de mes moments préférés. Celui que j'attendais encore plus particulièrement cette année, puisque j'espérais convaincre Matthew de se joindre à moi pour passer les fêtes chez mes parents, en France. Le lait de poule à déguster en amoureux, les cadeaux romantiques échangés dans le secret de notre chambre avant la ruée de la famille sous le sapin, les balades main dans la main sous un ciel étoilé… *Visiblement, je vais devoir revoir ma copie du Noël idéal,* songeai-je en refermant derrière moi la porte de mon bureau.

*Bon sang, Matthew !*

Pourquoi n'avait-il pas pris la peine de me consulter ? Une bonne discussion m'aurait sans doute évité de me retrouver dans ce bourbier sans nom ! L'ego au trente-sixième dessous, je me laissai tomber sur mon fauteuil. Mes yeux se posèrent sur un vieux Photomaton d'Albane et moi, pris dans un centre commercial. Albane… À ma place, ma sœur jumelle aurait agi, au lieu de se morfondre ! Mue par un élan de colère, j'envoyai un énième SMS à Matthew :

> Je suppose que tu feras encore le mort, mais sache que j'ai été convoquée par Damon. Non seulement il est au courant pour nous deux, mais en plus il m'a passé le savon de ma vie parce que tu ne veux pas

signer un nouveau livre chez nous ! À quoi tu joues, merde ?!?

Miracle, mon portable sonna aussitôt !

— Matthew ! m'écriai-je en décrochant. Tu as enfin retrouvé la touche « appel » de ton téléphone !

Normalement, c'est là qu'il allait s'excuser et m'annoncer qu'il était plongé jusqu'au cou dans un nouveau manuscrit au point d'en oublier le reste du monde.

— Écoute, Chloé, je suis désolé. Je...

Un simple « Chloé ». D'habitude, c'était « mon amour ».

— Tu es désolé, ah bon ? l'interrompis-je, vexée. Certainement pas autant que moi ! Ne t'est-il jamais venu à l'esprit de m'avertir que tu comptais planter Damon ?

— Je n'ai pas l'intention de planter Damon. Je lui ai simplement expliqué qu'il n'y aurait pas de nouveau bouquin l'année prochaine. J'ai besoin de prendre du recul.

En d'autres circonstances, son timbre chaud et profond aurait suffi à me radoucir. Cependant, je ne parvenais pas à me calmer.

— J'imagine que cette histoire de recul est également valable pour nous deux ?

— Tu es furieuse, constata-t-il.

— Évidemment, que je le suis ! Si tu veux tout savoir, je viens de coller ma démission pour nous préserver, et toi, tu...

— Quoi ? Tu as démissionné ?

— Comment voulais-tu que je réagisse ? Cet enfoiré menaçait de me virer.

Matthew resta silencieux un moment. Puis :

— Écoute, c'est difficile, en ce moment.

*Bah voyons !*

— Qu'est-ce qui est compliqué ? De répondre à un simple texto ?

Il encaissa mon reproche sans rien dire. Mauvais signe, très mauvais signe.

— J'aurais dû avoir le cran de te le dire plus tôt, finit-il par soupirer.

— Me dire quoi ?

Je n'aimais pas du tout la note de panique que j'entendais dans ma propre voix. À l'autre bout du fil, Matthew soupira à nouveau avant de m'assener le coup fatal :

— Nous devons arrêter, Chloé. Je suis navré, mais ce sera sans doute mieux ainsi.

*Ce n'est pas possible, pas ça !*

La voix brisée, je murmurai :

— Matthew... Je suis en colère, certes, mais je t'aime. Tu ne peux pas...

— S'il te plaît, ne rend pas les choses plus douloureuses. C'est devenu trop difficile, je suis désolé.

Mon cœur se fracassa, éperdu. Envolés, les doux projets d'un avenir à deux. Matthew venait de me plaquer sans ménagement. Ça faisait mal, très mal.

Non, mon Noël idyllique ne serait assurément pas pour cette année.

# 1

*Jeudi 9 décembre*

— VALLENOT, TERMINUS ! scande joyeusement mon père en stoppant sa voiture sur le parking. Tu arrives pile à temps pour le début des festivités, Chloé.

— J'ai l'impression que ça fait une éternité ! dis-je en balayant du regard la place du village.

Mes yeux s'attardent un instant sur le sapin paré de gros nœuds rouges et dorés, puis sur les petits chalets en bois disséminés en quinconce, qui sont encore fermés en attendant le lancement du marché de Noël demain soir.

Cela fera bientôt quinze ans que j'ai quitté les montagnes de mon enfance, dans le sud de la France, pour vivre à New York, et le contraste me paraît toujours aussi dingue, chaque fois que je reviens. À Vallenot, environ mille âmes au compteur, l'existence est simple et tranquille. Les familles implantées là depuis plusieurs générations se connaissent depuis au moins l'ère préhistorique, et il n'est pas rare que les histoires de chacun soient considérées comme un bien public et abordées au café du coin. Rien à voir avec Manhattan, son anonymat, ses buildings et sa vie trépidante !

Niché dans les contreforts vallonnés, mon village est grand comme un mouchoir de poche, mais je ne connais rien de plus réconfortant que de le retrouver à l'approche de Noël, où il revêt des allures de carte postale. Un peu plus loin, derrière les maisons médiévales qui constituent le cœur du bourg, s'élèvent les hautes falaises de grès aux crêtes déjà blanchies. Mes sœurs et moi y avons entrepris maintes excursions durant notre enfance ! Je parviens à peine à réprimer un soupir en songeant pour la centième fois que Matthew aurait pu être avec moi, si seulement...

— Je te trouve bien songeuse, ma fille.

Je reporte aussitôt mon attention sur mon père. Malgré ses cheveux poivre et sel et les fines rides qui constellent le pourtour de ses yeux, il porte avec panache sa soixantaine. Il semble si heureux depuis qu'il partage à nouveau la vie de ma mère, plus de trente ans après leur divorce ! À l'évidence, ce retour de flamme ne l'a toutefois pas convaincu d'abandonner les horribles chemises hawaïennes qu'il arbore depuis des lustres sous son éternel blouson en cuir. Ce n'est pourtant pas faute d'avoir tout tenté pour le pousser à changer de style, surtout à l'adolescence, cet âge crucial où les parents vous collent la honte absolue en toutes circonstances. En vain ! Mes frangines et moi avons lamentablement échoué.

— Tu es certaine que tout va bien ? insiste-t-il.

Je dois me ressaisir : mon père vient quand même de se taper trois heures de route aller-retour pour me récupérer à l'aéroport de Nice. Je peux bien faire l'effort d'oublier un instant mes petits tracas.

— Bien sûr, Papa ! J'étais en train de me dire que vous m'avez tous beaucoup manqué.

— Ta mère et moi sommes très heureux que tu ne sois pas encore coincée à New York, cette année, opine-t-il. Ce sera un beau Noël !

Sur la banquette arrière, Merlin, le labrador de mes parents, commence à se dandiner d'impatience. J'ajuste mon béret sur ma tête, puis quitte la voiture sans plus attendre, retrouvant avec délice l'agréable odeur de feu de bois qui plane dans l'air. Comme ça fait du bien, d'être de retour à la maison ! L'espèce de neige fondue qui tombe depuis plusieurs minutes choisit alors pile ce moment pour s'immiscer tout droit dans le col de mon manteau, m'arrachant un juron au passage.

— Saloperie d'humidité !

Bien sûr, il a fallu que je laisse écharpe et parapluie tout au fond de ma valise, oubliant que Vallenot se trouve à seulement deux kilomètres d'une station de ski. En d'autres termes, il y fait à peu près aussi froid qu'en Sibérie. Les orteils crispés dans mes bottes à talons hauts, je suis mon père en grelottant.

— C'est vrai que Manhattan est réputé pour son climat tropical, me lance-t-il, moqueur.

— La neige est bien plus jolie et romantique à Central Park, figure-toi.

Encore que le côté romantique des flocons, cette année…

Le cœur serré, je me revois blottie contre Matthew, lors d'une balade en calèche à travers le parc. Le nez enfoui dans son cou subtilement parfumé d'Eau

Sauvage, je savourais mon bonheur. Je me souviens que j'aurais alors donné n'importe quoi pour que nous restions ainsi le reste de notre vie, au minimum. Il me charriait beaucoup sur mon côté fleur bleue, mais au fond, il aimait ça. Et dire que tous ces instants magiques ne se reproduiront plus…

Une nouvelle fois, je m'efforce de repousser mes pensées. Si je suis venue passer une vingtaine de jours dans ma famille, c'est pour prendre un peu de recul avec ces dernières semaines merdiques, et je compte bien m'y tenir ! Par exemple, en regardant pour la centième fois les films *Sissi*, enroulée sous un plaid avec ma mère. Je ne vois pas meilleur programme, à moins de croiser tout à fait par hasard un sosie de Daniel Craig (oui, j'ai un gros faible pour les James Bond), qui me fera oublier mes récents déboires et acceptera de migrer *manu militari* aux États-Unis, parce que les relations longue distance, non merci.

*Tu peux toujours rêver !*

Merlin se met à japper sa joie quand nous arrivons devant *Les Trésors de Sophie*, la seule et unique boutique de souvenirs du village, qui appartient à ma mère. Un sourire aux lèvres, je m'immobilise face à l'enseigne entourée d'une guirlande lumineuse.

— Maman doit être au paradis, avec les fêtes qui arrivent !

Dans la vitrine, villages miniatures animés, petit train électrique conduit par le Père Noël, grande roue aux couleurs des sucres d'orge et figurines à l'effigie des soldats de *Casse-Noisette* se disputent la place, dans un joyeux bazar un peu chargé qui participe à créer la magie de Noël. Comme tous les ans, ma mère s'est lâchée ! Elle fait partie de ces personnes qui, dès le matin du 1er décembre, sont montées sur ressorts afin de profiter à fond de cette période chaleureuse, où tous les excès de paillettes sont permis.

— Elle s'amuse comme une folle, me confirme mon père. En plus, elle vend des jouets cette année. Autant te dire qu'elle est encore plus survoltée que d'habitude.

— Des jouets ! C'est étonnant qu'elle n'y ait pas pensé plus tôt.

Ayant grandi auprès d'une mère aimante, mais assez stricte, Maman a toujours mis un point d'honneur à apporter un maximum de fantaisie dans nos vies. Sa façon de s'enthousiasmer pour les petits riens nous fait souvent rire tant elle contraste avec les angoisses parfois démesurées qu'elle nourrit dès qu'il s'agit de sa progéniture, mais c'est aussi ce qui la rend unique.

— Toutes ces histoires de confinement et de couvre-feu lui ont donné le déclic, me précise mon père. Tu la connais, une fois qu'elle a une idée en tête, elle se donne à fond.

— Allons voir ça de plus près !

Je me dirige d'un pas décidé vers la porte, quand une affiche colorée attire mon attention. Ce que je lis alors me paraît si improbable que je dois la relire une seconde fois pour être certaine que je ne suis pas victime d'une hallucination :

**VALLENOT**

CONCOURS DU PULL LE PLUS MOCHE

1er prix : un week-end dans le Relais & Châteaux de votre choix

2e prix : un panier garni de nos spécialités locales

Annonce des gagnants le 25 décembre !

**À VOS PHOTOS !**

Waouh, c'est bien la première fois que quelque chose de ce genre est proposé dans le bourg ! D'habitude, les seules animations de la saison sont le spectacle de la chorale du troisième âge, ou le banquet du Nouvel An, qui se termine généralement en soirée disco.

— Un concours de pulls moches ! On ne rigole plus, ici !

— Qu'est-ce que tu crois ? rétorque Papa. On fait rougir les plus grandes capitales, depuis que Jacotte et toute la bande ont fondé le Vallenot Social Club !

Je ne peux que sourire à l'évocation de Jacotte, ambassadrice passionnée de notre petite commune. Cette mamie déjantée est une figure incontournable qui n'a pas sa langue dans sa poche ! Lors de mon précédent séjour, alors que je promenais Merlin dans les bois avec Valentine, ma sœur aînée, le chien a tout à coup filé comme une flèche. Au bout de sa course, Lulu, le mari de Jacotte, victime d'une mauvaise chute à cause de sa maladie de Parkinson. La perspicacité du labrador nous a permis de contacter les pompiers à temps, évitant sans doute une grave hypothermie au vieil homme. Pendant que ma sœur s'occupait de lui, Jacotte, ignorant tout de l'accident, l'engueulait par SMS parce qu'il ne lui répondait pas. Nous avons été émues quand elle a finalement débarqué avec Léna, sa petite-fille, et supplié Lulu de ne pas mourir avant elle. Quelques mois après, ma frangine a emménagé avec Rémi, le sergent intervenu sur place, et Maman m'a envoyé une photo de Merlin se pavanant avec une médaille « Super Toutou » autour du cou, décernée par les sapeurs-pompiers. Je ne l'avais jamais vue aussi fière, pas même quand mes sœurs et moi avons obtenu nos diplômes respectifs !

Je m'apprête à demander des nouvelles de Jacotte et Lulu, lorsque la porte de la boutique s'ouvre. Vêtue d'un pull pastel à fleurs et d'un pantalon rose pâle, ma mère apparaît dans l'embrasure.

— Maman ! dis-je en m'avançant pour la serrer dans mes bras.

Tout à ma joie de la retrouver, je respire une bouffée de son eau de toilette à la lavande, qui a l'art de me réconforter en toutes circonstances. Ses nombreux bracelets tintent à ses poignets quand elle prend mon visage entre ses mains chaudes pour m'embrasser les deux joues.

— C'est si bon de te revoir, ma petite chérie ! J'espère que tu as fait bon voyage, tu dois avoir plein de choses à nous raconter ! Mais entre, il fait un froid de canard.

Je ne me fais pas prier pour me réfugier dans la chaleur du magasin, où des étoiles et des flocons en origami pendent du plafond.

— Ta déco est magnifique !

— C'est gentil, me remercie-t-elle en se retournant vers moi. Tu sais à quel point j'aime cette période. Et encore, ce n'est pas fini ! Albane est d'ailleurs au téléphone avec un fournisseur pour…

— Hein ? Albane ?

Une hésitation passe dans ses yeux marron.

— Tu… Ton père ne t'a rien dit ?

Abasourdie, je lui fais signe que non. Ma sœur jumelle, ici ? Il y a un truc qui ne colle pas. Albane vit à Grenoble et n'a pas prévu de nous rejoindre avant les fêtes. Enfin, aux dernières nouvelles… Qui remontent à quand, déjà ?

— Ah, hum… Oui, toussote Papa. J'ai oublié.

— Non, mais enfin, Sylvain ! s'indigne ma mère. Comment as-tu pu *oublier* ?

Grimace gênée de l'intéressé, qui hausse les épaules d'un air contrit.

— Bon, d'accord, reconnaît-il. Disons plutôt que j'ai évité d'aborder le sujet parce que je savais que Chloé me poserait tout un tas de questions auxquelles seule Albane peut répondre.

— Tu devais préparer le terrain ! le houspille-t-elle.

Plantée au milieu du rayon des bougies parfumées, je les dévisage à tour de rôle. Je viens à peine d'arriver que mes parents sont déjà au bord de l'engueulade. À propos de ma sœur, donc. Je me sens complètement larguée, là. Soit ils deviennent tous les deux séniles, soit le décalage horaire ne me réussit vraiment pas. Je remarque alors que mon père tient toujours fermement la laisse de Merlin. Ma jumelle ayant une trouille bleue des chiens, cela ne peut signifier qu'une chose...

— Albane ! je m'écrie, au moment où celle-ci émerge de derrière le rideau de perles de l'arrière-boutique. Bah ça, alors ! Tu ne m'avais pas dit que tu venais plus tôt !

Ma frangine s'avance pour m'embrasser.

— Hé ! Surprise, on dirait !

Un détail me frappe immédiatement : les boucles souples qui lui encadraient auparavant le visage ont laissé place à un carré lisse et très court.

— Mais qu'est-ce que tu as fait à tes cheveux ?

J'ai presque la sensation que c'est à moi, qu'on a raccourci tous ces centimètres ! Car Albane et moi sommes de vraies jumelles : les traits de nos visages sont semblables, nous avons des yeux couleur noisette identiques, un discret grain de beauté au coin des lèvres, et nous faisons exactement la même taille, à savoir un mètre soixante et un. La seule différence notable entre nous, c'est que ma sœur est svelte et moi plutôt ronde. À la distribution des bons points, Dame Nature s'est montrée plus clémente avec mon aînée de trois minutes.

— Je vais tout te raconter, mais tu as l'air congelée, me dit-elle en désignant le col humide de mon manteau. Et si on allait boire un chocolat chaud, afin de discuter au calme ?

Au coup d'œil oblique qu'elle glisse à nos parents, je saisis sans mal que ces derniers ne sont pas compatibles avec sa conception du calme.

— Euh… Oui, je suis toujours partante pour un bon chocolat, mais mes affaires ?

L'air faussement décontracté, mon père me propose de déposer ma valise à la maison.

— En voilà une bonne idée ! renchérit Maman, un peu trop enjouée. Filez, les filles, on se voit ce soir !

OK. Il se passe des choses étranges ici.

Quoi qu'il en soit, je n'ai guère le temps de protester puisque Albane, les yeux rivés sur Merlin au cas où celui-ci déciderait soudainement de lui faire le câlin du siècle, est déjà en train de boutonner son manteau. Il ne me reste donc plus qu'à la suivre. Je crains de ne pas être encore au bout de mes surprises !

# 2

UN QUART D'HEURE PLUS TARD, ma sœur et moi sommes installées sur le confortable canapé qui occupe un coin de *L'Edelweiss.* Près de nous, un feu douillet et bienfaisant crépite dans la cheminée. À l'exception de deux ou trois clients assis au bar, le restaurant aux allures de chalet est quasi vide à cette heure-ci de l'après-midi, ce qui nous permet d'admirer la vue imprenable sur les montagnes à travers les baies vitrées. Des lumignons scintillants et des couronnes de gui tressées ont été disposés sur la vingtaine de tables que compte l'établissement. L'ambiance ne pourrait être plus parfaite.

— Tu sais qu'on va faire Noël ici ? m'apprend Albane, surprenant mon regard posé sur le sapin décoré avec soin. On trouve que c'est l'endroit idéal pour réunir tout le monde.

Je ne peux qu'approuver. Situé au cœur de la station de ski, dans les hauteurs de Vallenot, *L'Edelweiss* est en effet dirigé par le fiancé de notre sœur aînée, et par son frangin, Clément, qui est aux commandes de la cuisine. En seulement trois ans d'existence, le restaurant aurait pu souffrir des différents confinements, mais les deux frères ont su s'adapter très vite en proposant des plats à emporter ainsi qu'un service de livraison. Mine de rien, cela a contribué à maintenir du lien social. Et tant mieux, car ce lieu chaleureux, prisé aussi bien par les familles du coin que par les touristes, est devenu une véritable institution !

Apportant notre commande, Rémi nous désigne les tranches de pain d'épice qui agrémentent le plateau.

— Cadeau de la maison ! C'est ma mère qui l'a fait.

Mon estomac émet aussitôt un bruyant gargouillis, me rappelant au passage que je meurs de faim. Le sandwich avalé vite fait à l'aéroport est déjà loin.

— C'est très appétissant ! Il ne manque plus que du lait de poule et ce sera parfait.

Rémi lève les mains d'un geste d'impuissance.

— Clément n'en fera pas avant demain, pour le lancement du marché de Noël.

— Ce n'est plus ce que c'était ! plaisante Albane. On te pardonne uniquement parce que tu deviens officiellement notre beau-frère dans sept mois. Tu as intérêt à nous fournir du lait de poule à l'œil toute l'année.

— À ta place je n'y compterais pas trop ! se met-il à rire. Avec l'arrivée prochaine du bébé, mon frangin est carrément sur les dents.

Le ton jovial, je m'exclame :

— C'est vrai que tu seras bientôt tonton !

Cela fait en effet quatre ans que Clément file le parfait amour avec Léna, que je connais depuis l'école. J'ai été l'une des premières à les féliciter quand elle a posté sur Facebook une photo de Clément avec un faux ventre glissé sous son tablier en guise de faire-part de grossesse.

— Le bébé est prévu pour la mi-janvier, acquiesce Rémi. Mais ça m'étonnerait que Léna tienne jusqu'au bout ; son ventre est énorme, elle ressemble à un cowboy sous Prozac quand elle se déplace.

— Les derniers mois sont pénibles, confirme Albane.

Rémi plisse ses yeux bruns malicieux.

— Vous connaissez la patience de Léna, en plus : comme elle ne peut plus nous aider ici, elle rouspète contre Clément en l'accusant de lui avoir volontairement fait un bébé pachyderme.

Albane et moi rions de bon cœur.

— D'ailleurs, reprend-il d'un ton plus sérieux, on cherche de la main-d'œuvre. Si jamais vous connaissez quelqu'un…

Je me rembrunis, me demandant si par hasard il ne serait pas en train de faire allusion à ma situation. Valentine est tout à fait capable de lui avoir suggéré de me recruter, pensant me dépanner.

— Non, je ne vois personne, répond Albane, après quelques secondes de réflexion. Vous devriez peut-être passer une annonce.

— C'est fait, mais les candidats ne se bousculent pas. Oh, je dois y aller, j'ai du monde, termine-t-il en avisant un nouveau client.

Le laissant se diriger vers l'accueil, je reviens à Albane. Celle-ci ne m'a toujours pas soufflé un seul mot de ce qu'elle fiche à Vallenot en cette période de l'année. J'ai beau être contente de la voir, mon cerveau tourne à plein régime.

— Bon, alors ? Tu me racontes ? ne puis-je m'empêcher de la presser.

Le menton en appui dans sa main, Albane me gratifie d'un léger éclat de rire.

— J'imagine que tu ne fais pas référence à mes cheveux, cette fois.

— Bien vu ! Comment se fait-il que tu sois arrivée avant Noël sans rien me dire ?

Albane avale une gorgée de chocolat. Quand elle relève le nez vers moi, son sourire a déserté son joli visage parsemé de taches de rousseur.

— Jérôme et moi sommes séparés, me dit-elle enfin.

Interdite, je me redresse sur le canapé.

— Quoi ? Vous avez rompu ?

Elle reste muette, se contentant de hocher la tête.

— Mais depuis quand ?

— Eh bien, c'est là qu'on aborde la partie délicate… Ça fait un peu plus d'un mois.

Je déglutis, essayant d'assimiler l'information. Ma sœur jumelle n'est plus avec son mari depuis un mois, et je n'étais pas au courant.

— Un mois ! je répète, désarçonnée. Mais… On avait dit qu'il n'y aurait plus de secrets entre nous, désormais.

J'aurais aimé prendre un ton moins accusateur, mais c'est sorti tout seul. Albane me retourne un regard douloureux, sachant pertinemment que je fais référence à ces douze années durant lesquelles nous n'avons plus eu aucun contact. Si notre relation a été fusionnelle jusqu'à l'âge de vingt ans, tout a volé en éclats le temps d'un été, lorsque son flirt de vacances a tenté de me violer. Une fois le choc passé, un énorme malaise s'est glissé entre nous. Je me suis retrouvée submergée par un grand sentiment de honte, persuadée qu'Albane ne pouvait que m'en vouloir. De son côté, ma sœur se sentait responsable, culpabilisant d'avoir rencontré ce type malsain, au point de ne plus réussir à me regarder en face. Après ce traumatisme, chacune a pris une route différente : New York pour moi, Grenoble pour Albane. Le manque était terrible, mais je n'assumais pas ce qui était arrivé. C'est grâce aux efforts de notre aînée, Valentine, que nous avons enfin crevé l'abcès, il y a deux ans. Parfois, j'ai du mal à croire que notre brouille a duré si longtemps ! Depuis, Albane et moi avons su retrouver notre complicité, et on se téléphone au minimum trois fois par semaine pour papoter de tout et de rien. C'est pourquoi j'ai du mal à saisir son choix de ne pas m'avoir mise dans la confidence. Les occasions n'ont pourtant pas manqué !

— Tu venais de perdre ton job et ton mec, Chloé, reprend-elle d'une voix qui me supplie de comprendre. Tu crois vraiment que j'allais t'embêter avec mes ennuis, en prime ?

Je reconnais bien là ma sœur, qui a toujours cherché à me protéger contre vents et marées ! À l'école, j'étais cette fille un peu boulotte qu'une poignée d'abrutis aimaient bien embêter ; Albane était celle qui distribuait les raclées pour me défendre.

— C'est gentil d'avoir voulu m'épargner, mais je n'ai plus dix ans. J'aurais pu te soutenir, au lieu de t'appeler tous les jours pour pleurer sur mon sort.

Elle secoue la tête avec vigueur.

— À quoi bon ? Nous aurions été deux à nous lamenter. Crois-moi, cela ne nous aurait pas aidées à avancer.

Je me sens nulle, de m'être focalisée sur mon nombril ces cinq dernières semaines. Comme de nombreux jumeaux, nous avons toutes les deux développé un lien particulier, quasi mystique. L'une sait quand l'autre va mal, c'est instinctif. Et en y repensant, c'est vrai qu'Albane m'a paru bizarre, ces derniers temps, au téléphone. Je l'ai trouvée différente, mais je n'ai pas cherché à creuser. J'aurais dû, pourtant.

— Bon, tu vas en être quitte pour tout me raconter depuis le début, dis-je m'emparant d'une deuxième tranche de pain d'épice. Comment en êtes-vous arrivés là, Jérôme et toi ? Vous paraissiez si soudés !

— Oui, nous l'étions... Jusqu'à mon burn-out.

Je ne la sens pas très à l'aise, tout à coup. Je sais que le sujet est encore sensible pour elle. Quand, en juin dernier, Albane nous a annoncé qu'elle démissionnait de son poste de technicienne d'analyses biomédicales car la pression liée à la pandémie avait eu raison d'elle, nous avons tous été très étonnés. Ma sœur est ce genre de femme toujours debout et à qui tout réussit : le boulot, les enfants et son mariage avec Jérôme, chef de réception dans un hôtel. Contre toute attente, après une année très intense, elle a fini par s'effondrer. Elle ne se sentait plus capable d'entreprendre quoi que ce soit, pleurait pour un rien alors que cela n'a jamais été dans son tempérament. Puis, un jour, elle a été prise d'une crise de tétanie au moment de passer la porte de sa maison. Le stress l'a littéralement paralysée. Le verdict du médecin a été sans appel : Albane était victime d'un épuisement physique et émotionnel. En accord avec Jérôme, elle a choisi de s'octroyer quelques mois sabbatiques avant de chercher un travail plus épanouissant. À vue de nez, je dirais que le plan n'a pas tout à fait fonctionné comme prévu.

Les sourcils froncés, je reprends la parole pour l'encourager à poursuivre :

— Je pensais que Jérôme te soutenait...

— Il ne m'a mis aucune pression, c'est vrai. Mais il a perdu son boulot entre-temps... et je ne l'ai appris qu'au bout de trois mois, par le plus grand des hasards.

*Oh, bordel.* Les yeux écarquillés, je plaque une main sur ma bouche.

— C'est une blague ?

— J'aurais préféré.

Médusée, je l'écoute me relater qu'un matin, Jérôme a eu un léger accident de scooter.

— Rien de très grave, mais il a été transporté aux urgences par précaution, continue-t-elle. Avant de le récupérer à l'hôpital, j'ai appelé son boulot pour prévenir qu'il ne viendrait pas travailler.

— Ne me dis pas que c'est comme ça que tu as découvert le pot aux roses ?

— Eh si ! La réceptionniste a bégayé je ne sais quoi avant de me passer le directeur, qui m'a annoncé que Jérôme avait été licencié fin août car l'hôtel connaissait de grandes difficultés. C'était très embarrassant.

— Bon sang, qu'est-ce qui lui a pris de te cacher ça ? Ce n'est quand même pas une broutille !

Albane lâche un rire bref et amer.

— Selon lui, je suis une névrosée psychorigide qui aurait poussé les hauts cris au lieu de l'aider à rebondir. N'est-ce pas merveilleux ?

— Je n'ai jamais entendu quelque chose d'aussi absurde de toute ma vie.

Bien sûr que ma sœur aurait sauté au plafond, mais je sais aussi qu'elle aurait épaulé son mari et fait de son mieux pour lui permettre de retomber sur ses pieds. Le comportement de Jérôme me laisse pantoise.

— La vache, il t'a menti pendant trois mois ! Qu'est-ce qu'il pouvait bien faire de ses journées, s'il partait chaque matin comme si de rien n'était ?

— Il prétend avoir démarché tous les hôtels de la région pour trouver du travail… Peu importe, en fait. Je ne supportais plus de le croiser, alors me réfugier à Vallenot m'a paru être la meilleure solution. Maman m'a proposé de travailler à la boutique, ça lui permet de dégager du temps pour ses autres activités.

J'étais loin d'imaginer tout cela !

— Je suis navrée, Albane. Je m'en veux de ne pas t'avoir posé davantage de questions sur toi.

— Arrête avec ça, veux-tu ! Je m'arrangeais pour changer de sujet si tu arrivais en terrain glissant…

— C'est vrai, suis-je bien forcée de reconnaître.

Ma sœur est très douée pour diriger les événements à sa façon.

— Mais tu habites où, au fait ? Et les enfants ?

Mes neveux n'ayant que neuf et sept ans, les choses ne doivent pas être évidentes pour eux, même si je ne doute pas qu'Albane gère la situation au mieux.

— Les anciens propriétaires de Valentine me louent leur maison. Elle n'est pas très grande, mais je m'y sens bien. Et les enfants sont scolarisés ici, je les emmène chez leur père certains week-ends. C'est loin d'être parfait, mais on s'en sort.

Le regard entendu de ma sœur ne laisse planer aucun doute quant à son état d'esprit.

— Je te dirais bien que je suis désolée pour toi, mais tu n'as pas l'air triste.

— Eh bien, pour être honnête, cette épreuve m'a fait prendre conscience que nos sentiments l'un envers l'autre n'étaient peut-être plus aussi forts qu'avant. C'est dingue, non ?

— Ce que je trouve dingue, c'est ta nouvelle coupe de cheveux !

— Tu n'es quand même pas fâchée ? s'enquiert-elle.

Je m'empresse de la rassurer :

— Bien sûr que non ! C'est surprenant, mais je suppose que c'est la suite logique à ta nouvelle vie. Les cheveux courts te vont à ravir, en plus. Tu ne vas pas rester longtemps sur le marché des célibataires.

Albane chasse aussitôt ma remarque d'un revers de la main.

— Après ce que Jérôme m'a fait, je ne suis pas pressée.

Je soupire amèrement pour lui faire comprendre que je compatis.

— Franchement, c'est quoi le problème des mecs de notre génération ? Ils ne pourraient pas juste être gentils, intègres, et se contenter de construire une vie simple et pleine de gaieté ?

Tandis que je termine mon chocolat, ma frangine laisse passer un court silence avant de m'interroger :

— Et toi, tu tiens le coup ? Comment tu te sens ?

Il était évident que je n'allais pas pouvoir éluder le sujet plus longtemps. Je lève une épaule qui se veut désinvolte.

— Je suis dans le même état que si j'avais été larguée sans aucune explication par mon petit ami après avoir démissionné. Sinon, pas trop mal. Les projets avancent et je me suis même fait deux amis très sympas : fromage et vin.

— Les ingrédients vitaux en cas de cœur brisé, approuve-t-elle avec douceur. Toujours aucun signe de Matthew ?

J'esquisse un geste de dénégation.

— Je me suis pointée dans son immeuble avec cinquante dollars pour soudoyer le concierge, mais ça n'a servi à rien. Apparemment, il est parti pour un long voyage, sans préciser où, bien sûr.

La peine me comprime à nouveau la poitrine.

— Tu n'as pas songé à le contacter par SMS ?

Si, cent fois. Mais je les ai tous effacés avant de les envoyer. Sauf un soir où, après trois verres de vin, je lui ai écrit qu'il me manquait atrocement. J'attends toujours sa réponse.

— Il vient de faire voler ma vie en éclats, Albane. Je ne vais pas non plus me traîner à ses pieds.

— Il est peut-être parti passer du temps dans sa famille, lui aussi, me suggère-t-elle.

— Possible... Je sais de façon très vague qu'il a été élevé par sa grand-mère et qu'il a une sœur, mais c'est tout. Il n'évoque jamais son passé.

Ça aurait dû me mettre la puce à l'oreille, d'ailleurs. Ne pas connaître sa famille au bout de deux ans de relation, c'est louche. Matthew pouvait être drôle à un moment, et se renfermer à la minute suivante si j'abordais le sujet. Je mettais ça sur le compte de blessures d'enfance qu'il ne souhaitait pas réveiller. Comment peut-on se sentir aussi proche de quelqu'un sans rien connaître de sa vie ? Quand on dit que l'amour rend aveugle... Débile serait un mot bien plus approprié.

— Si ça se trouve, il est juste marié et père de trois enfants.

Albane renifle avec mépris.

— Ce serait triste, mais pas impossible. Ces mecs riches et importants qui pensent avoir le droit de tout faire, ça m'écœure.

— Il n'est pas comme ça, pourtant, je le connais.

— Pas si bien que ça, manifestement.

*Note à moi-même : ne pas compter sur ma frangine pour me remonter le moral.*

— Zut, grimace-t-elle en consultant sa montre, je dois déjà récupérer les enfants à l'école. En tout cas, sache que mon opinion sur Matthew a touché le fond. Je ne lirai plus jamais ses livres !

— Merci. Pour la peine, c'est moi qui t'invite.

Pendant qu'elle se rend aux toilettes, je me dirige vers Rémi, en pleine conversation avec un client. Si je me fie à l'allure du type – beau mec, yeux bleu céruléen, doudoune siglée Hugo Boss –, les touristes aisés ont déjà pris leurs quartiers dans les résidences de luxe de la station. Rémi me fait signe d'avancer, et je manque de trébucher lorsque l'homme me sourit, un sourire à faire rougir tout un couvent. Me rattrapant de justesse au comptoir, je m'entends baragouiner :

— Eh bien, dis donc, Rémi, il était fort ce chocolat !

*Tais-toi, crétine.*

—Je n'ai pourtant pas mis de rhum dedans, rétorque-t-il dans un haussement de sourcils éloquent. Je ne comprends pas ce qui t'arrive.

Je règle la note tout en m'efforçant d'ignorer les insinuations lourdingues de mon beau-frère. Je ne voudrais pas que l'inconnu s'imagine que j'ai l'intention de le draguer, car je ne suis absolument pas d'humeur à flirter. Et puis, aussi canon soit-il, il n'est pas mon genre. Un peu trop raffiné à mon goût…

Oui, même si son regard me rappelle beaucoup celui de Daniel Craig.

# 3

Le réveil est compliqué. Les yeux tirés, le teint défait, c'est tout juste si le miroir dans lequel je suis en train de constater l'étendue des dégâts ne me hurle pas dessus. J'étouffe un bâillement, frustrée de m'être endormie comme une masse, alors que je voulais juste observer le ciel. Quelle idée, aussi, d'avoir placé mon lit pile au-dessous de la fenêtre en soupente ? Il ne m'a pas fallu plus de cinq minutes pour que la réalité du jet-lag me rattrape ! Seuls les effluves du bœuf bourguignon que ma mère a mis à mijoter ont réussi à me tirer de ce sommeil de plomb. L'oreille dressée, je l'entends d'ailleurs s'adonner à des vocalises (ma mère, pas le bœuf) qui feraient bondir d'effroi les coachs de *The Voice.* Il faut savoir que Maman a une passion honteuse, mais assumée, pour les chants de Noël très kitsch. Elle a notamment traumatisé notre enfance avec *Le Petit Renne au nez rouge,* de Céline Dion, à l'époque où nos copines s'éclataient sur Mariah Carey. Aujourd'hui, ma mère a choisi un autre titre tout aussi improbable de sa chanteuse fétiche : *Père Noël arrive ce soir.* Pompon sur le bonnet de Noël, le tempo est sur une musique reggae que même Bob Marley n'aurait pas osé composer.

— *J'ai vu dans la nuit passer un traîneau / J'ai vu aussi ton grand ami / Père Noël arrive ce soir...*

Dépitée, je pousse un soupir. La soirée va être longue. Entre cette horrible chanson qui va forcément me rester en tête et les multiples questions dont ma mère risque de m'assaillir durant le dîner, ce sera un véritable coup de chance si je n'y laisse pas ma santé mentale. Dieu merci, mes sœurs seront là. Je pourrai toujours leur lancer des fusées de détresse avec mes yeux en cas de besoin urgent de diversion !

— *Il allait vers toi dans la cheminée / Il allait vers toi pour y déposer / Des jouets dans ton bas de soie...*

Prenant mon courage à deux mains, je plaque un sourire sur mes lèvres pour rejoindre ma mère. Casser l'ambiance juste parce que je ne me sens pas raccord avec l'esprit de Noël cette année serait injuste. Le vent semble décidé à tourner en ma faveur, puisque Maman coupe la musique dès qu'elle me voit.

— Ah, ma chérie ! J'allais monter te réveiller.

— Je n'aurais pas dû dormir, dis-je en me hissant sur l'une des hautes chaises qui entourent l'îlot central. Je suis encore plus dans le coaltar.

— J'ai préparé du thé à la cannelle. Tu en veux une tasse ?

Au même moment, mon père surgit dans la pièce, les bras chargés d'un énorme carton. À son souffle saccadé, je devine qu'il revient de la cave.

— J'en veux bien une aussi, déclare-t-il en déposant son lourd chargement au sol.

— Qu'est-ce que c'est ? je m'enquiers, intriguée.

— Les décorations de Noël. On pourrait orner trois maisons, avec ça.

Alors que ma mère nous tend à chacun un mug orné d'une tête de renne, je lui fais part de mon étonnement :

— Tu n'as pas encore fait le sapin, Maman ?

D'habitude, s'il y a bien une règle d'or à laquelle Sophie Rocca ne déroge pas, c'est celle de l'arbre de Noël décoré dès le premier week-end de décembre ! Et comme aucun missile nucléaire ne semble s'être échoué dans le jardin dernièrement, je ne vois pas ce qui a pu l'en empêcher.

— Je n'ai pas eu une minute à moi, m'explique-t-elle en se servant elle aussi une tasse de thé. Mais nous le ferons samedi soir, tous ensemble.

La perspective de décorer le sapin avec mes sœurs, comme au bon vieux temps, me fait sourire.

— On parie que Valentine fera encore des siennes pour accrocher l'étoile tout en haut parce qu'elle est l'aînée ?

— Oh, vous avez passé l'âge de vous battre, quand même ! Je vais avoir assez d'enfants à gérer avec les ateliers pâtisserie.

Je souffle sur mon thé.

— Quels ateliers pâtisserie ?

Une pointe de fierté dans la voix, ma mère me répond :

— Une activité qu'on organise avec le Vallenot Social Club. Je ne pensais pas qu'autant de parents s'inscriraient avec leurs enfants.

Très impliquée dans la vie du bourg et sa sauvegarde, Maman se démène depuis des années pour apporter sa contribution. Elle a toujours de nouvelles idées sur le feu.

— Super ! C'est donc ça, qui t'a pris autant de temps ?

Elle acquiesce.

— En partie, oui. Il a fallu trouver des recettes ludiques, fixer un prix qui ne soit pas prohibitif tout en couvrant les dépenses... J'espère que les enfants seront contents de repartir avec leurs créations.

— La question ne se pose même pas. J'aurais adoré faire ça, quand j'étais gosse !

— Il n'est pas trop tard, ce n'est pas réservé qu'aux gamins. Le premier atelier aura lieu après-demain. Clément nous prête la cuisine de *L'Edelweiss.*

Apparemment, elle a oublié que je n'ai jamais brillé par mes performances aux fourneaux, sinon elle n'aurait même pas envisagé une telle proposition. Je vais cependant éviter de la vexer et m'en tenir à ma résolution toute fraîche de ne pas gâcher les fêtes. On ne pourra pas dire que je n'y mets pas de la bonne volonté.

— Pourquoi pas, je...

Je n'ai pas le temps de terminer, car la sonnette de la porte d'entrée retentit.

— C'est moi ! s'annonce aussitôt une voix qui m'est délicieusement familière.

Abandonnant mon thé dans un cri de joie, je me précipite à la rencontre de ma sœur aînée, qui vient de pénétrer dans le couloir. Si notre relation est incomparable à celle que j'entretiens avec Albane, la complicité qui m'unit à Valentine n'en est pas moins grande. Petite, c'est elle qui me rassurait, les nuits où j'avais peur de l'orage, elle encore qui appelait le lycée en se faisant passer pour Maman quand je séchais les cours de chimie. Elle, toujours, qui rêvait avec moi devant les téléfilms de Noël un peu niais, quand Albane préférait pratiquer l'escalade avec notre père. Les liens se sont un peu distendus lorsque Valentine s'est mariée, à la fin de mon adolescence, mais son divorce, puis sa rencontre avec Rémi alors qu'elle venait de prendre un poste d'institutrice dans le village, ont contribué à nous rapprocher ces dernières années.

— Chloé ! s'écrie-t-elle au moment où je m'avance pour l'accueillir à bras ouverts.

Je l'étreins si fort que je manque d'écraser la boîte de la boulangerie qu'elle tient entre ses mains.

— Oups ! glousse-t-elle en se reculant avec précaution. C'est un coup à ce que Papa te déshérite, si tu écrabouilles les éclairs au chocolat.

Maman s'empare vivement de la boîte un peu affaissée par mes soins.

— Donne-moi ça avant qu'il n'arrive malheur, Valentine. Et filez mettre la table, le dîner sera bientôt prêt.

Amusée, Valentine mime un salut militaire, puis accroche sa doudoune à la patère. Son regard de velours pétille, son teint méditerranéen – qu'elle doit aux origines marocaines de Maman – est éclatant. Quel bonheur de la voir si épanouie !

— Tu es superbe ! lui fais-je remarquer. Inutile de te demander comment tu vas, la réponse se lit sur ton visage.

— C'est l'air des montagnes, me répond-elle en me prenant par le bras pour m'entraîner en direction du salon. Cela dit, tu n'as pas trop mauvaise mine, toi non plus, compte tenu des circonstances.

M'emparant d'une pile d'assiettes dans le vaisselier, je lui décoche un coup d'œil perplexe.

— Pas trop mauvaise mine… Écoutez-moi cette belle menteuse !

— Être ta grande sœur implique bien un petit mensonge de réconfort quand c'est nécessaire, non ? réplique-t-elle, de son air le plus innocent.

La bourrade qu'elle se prend dans l'épaule manque de lui faire échapper les couteaux.

— Pour ce qui est du réconfort, les éclairs au chocolat auraient été plus efficaces, si seulement Maman ne s'était pas sauvée avec la boîte !

Nous rions comme des possédées, quand ma mère réapparaît.

— Merlin est avec vous ? nous interroge-t-elle. Albane arrive, je viens de voir sa voiture dans l'allée !

— Non, il n'est pas là, répond Valentine.

Oh, oh... Si Merlin est lâché, c'est la crise d'angoisse assurée ! Malgré son statut d'intrépide de la fratrie, Albane souffre en effet d'une sacrée phobie des chiens. Tout ça à cause du film *Cujo*, qui met en scène un énorme saint-bernard enragé, qu'elle a visionné en cachette à un âge inavouable. Son traumatisme est tel qu'il nous a parfois entraînés dans des situations gênantes, comme ce jour où, face à un berger allemand qui gardait la boutique d'un antiquaire, elle a renversé un guéridon dans un mouvement de terreur. Guéridon sur lequel était posé un vase très ancien et très cher. L'antiquité a été brisée en mille morceaux. Loin de se montrer compréhensif envers la phobie de ma sœur, l'affreux patron des lieux lui a hurlé dessus, puis exigé que nos parents remboursent intégralement l'objet. Autant dire que depuis cette mésaventure, aucune précaution n'est superflue.

Nos regards se braquent sur Papa, qui redescend de l'étage.

— C'est bon, Merlin est enfermé dans notre chambre avec sa balle et une ration de croquettes, nous rassure-t-il. Je lui ai promis un reste de bœuf bourguignon pour me faire pardonner.

— Mon pauvre toutounet ! se lamente Maman. J'espère qu'un jour sa sœur et lui parviendront à trouver un terrain d'entente.

— Quand je dis que parmi ses enfants, son préféré est le chien, ricane Valentine.

☆

— Il faut absolument qu'on participe au concours de pulls de Noël ! décide ma mère, quelques minutes plus tard, alors que nous sommes à table.

Merlin n'a pas bougé de la chambre, Albane n'a encore poussé aucun hurlement strident, quant à Axel et Victoria, ses enfants, ils louchent avec gourmandise sur les paquets de Pop-Tarts aux saveurs chimiques que je leur ai rapportés de New York. Et, à mon grand soulagement, mes déboires sentimentaux et professionnels ne semblent pas figurer au menu pour l'instant. Je peux donc considérer que je passe une bonne soirée.

Albane réagit très vite à la suggestion de Maman :

— Enfiler un pull ridicule pour espérer gagner un panier gourmand ? Non, merci.

— À vrai dire, je vise plutôt le petit week-end dans un château. Et puis ça nous ferait un souvenir.

— Attends, si on pose tous ensemble, qui prendra la photo ? s'enquiert Valentine. Le chien ?

— Ah non, Merlin sera au premier plan ! On trouvera bien un volontaire.

— Génial, on ne passera pas du tout inaperçus, bougonne Albane, crispée à la perspective d'un portrait de famille avec Super Toutou.

J'étouffe un rire, nous imaginant déjà mobiliser l'armée et les pompiers pour gérer l'attaque de panique de ma frangine !

— T'inquiète, je te protégerai du chien féroce, dis-je sur le ton de la plaisanterie. Avec moi tu ne risques rien.

Les yeux au ciel, Albane secoue la tête.

— Rien à voir, reprend-elle en regardant notre mère, mais tu veux toujours que je t'accompagne à l'atelier pâtisserie de samedi ?

Celle-ci hoche la tête.

— Avec pas moins de cinq enfants et autant de parents, je redoute de me laisser déborder. Et vu le penchant de Jacotte pour les bavardages, il nous faut quelqu'un d'organisé si on veut rendre à temps sa cuisine à Clément.

— OK, approuve Albane. Nous aurons trois heures devant nous. C'est large.

Sauf si je retarde tout le monde en mettant le feu au four, comme ça m'est arrivé une fois parce que j'avais oublié une feuille d'essuie-tout à l'intérieur.

— En parlant du restaurant, rebondit Valentine, j'ai demandé à Rémi de nous retenir une table demain, après l'inauguration du marché de Noël. Ils feront des burgers montagnards, ça vous dit ?

— Il n'est pas question de rater ça ! s'exclame mon père avec un immense sourire. Mais comment vont-ils faire, avec le stand de lait de poule sur le marché ? Ils sont en sous-effectif, si je ne m'abuse ?

Valentine nous apprend que les parents de Rémi et Clément s'occuperont du stand.

— Et ils ne seront pas seuls, puisque leur cousin et la nièce de Léna viennent en renfort.

— C'est une bonne chose d'impliquer les jeunes, approuve ma mère. À ce propos, mon Chérichou est toujours d'accord pour jouer les lutins à la boutique ?

Je pouffe en entendant le surnom dont elle a affublé Jules, le fils de Valentine, dès sa naissance il y a dix-sept ans.

— Tant que tu ne l'appelles pas ainsi devant tout le monde, ça devrait aller ! s'esclaffe ma sœur. Il accompagnera aussi le Père Noël sur le marché, le premier samedi des vacances, me souffle-t-elle en aparté.

— Dis donc, il monte en grade !

La petite voix aiguë de Victoria s'élève alors par-dessus notre conversation :

— De toute façon, je sais qu'il n'existe pas pour de vrai, le Père Noël.

D'un air qui se veut complice, je lui demande si elle en est bien sûre.

— Pour un bonhomme qui n'existe pas, on le voit quand même beaucoup, tu ne trouves pas ?

Ma nièce roule des yeux avant de me considérer comme si elle s'apprêtait à me révéler les secrets de l'univers.

— Tatie ! soupire-t-elle. S'il était réel, Chérichou n'aurait pas besoin de se déguiser en lutin.

Valentine se cache derrière sa serviette pour rire. J'essaie de sauver les meubles :

— Jules remplace les lutins parce que ceux-ci ont beaucoup de travail en ce moment, ma puce, tu comprends ? Ça prend du temps, de lire les lettres de tous les enfants et d'emballer leurs cadeaux.

Si avec ça je n'obtiens pas l'Oscar de la meilleure actrice, je ne vois pas ce qu'il faut de plus.

Alors qu'Axel, sans aucune pitié, me fait comprendre d'un regard que je suis complètement dépassée, Victoria me lance, incrédule :

— Tu y crois vraiment ?

OK, pour le rôle de la tante crédible, on va plutôt laisser ça aux pro.

Maman revenant avec le dessert, Albane trouve la diversion parfaite :

— Et si vous alliez manger vos éclairs devant la télé, les enfants ? Ensuite, on rentre à la maison, car il y a école, demain.

Sans se faire prier, Axel et Victoria filent aussitôt comme des flèches vers le canapé en poussant des cris de Sioux.

Albane émet un long bâillement.

— Ils débordent un peu trop d'énergie, par moments. Enfin, pour en revenir au restaurant, Jules ne pourrait pas y travailler pendant les vacances ?

Valentine secoue la tête.

— Impossible, il part chez son père après Noël. Mais Léna a contacté Pôle emploi dans l'après-midi pour élargir les recherches en dehors du département, ça finira bien par porter ses fruits.

C'est là que ma mère trouve enfin le prétexte parfait pour s'engouffrer dans la brèche qu'elle devait guetter depuis le début du repas. À sa façon de plisser dangereusement les yeux dans ma direction, j'ai envie de me ratatiner sur ma chaise. Elle a cet air que je ne connais que trop bien.

— Toi qui as du temps libre, Chloé, pourquoi est-ce que tu ne postulerais pas ?

— Dois-je vraiment répondre à cette question ? Tu sais bien que je repars après les fêtes.

— Oui, enfin rien ne t'y oblige, en définitive. Tu pourrais envisager de travailler à *L'Edelweiss* le temps de la saison.

Plutôt me rouler nue dans la neige en chantant sur Céline Dion.

Albane me sonde du regard. Je comprends que le moment est venu de leur faire part de mon projet.

— Bon, je voulais attendre encore un peu avant de vous l'annoncer, mais je viens de m'associer avec Georgia Tierney, une ancienne éditrice de chez Harman. Nous lançons notre propre maison d'édition en septembre prochain.

— C'est fantastique, Chloé ! me félicite ma jumelle, la seule qui était au courant. Je savais que tu y arriverais.

— Ça fait des années que tu en rêvais ! renchérit Valentine.

— Je vais chercher le champagne ! enchaîne mon père en se levant.

Soulagée par leur enthousiasme, je constate cependant que ma mère est un peu plus réservée. Je lui jette un coup d'œil interrogateur.

— Bien, finit-elle par dire, décontenancée. C'est une bonne nouvelle, mais est-ce que tu es sûre de toi, ma chérie ? Ta démission est encore toute fraîche, après tout. Peut-être que quelques mois près de nous...

— Maman, soupire Valentine, Chloé a trente-quatre ans, c'est une grande fille.

Je sais que ma mère ne demande qu'à se réjouir, mais je n'ignore pas qu'elle aimerait encore plus que je revienne vivre en France, si possible au fin fond des Alpes. Or, si j'aime mon village, j'aime aussi ma vie à New York.

J'attends que Papa revienne avec les flûtes et la bouteille pour lui répondre tout en pesant mes mots :

— J'y ai mûrement réfléchi, c'est le moment parfait. Le marché du livre a connu un rebond important, cette année, aux États-Unis. Georgia a déjà repéré quelques textes prometteurs.

— Mais financièrement...

— Notre business plan est solide, Maman, ne t'en fais pas. Et puis, mon appartement est payé, j'ai des économies et aucun enfant à charge. Je ne suis pas à plaindre. Si jamais notre entreprise tourne mal, je pourrai toujours envisager une autre solution ; plusieurs éditeurs m'ont contactée dès les premières rumeurs de ma démission.

Ironie du sort, tous aimeraient que je leur « fabrique » un nouveau Matthew Coopland. On m'a même offert neuf mille dollars de plus par an pour obtenir ce résultat. Neuf mille ! Je ne suis pas du genre à me jeter des fleurs, mais je ne pense pas me tromper en prétendant que mon travail est reconnu à sa juste valeur. Seulement, j'estime avoir fait le tour du marketing. À l'époque où j'ai entrepris mes études, c'était dans l'optique de dénicher des pépites, pas de plancher sur la meilleure manière de les promouvoir.

— Tu as du cran de tout lâcher comme ça, me dit Valentine.

Je hausse une épaule.

— Je n'avais rien à perdre, puisqu'au bout du compte j'aurais été virée. Quand Damon a compris que Matthew ne reviendrait pas sur sa décision, c'est tout juste s'il n'a pas exigé ma tête sur un piquet.

— Quel salopard, marmonne Albane. On est bien d'accord que si tu avais été un homme et Matthew une femme, ça n'aurait pas fait tant d'histoires ?

— Probablement pas… Au moins, ma réputation n'a pas été entachée et mon expérience du marketing sera un atout majeur, dans cette nouvelle aventure. J'ai des contacts et un bon aperçu des possibilités qui s'offrent à nous.

Mes yeux se posent à nouveau sur ma mère. Je vois bien qu'elle est en train de lutter contre elle-même pour ne pas me démotiver. Une bouffée d'affection m'envahit, et je me lève pour passer mes bras autour de ses épaules.

— Tu dois me trouver terriblement vieux jeu, s'excuse-t-elle.

— Vieux jeu ? Tu as été la première à m'apprendre qu'il ne faut pas avoir peur de se retrousser les manches pour réussir. J'aurais tort de ne pas suivre ton exemple.

Elle émet un petit rire plein de tendresse.

— Tu as raison, et je suis très contente pour toi. Mais tu me connais, je ne peux pas m'empêcher de m'inquiéter. Est-ce que Matthew t'a donné des nouvelles, d'ailleurs ?

Je me disais bien qu'on n'avait pas encore abordé la partie sentimentale.

Retournant m'asseoir, je prends ma cuillère et entreprends de disséquer mon éclair.

— Je ne vois pas pourquoi il m'aurait recontactée, étant donné qu'il m'a fait comprendre qu'une rupture nette était le meilleur choix pour nous deux.

— C'est dommage ! Moi qui me voyais déjà trinquer avec Harlan Coben lors du mariage…

— Maman ! gronde Albane.

J'esquisse un geste vague de la main.

— Oh, laisse. J'ai tourné la page, tu sais.

Si, j'ai tourné la page. Scroller son compte Instagram à la moindre occasion, ça ne compte pas.

Subitement revigorée, ma mère se redresse et arbore ce sourire de conspiratrice qu'elle manie à la perfection dès qu'il est question de jouer les entremetteuses pour l'une de ses filles.

— Bien, dans ce cas, ça t'intéressera sûrement de savoir qu'un homme s'est inscrit en solo à l'atelier pâtisserie, lâche-t-elle, satisfaite de son effet. Son nom ne me dit rien, il est sûrement nouveau dans le coin.

À côté de moi, Valentine éclate de rire, tandis qu'Albane lève sa coupe de champagne :

— Quelle chance, Chloé ! Maman va peut-être te caser avec un octogénaire qui passe ses samedis à cuisiner des gâteaux ! À ta santé, ma vieille !

# 4

*Vendredi 10 décembre*

— JE POURRAIS AVOIR UNE BRIOCHE à la cannelle, tatie Chloé ?

Une vague de nostalgie me surprend devant les yeux émerveillés de ma nièce, qui contemple avec envie chaque chalet coloré du marché de Noël. L'inauguration bat son plein, c'est une vraie réussite. Dans l'attente de l'illumination du grand sapin, les familles du village se pressent sur la place parée de guirlandes lumineuses, où planent de délicieuses odeurs de marrons chauds et autres douceurs hivernales. Pour parfaire l'ambiance, des chants de Noël chaleureux résonnent à travers les haut-parleurs, et quelques flocons timides dansent dans le ciel, arrachant des exclamations de joie aux enfants. Parfois, je donnerais cher pour retrouver moi aussi l'insouciance de mes huit ans, l'époque bénie où mon principal problème consistait à trancher entre un énième coffret Polly Pocket et une tête à coiffer dans ma lettre au Père Noël !

— Tatie ? insiste Victoria en tirant sur la manche de mon manteau.

— Nous verrons dès que nous aurons terminé la file d'attente, ma puce.

D'un mouvement du menton, ma mère désigne la dizaine de personnes qui patiente devant nous.

— Le lait de poule remporte un de ces succès ! Il n'y en aura jamais assez pour tout le monde, à ce rythme-là. Où sont passés les autres, au fait ?

Notre groupe de huit s'est en effet légèrement dispersé depuis notre arrivée. Seuls Merlin et les enfants d'Albane sont encore avec nous.

— Ils ne devraient pas tarder. Valentine est au téléphone avec Rémi, Jules et Papa sont partis serrer la main du maire, et Albane… Eh bien, je n'en sais rien.

— Je crois qu'elle discute avec Mathieu, m'informe Axel.

Mon cerveau tique une seconde, le temps de réaliser que mon neveu n'a pas dit « Matthew » mais…

— Mathieu ? C'est qui ?

Ma mère se charge illico de combler mes lacunes :

— L'adjudant de la gendarmerie, Mathieu Morel.

— Son nom ne m'évoque rien.

— C'est un copain de Rémi et Clément. Il a donné un coup de main pour l'emménagement de ta sœur et… ma foi, ils s'entendent très bien, si tu vois ce que je veux dire, glousse-t-elle.

*Ça y est, ça la reprend !*

Cependant, je ne réplique pas, puisque l'une de ses copines l'aborde et qu'elles se mettent à papoter au sujet de tout et de rien. Valentine revient alors vers nous, la mine contrariée. J'arque un sourcil inquiet.

— Qu'est-ce qu'il y a ?

— On est dans la panade ! me chuchote-t-elle. Rémi a trouvé quelqu'un pour le service.

— D'accord... Je peux savoir pourquoi tu arbores la tête de celle qui vient d'apprendre la fin du monde ?

— Parce que cette personne est Jérôme !

Cette fois, je manque de m'étrangler.

— Attends... Quand tu dis Jérôme, tu fais référence au futur ex-mari d'Albane ?

Valentine secoue vivement la tête.

— Il a pris la route ce matin à la première heure après être tombé sur l'offre d'emploi de Léna.

*Nom de nom ! Quand ma sœur jumelle va apprendre ça...*

J'essaie de réfléchir tout en conservant mon calme :

— Bon, ça risque de chauffer avec Albane, mais il a sûrement besoin de voir les petits plus souvent. Il reste leur père, malgré tout.

— C'est que je pense, et Rémi aussi. Il a envie de lui laisser sa chance en le prenant à l'essai. Mais tu connais Albane, elle qui déteste l'imprévu, ça va faire des étincelles.

L'espace d'une seconde, je me demande s'il est possible qu'Albane soit déjà au courant. Cependant, à sa façon de rire à gorge déployée avec le fameux Mathieu devant un stand de guirlandes, j'en doute fort. Je me tourne à nouveau vers Valentine.

— On ferait mieux de préparer le terrain, non ?

— C'est pour ça que je suis venue t'en parler. Je ne voudrais pas qu'elle s'imagine que Rémi et moi avons recruté Jérôme dans son dos.

Maman, qui a terminé de discuter avec son amie, pivote pour nous faire signe d'avancer.

— Navrée d'interrompre vos messes basses, les filles, mais c'est notre tour. Je ne vais pas pouvoir tout porter seule !

— Désolée, on parlait de… de ton cadeau.

J'ignore si elle gobe mon mensonge, néanmoins elle n'a pas le temps de me questionner car Josse, la mère de Rémi, nous salue avec chaleur.

— Ah, ma Valentine ! s'exclame-t-elle ensuite tout en remplissant généreusement un gobelet pour ma sœur. J'ai eu Clément au téléphone, ça y est, ils ont trouvé quelqu'un pour le service !

— Euh, oui, bafouille Valentine. Rémi vient de me le dire. Espérons que cette fois sera la bonne !

Espérons surtout qu'Albane ne se transforme pas en Incroyable Hulk quand elle l'apprendra. Si seulement nous pouvions aller la prévenir au plus vite ! Au lieu de quoi, malgré les nombreux clients qui attendent derrière nous, Maman commence à bavarder avec Josse :

— Le marché démarre bien, on dirait.

— Oh, oui ! Ça fait du bien, ces distractions, on en avait besoin. On veut du bruit et des rires !

Nos deux derniers gobelets de lait de poule en main, Violette, la nièce de Léna, se penche vers Valentine pour les lui donner. Enfin, nous allons pouvoir décoller !

— Les études se passent bien ? lui demande alors ma sœur. Tu es en psycho, c'est ça ?

— Oui, c'est trop cool, la fac. En plus, Lucas va commencer un nouveau boulot en janvier dans un restaurant du vieux Nice, on va pouvoir prendre un studio près du campus.

— Je suis contente pour vous, se réjouit ma sœur. Jules aussi a choisi Nice, pour l'année prochaine. C'est bien qu'il connaisse déjà du monde sur place.

Oui, bon, et si on allait retrouver Albane, au lieu de jacasser ?

— Ça, c'est sûr, opine Violette. Au fait, vous êtes toujours d'accord pour qu'il vienne au ciné avec nous ce soir ?

Valentine acquiesce, et nous prenons enfin congé. Maman consulte l'heure sur sa montre.

— Je propose qu'on se dirige vers le sapin, déclare-t-elle. Ils vont bientôt l'illuminer.

En tendant le cou, j'aperçois Jules et mon père, qui patientent sur place. Ma sœur jumelle, elle, est toujours en grande conversation avec son gendarme, un grand brun aux yeux foncés qui est effectivement plutôt pas mal. À son grand sourire, j'en déduis que Jérôme ne l'a toujours pas appelée.

— Valentine et moi allons d'abord récupérer Albane. Ce serait dommage qu'elle rate ça.

— Attendez, je viens avec vous ! décrète ma mère. Je n'ai pas encore salué Mathieu.

Enfer et damnation ! Ce n'est surtout pas le moment qu'elle entreprenne une croisade pour les pousser dans les bras l'un de l'autre !

Moins de deux mètres nous séparent à présent de ma jumelle. On ne peut plus reculer. Je prends une grande inspiration et jette un coup d'œil à Valentine, qui me répond par un léger hochement de tête. L'une de nous doit entraîner discrètement Albane à l'écart pendant que l'autre s'assurera que Maman ait plein de choses à raconter à Mathieu. Nous n'avons pas le choix. Rassérénée par ce plan infaillible, j'avance un peu plus confiante, levant même le poignet pour montrer à ma frangine que j'ai bien son lait de poule.

Et là… C'est le drame. Sans crier gare, Victoria s'arrête brusquement et lâche ma main.

— Regardez ! s'exclame-t-elle, des trémolos de joie dans la voix. C'est Papa !

Nos regards, y compris celui d'Albane, convergent inévitablement vers Jérôme, qui, l'air ravi, est en train de marcher dans notre direction.

*Merde, merde, merde.*

Sous les yeux écarquillés d'Albane, les enfants courent se précipiter dans les bras de leur père. La tension soudaine est palpable. Ce n'est sûrement qu'un effet de mon cerveau paniqué, mais la foule autour de nous paraît figée. Même le pauvre Merlin semble au bord du malaise vagal. Seule Mariah Carey, imperturbable, continue de brailler à dix mille décibels son *Christmas (Baby Please Come Home)* dans les haut-parleurs de la mairie.

Après avoir avalé au moins cinq fois ma salive, je parviens enfin à murmurer :

— Je crois qu'on arrive trop tard.

Reposant Victoria par terre, Jérôme s'avance vers ma sœur, nous gratifiant au passage d'un signe amical de la tête.

— Albane, j'espérais bien te trouver au marché, lance-t-il le plus naturellement du monde.

Peu encline à perdre son temps en politesses, ma jumelle abat les poings sur ses hanches et riposte avec raideur :

— Qu'est-ce que tu fais là ? On s'était mis d'accord pour que tu prennes les enfants après Noël. Ne me dis pas que tu as changé d'avis.

Mathieu émet alors un toussotement gêné.

— Je vais vous laisser, dit-il en posant sa main sur le bras de ma sœur. N'hésite pas si tu as besoin, Albane. Je reste dans les parages.

— Merci, Mathieu, on se voit plus tard.

Jérôme regarde le gendarme s'éloigner, puis reporte son attention sur Albane.

— Tu sors avec ce type ?

*Non mais lui, alors ! Il est gonflé !*

Ma sœur plisse les yeux. Il aurait mieux fait de se taire.

— Je te rappelle que nous ne sommes pas encore divorcés, le détrompe-t-elle, outrée. Tu ne crois quand même pas que je vais sauter sur le premier venu ?

Je me permets de les interrompre :

— Vous devriez peut-être trouver un endroit plus tranquille pour discuter ?

Non, parce que si Albane la bastonneuse commence à s'énerver, elle risque de devenir rapidement le phénomène de foire de la soirée. Ce dont personne n'a envie.

— On est très bien ici, rétorque-t-elle d'un ton sans appel. Alors, Jérôme, je peux savoir ce qui t'amène ?

Les yeux emplis d'une gaieté non feinte, mon beau-frère lui annonce ce que Valentine et moi savons déjà :

— Eh bien, j'ai une très bonne nouvelle ! Figure-toi que j'ai trouvé du travail à *L'Edelweiss*. Incroyable, non ?

Comme si la situation n'était pas assez inconfortable, mon abruti de téléphone ne trouve alors rien de mieux à faire que de se mettre à sonner. Mon cœur fait un bruit sourd dans ma poitrine. Je n'ai pas besoin de consulter l'écran pour deviner de qui il s'agit, puisque je n'ai pas encore pu me résoudre à enlever la chanson que j'avais attribuée au numéro de Matthew : le sirupeux *Only You*, des Platters. Bien entendu, le volume de mon portable étant réglé au maximum, tous ceux qui ne sont pas sous les haut-parleurs peuvent en profiter. Le sourire crispé, je bredouille un vague « Désolée » en fouillant dans mon sac à main. Pourquoi faut-il que Matthew m'appelle maintenant ? Dans la précipitation, je lâche mon téléphone, qui s'échoue par terre.

— Et merde ! je ronchonne en le ramassant.

Dieu merci, il n'est pas cassé. Mais j'ai raté l'occasion de décrocher.

— Tu devrais peut-être le rappeler, me suggère Valentine, pas dupe.

— On verra plus tard. Pour l'heure, il y a plus urgent, dis-je en désignant Albane et Jérôme du menton.

Tous les deux sont en effet en pleine engueulade, ma sœur reprochant à Jérôme de lui avoir caché ses intentions.

— Je voulais être certain d'avoir le poste avant de t'en parler ! proteste-t-il. Tu imagines la déception des petits, si je leur avais fait miroiter pour rien mon installation ici ?

Albane lui retourne un coup d'œil incendiaire. Valentine pousse un soupir de lassitude.

— Je vais acheter des brioches pour les enfants. On se retrouve devant le sapin.

Au moins, Axel et Victoria ne semblent pas traumatisés le moins du monde, puisqu'ils sont en train de loucher sur le toboggan gonflable qui sera mis en service demain.

— Et tu comptes loger où ? reprend Albane. Ne va surtout pas croire que je vais t'héberger !

— Je ne t'en demanderai pas tant. Le chalet attenant au restaurant est réservé aux employés. Il est vide en ce moment, donc je vais m'y installer.

— C'est bien ce que je dis, tu avais tout prévu !

*Seigneur, des vrais gamins !*

Manifestement, c'est moi qui vais devoir prendre les choses en main, puisque Valentine s'est enfuie très loin et que ma mère est complètement stupéfiée par cet échange. Me rapprochant des enfants pour les emmener avec moi, j'informe Albane que nous allons assister à l'illumination du sapin.

— Vous nous rejoindrez quand vous aurez terminé de vous disputer, OK ?

☆

Vingt minutes plus tard, nous sommes en route pour le restaurant. Après avoir admis que se donner en spectacle sur la place du bourg était un peu gênant, Albane et Jérôme ont fini par venir profiter des festivités. Avisé de la situation par Valentine, Papa n'a presque pas moufté en voyant son futur ex-gendre. Quand je dis « presque », je fais référence au « Va falloir qu'on parle, mon gars », dont il s'est néanmoins fendu. Il n'a pas eu le temps de développer davantage, car le maire est ensuite monté sur l'estrade afin de lire son discours et, sous les vivats des villageois, le sapin s'est paré de lumières dorées enchanteresses.

Assise sur la banquette arrière de la voiture de Valentine, je consulte mon portable pour la cinquantième fois en trois minutes, au cas où Matthew me rappellerait. Il ne m'a laissé aucun message, ce qui me laisse à penser qu'il m'a probablement téléphoné par réflexe avant de se souvenir que je ne travaillais plus pour lui. Même si cela ne signifie rien, savoir qu'il a cherché à me contacter me trouble bien plus que je ne le voudrais. Après toutes ces émotions, j'espère au moins que le dîner à *L'Edelweiss* sera plus calme que l'inauguration. Par chance, Jérôme prendra son poste seulement demain, et Albane ne s'est pas opposée à ce qu'il passe la soirée en compagnie des enfants.

— Vous croyez qu'ils vont se remettre ensemble ? demande tout à coup ma mère, installée du côté passager.

— Tu étais prête à marier Albane avec Mathieu il y a moins d'une heure, lui fais-je remarquer.

— Il faut toujours que tu exagères, Chloé. Je n'avais pas prévu ce retournement de situation, c'est tout. Jérôme est épatant ! Ça ne fera aucun mal aux enfants de le voir plus souvent.

Si j'approuve ses propos, je ne peux néanmoins m'empêcher de prendre la défense de ma sœur :

— Certes, mais c'est déstabilisant pour Albane. La façon dont elle a découvert son licenciement a été un véritable cataclysme pour elle, et le voilà qui s'amène sans prévenir alors qu'elle vient à peine de trouver un nouvel équilibre.

Concentrée sur la route faiblement éclairée, Valentine opine du chef. Puis elle s'empare de son portable et me le tend.

— Est-ce que ça t'ennuierait de joindre Rémi ? Il risque d'en prendre pour son grade quand Albane arrivera.

Valentine n'a pas tort. Sans sa phobie des chiens, Albane aurait pu accompagner Papa, parti déposer Merlin à la maison. Mais elle a pris sa voiture sitôt l'inauguration terminée, et roule avec quelques minutes d'avance sur nous, ce qui est largement suffisant pour nous distancer.

— Rémi ne répond pas, dis-je au bout de trois essais infructueux.

Les garçons doivent être en plein coup de feu, à cette heure-ci. Une quatrième tentative ne servira à rien, car nous sommes arrivées. Valentine se gare sur le parking de *L'Edelweiss*… juste à côté de la petite Peugeot d'Albane, vide. La démarche déterminée, ma jumelle est déjà en train de gravir les marches du restaurant, au-dessus desquelles l'enseigne en bois peinte à la main se balance dans la brise hivernale, comme dans un western. Je détache ma ceinture et sors en trombe de la voiture. Toutefois, j'ai beau foncer pour la rattraper, elle s'engouffre à l'intérieur sans me voir. Bon, tout n'est peut-être pas perdu. Elle n'osera jamais interrompre le service de Rémi, ce qui devrait me laisser le temps de la raisonner.

Rassurée, je pénètre à mon tour dans le restaurant... avant de m'immobiliser sur-le-champ en constatant que j'étais bien trop optimiste. Le spectacle auquel j'assiste n'est pas exactement celui que j'espérais : près de la porte de la cuisine, Albane pointe son index sur le torse de Rémi, chargé d'un plateau de burgers. Sans lui laisser le temps de comprendre ce qui lui arrive, elle se met alors à l'invectiver :

— Rémi ! On peut savoir ce qui t'a pris d'engager mon ex-mari ?

Que fichent Maman et Valentine, bon sang ? Je ne vais quand même pas me jeter seule dans la mêlée !

— Ah. Tu es au courant, répond Rémi, placide.

La bonne nouvelle, c'est que la musique rock diffusée dans la salle est suffisamment forte pour que les familles attablées ne les entendent pas.

La mauvaise nouvelle, c'est que leur conversation est tout à fait audible pour les clients assis au bar. Ça, je le réalise quand Albane croit bon de préciser :

— Évidemment, que je suis au courant, espèce de couillon !

— Très élégant, commente une voix masculine, non loin de moi.

Cette remarque ne manque pas de m'agacer, et le peu de patience qui me restait s'effondre.

— Oh, je vous en prie, mêlez-vous de vos oignons ! dis-je en soupirant bien fort.

Je regrette mes paroles dès que nos regards se rencontrent. La personne que je viens de rembarrer n'est autre que Mister Sourire, le bel inconnu qui m'a valu de trébucher hier. Je me mords la lèvre, confuse. Après tout, lui et ses yeux à la Daniel Craig n'y sont pour rien si j'ai les émotions à fleur de peau.

— Oh, pardon... C'est ma sœur. Elle est... contrariée.

*Mais tais-toi donc !*

— C'est vrai ? se moque-t-il, une lueur malicieuse dans les prunelles. Je n'avais pas remarqué.

OK, finalement, ce type est exaspérant. Vexée, je rétorque d'un ton pincé :

— Très drôle, James Bond.

Est-ce que je viens réellement de l'appeler James Bond ?

— James Bond, répète-t-il, dans un sourire en coin. Mmm, intéressant.

Oui, je l'ai vraiment appelé James Bond. Achevez-moi.

# 5

PENDANT QUE JE SUIS OCCUPÉE À ROUGIR de honte face à Mister Sourire, Valentine et ma mère entrent enfin dans le restaurant. L'excuse parfaite pour me carapater avant de me liquéfier davantage.

— Ce n'est pas trop tôt ! J'ai cru que vous vous étiez perdues !

— Désolée, me souffle Maman en balayant la salle du regard. J'étais au téléphone avec ton père, il ne trouvait plus la balle de Merlin. Alors, il y a du grabuge ?

— Apparemment oui, grimace Valentine, les yeux rivés sur la scène.

Soulagée de ne plus être seule pour affronter l'orage, je les entraîne vers ma sœur jumelle, qui barre toujours le passage à ce pauvre Rémi. Celui-ci essaie tant bien que mal de se défendre :

— J'ignorais devoir te consulter avant d'embaucher qui que ce soit, Albane.

— Oh, arrête ! Tu sais très bien ce que je veux dire !

Leur petit numéro menaçant de s'éterniser, je décide d'intervenir avant que les clients en salle ne s'impatientent :

— C'est bon, Albane, vous en parlerez plus tard. Laisse Rémi travailler.

— Pas tant qu'il ne m'aura pas expliqué pourquoi...

— Le problème n'est pas Rémi, la coupe Valentine. Maintenant, viens avec nous.

Albane n'hésite qu'une brève seconde avant de revenir à la raison.

— Bon, très bien, déclare-t-elle à regret.

De peur qu'elle ne change d'avis, je lui désigne la table réservée à notre nom, et nous allons nous asseoir. Non sans prendre de pincettes, je commence à lui dire :

— Je comprends que tu sois en colère, mais crier sur Rémi ne résoudra pas tes conflits avec Jérôme. Tu en as conscience, n'est-ce pas ?

Maman esquisse un sourire approbateur. Accablée, Albane se prend la tête entre les mains. Je la sens exténuée. Alors qu'elle aurait dû prendre du temps pour elle et se poser après son burn-out, je réalise qu'elle se retrouve à jongler, seule, entre deux jeunes enfants, un rythme de vie différent et son divorce à régler. Niveau charge mentale, elle est servie. Pas étonnant qu'elle se soit laissée emporter !

— Je vous ai fait honte ? s'enquiert-elle, la mine contrite.

Je lui presse la main afin de lui montrer mon soutien.

— Juste un petit peu. On ne t'en veut pas, mais ce serait formidable si tu lâchais un peu de lest.

— Lâcher du lest ? Tu crois que c'est quelque chose qui se fait sur commande ?

Je rétorque avec une moue comique :

— Tu devrais suivre mon exemple : du vin, du fromage, et tous les soucis s'envolent.

Valentine, qui était restée avec Rémi pour calmer le jeu, revient vers nous.

— Rémi va apporter nos apéritifs. Je compte sur toi pour ne pas l'écorcher vif, Albane, ajoute-t-elle en s'asseyant.

— Tant qu'il ne crache pas dans mon verre... Cela dit, ce serait sûrement mérité, admet ma jumelle. Mais, je ne sais pas, je suis la seule à trouver cette situation bizarre, ou quoi ?

Valentine lui sourit.

— Rémi ne pensait pas à mal, au contraire. Tu le connais, il est toujours prêt à rendre service.

— C'est même chic de sa part, d'avoir offert cet emploi à Jérôme alors qu'il a peu d'expérience dans ce domaine, intervient ma mère. Il fait passer l'intérêt de vos enfants devant tout le reste.

— Il aurait quand même pu m'avertir.

Valentine et moi échangeons un coup d'œil embarrassé. L'une de nous va bien devoir lui avouer que nous étions au courant. Étant la plus proche d'Albane, je me dévoue :

— Eh bien, en fait... Rémi a téléphoné à Valentine pour lui annoncer la nouvelle. Nous allions te prévenir quand Jérôme s'est pointé sur le marché de Noël. Il nous a prises au dépourvu.

— Oh, murmure-t-elle. Je vois...

Sur ces entrefaites, Rémi vient nous servir nos boissons. Albane lui présente aussitôt ses excuses.

— Ce n'est rien, lui répond-il. Tes chances d'avoir du lait de poule toute l'année ont juste chuté de cinquante pour cent, mais je suis sûr que tu te rattraperas avec ton discours au mariage.

Albane ouvre la bouche, offusquée.

— Espèce de maître chanteur !

— Dix pour cent de chances en moins chaque fois que tu me parles mal. J'ai trop hâte de t'avoir pour belle-sœur.

— Peut-être, mais il est hors de question que je fasse ce discours ! On avait dit que ton témoin s'y collerait !

— Soixante pour cent ! raille-t-il avant de s'éloigner pour retourner travailler.

Mon père arrive à son tour. Bien entendu, il tient absolument à savoir ce qu'il a raté. Nous lui relatons donc l'esclandre d'Albane.

— Pauvre Rémi, je n'aurais pas voulu être à sa place ! commente-t-il, égayé par notre récit.

— J'y suis peut-être allée un peu fort, concède Albane. Il n'empêche que Jérôme a intérêt à avoir une bonne excuse pour ne pas m'avoir prévenue.

D'une voix douce, je lui demande :

— Est-ce que c'est si grave ? Quand je te disais de lâcher du lest, tout à l'heure, j'étais sérieuse. La Terre ne va pas s'arrêter de tourner parce que tu ne maîtrises pas tout…

Je laisse mourir ma phrase en lisant la peine dans son regard. Je n'ignore pas que son côté *control freak* résulte de ce triste été où son copain a voulu me violer. Elle a compensé son sentiment de culpabilité par ce besoin maladif de tout contrôler, ses décisions sont toutes dictées par la peur du lendemain. Pas besoin d'être psy pour s'en rendre compte, Albane n'était pas comme ça, avant. Et j'imagine qu'à présent, elle ne sait plus comment redevenir la jeune femme insouciante qu'elle était. Ça me rend triste pour elle.

— N'y pensons plus, souffle Papa. Nous n'allons quand même pas laisser Jérôme nous gâcher la soirée.

Ma mère lui coule une œillade complice avant de nous déclarer, guillerette :

— D'autant plus que nous avons quelque chose à vous annoncer, les filles…

Mes sœurs et moi redressons la tête de concert. La dernière fois qu'ils nous ont fait un coup de ce genre, c'était pour nous dire qu'ils s'étaient remis ensemble.

— T'es enceinte, Maman ? je plaisante.

— Non ! s'esclaffe-t-elle. Je ne le sais que depuis ce matin, mais votre père m'emmène passer quelques jours à Vienne, en Autriche.

— Oh, c'est chouette !

Suivre les traces de l'impératrice Sissi étant l'un de ses plus grands rêves, je ne peux que me réjouir.

— Vous partez quand ? veut savoir Valentine. Il paraît que l'Autriche est superbe, au printemps.

— Nous n'attendrons pas si longtemps, répond mon père. Notre avion décolle après-demain et nous rentrerons vendredi soir prochain. Bonne affaire de dernière minute.

— Mais la boutique ? s'affole aussitôt Albane. On est en pleine période des fêtes, je ne vais quand même pas la gérer seule !

Le regard de ma mère bifurque alors sur moi.

— Eh bien, puisque tu es là, Chloé... Tu pourrais peut-être seconder Albane ? Ce ne sera que l'histoire de cinq jours, précise-t-elle en avisant ma mâchoire sur le point de se décrocher.

— Cinq jours... Euh, OK.

Ce n'est pas du tout comme si j'avais une maison d'édition à lancer sous peu et donc pas mal de travail en amont. Se méprenant sur mon manque d'enthousiasme, Maman me propose :

— Naturellement, je vais te préparer un contrat pour que...

— Oh, non, pas question. S'il s'agit seulement de filer un coup de main, je peux le faire bénévolement.

— C'est adorable, chérie, merci. On vous rapportera des souvenirs !

Malgré la joie de mes parents à l'idée d'entreprendre ce voyage, le dîner se déroule dans une ambiance particulière. Albane rumine sur le fait que Jérôme ne lui a pas au moins passé un coup de fil ; quant à moi, je n'arrête pas de penser à celui de Matthew, me demandant ce qu'il m'aurait dit si j'avais décroché. Comme je ne le saurai probablement jamais, je noie mon dépit en savourant sans vergogne mon burger montagnard composé d'un steak, de bacon frit, d'une galette de pommes de terre et de cantal fondu. Par chance, Mister Sourire a quitté le restaurant de bonne heure, il ne peut donc pas me voir m'empiffrer comme un cochon. Je ne suis pas sûre que mon ego l'aurait supporté.

☆

Le lendemain, je me réveille les yeux cernés, après une nuit agitée. En partie à cause de Merlin, qui a estimé que j'avais besoin d'une couverture supplémentaire (lui). Or, ses ronflements rivalisent allègrement avec le bruit d'un vieux tracteur lancé à plein régime. Résultat, ne parvenant pas à m'endormir, j'ai tué le temps durant quelques minutes (près d'une heure, en réalité) à faire défiler le compte Instagram de Matthew, notant au passage qu'il n'avait rien publié depuis l'annulation de sa tournée de dédicaces. Curieusement, cela ne m'a pas aidée à trouver le sommeil et je n'ai eu de cesse de repenser à notre rupture, qui est quand même l'une des plus nazes de tous les temps. Rupture… C'est bête, mais cette idée n'arrive pas à s'installer durablement en moi. Si j'ai dépassé le stade de chouiner en contemplant les photos de notre bonheur révolu, je ne parviens vraiment pas à comprendre pourquoi il a tout plaqué du jour au lendemain. Mon imagination fertile a passé au crible toutes les possibilités : Matthew est en réalité un agent de la CIA et veut nous protéger à la suite d'une mission périlleuse en Syrie ; Matthew menait en fait une double vie et son épouse a tout découvert, menaçant de le plumer en cas de divorce ; Matthew est tout simplement un connard malhonnête et instable. Hélas, ou heureusement, rien de tout cela ne me semble tenir la route. Ces hypothèses sont si éloignées de ce qu'il est !

*Ou de ce que tu croyais qu'il était.*

Pourquoi m'a-t-il téléphoné hier, d'ailleurs ? Ça aussi, j'aimerais bien le savoir ! Sur une impulsion, je tape un texto (« Je viens de voir ton appel, une urgence ? »), et j'appuie vite sur la touche « envoyer » avant de me dégonfler. Puis, au lieu de rester à attendre une potentielle réponse, je repousse ma couette et fonce sous la douche. Une fois séchée et habillée, mes SMS vérifiés trois fois par acquit de conscience, je réalise que je vais être seule durant toute la matinée : ma mère est à la boutique, mon père a prévu de rendre visite à son marginal de frère pour lui proposer de fêter Noël avec nous, quant à mes sœurs, elles profitent sûrement d'une grasse matinée bien méritée.

Dehors, un mince rayon de soleil perce le ciel hivernal après les légers flocons tombés hier. Tout est calme, c'est le moment parfait pour travailler. Motivée, j'ouvre mon ordinateur portable et réponds à des mails avant de jeter un œil aux manuscrits que m'a transférés Georgia. Le premier d'entre eux, pour lequel mon associée a eu un coup de cœur, est un roman historique centré autour de Trish, une ancienne danseuse étoile qui a abandonné sa carrière à la mort de son mari pour se consacrer à ses enfants. La quarantaine arrivant, les enfants sont grands,

Trish tourne en rond et elle décide de s'envoler pour l'Italie, sur les traces de sa grand-mère qui a vécu un amour interdit sous Mussolini. C'est exactement le genre de texte que Georgia et moi souhaitons publier. Pourtant, j'ai beau me répéter que je concrétise enfin mon rêve professionnel, impossible me concentrer sur ce que je lis. Je trouve bien plus intéressant de scruter l'écran de mon smartphone toutes les trois minutes, au cas où les Platters se remettraient à chanter *Only You* pour m'annoncer un nouvel appel de Matthew. La partie rationnelle de mon cerveau sait que c'est fort peu probable, mais je ne peux pas m'en empêcher. Je me désespère. Merlin me tire du désordre de mes pensées en s'avançant vers moi. Le gémissement plein de compassion qu'il pousse en me regardant parvient à me faire sourire.

— Tu me comprends, toi, Super Toutou !

En guise de réponse, il file dans l'entrée et revient au bout de quelques secondes, les yeux remplis d'espoir et sa laisse dans la gueule.

— Ah, d'accord ! En fait, tu ne compatissais pas du tout, tu ne pensais qu'à ta pomme ! Tu es bien un mec, tiens !

Cela dit, une bonne marche avant de rejoindre ma mère ne nous fera aucun mal.

☆

— Non mais, je rêve ! Tu n'as pas *réellement* commandé ce truc, Maman ?

Il est un peu plus de treize heures quand je pousse la porte de la boutique. Et visiblement, j'arrive en pleine crise. Les bras croisés sur sa poitrine, Albane détaille avec perplexité le renne grandeur nature qui trône au milieu du rayon jouets.

— Eh bien, quoi ? proteste Maman, perchée sur un escabeau afin de fixer une guirlande près du plafond. Je me suis un peu plantée sur la taille, mais je le trouve du plus bel effet !

— Il prend trop de place ! s'étrangle ma sœur. Si jamais un gosse le fait tomber, il va détruire nos étagères.

Bon, il est temps que je signale ma présence avant qu'elles oublient l'atelier pâtisserie.

— Coucou, je suis là ! dis-je en agitant doucement la main. Valentine n'est pas encore arrivée ?

— Je suis dans la réserve ! me parvient la voix de ma sœur aînée, qui doit s'occuper du magasin cet après-midi. J'ai jugé préférable de me mettre aux abris dès que j'ai vu le livreur décharger son camion.

— Si j'avais été seule au magasin, je l'aurais renvoyé fissa, bougonne Albane.

Ma mère descend de son escabeau, puis se tourne vers moi.

— Albane est encore d'une humeur exécrable à cause de celui dont il ne faut pas prononcer le nom, ne fais pas attention à elle, Chloé. Comment trouves-tu ce renne, toi ? Il te plaît ?

Réprimant un rire, je m'approche de la bestiole pour la jauger. Un mètre quarante au bas mot, des bois et une fourrure qui paraissent réels, un magnifique harnais rouge, vert et or qui rappelle Noël. Et…

— Oh ! Il a un nez rouge, comme dans la chanson ! je m'exclame.

— On devrait l'appeler Rudolph ! suggère Valentine en sortant de l'arrière-boutique.

— J'en étais sûre ! soupire Albane en allant récupérer son manteau. Il n'y en a pas une pour rattraper l'autre.

Peu après, dans la voiture, tandis que ma mère revoit ses fiches pour la cinquantième fois, je profite du trajet pour demander à Albane si elle a eu l'occasion de discuter avec Jérôme.

— Pas vraiment, me répond-elle en mettant le clignotant pour s'engager dans la montée menant à la station de ski. Les enfants tombaient de sommeil quand je les ai récupérés hier soir, alors nous sommes vite rentrés.

— Où sont-ils, d'ailleurs ? Je pensais qu'ils participeraient à l'atelier.

— Leur père les emmène au toboggan gonflable, apparemment, c'est bien mieux.

Je lui tapote le genou et tente de l'apaiser avec des mots moins maladroits qu'hier soir :

— Détends-toi. Ils peuvent bien s'amuser et toi souffler un peu.

— C'est ce que je n'arrête pas de lui répéter, grommelle ma mère en émergeant de ses fiches de recettes. Ah, nous sommes arrivées !

Nous déchargeons le coffre des cageots qui contiennent les ingrédients nécessaires à la confection des biscuits, puis rejoignons Clément et Jacotte, qui nous attendent devant le restaurant. Mon soulagement est grand lorsque je constate que Rémi n'est pas dans les parages. Albane est sans doute revenue à de meilleures dispositions à son égard, mais par précaution j'aimerais mieux éviter de nouvelles sources de tension.

— Jacotte, vous ne devriez pas rester dehors par ce froid ! fait remarquer Maman, tandis que Clément nous ouvre la porte de *L'Edelweiss*.

— Je lui ai proposé de se mettre au chaud, mais elle n'a rien voulu entendre, répond ce dernier. On se demande de qui Léna tient son côté tête de mule.

— Vous n'avez pas regardé les bulletins météo ? lance Albane tout en se dirigeant d'un pas décidé vers la cuisine. Ils annoncent de fortes chutes de neige sur la région ces prochains jours.

— On vient juste d'arriver, rétorque Jacotte, je ne vais pas congeler pour si peu. Ce n'est pas comme si je me pavanais *topless.*

Devant nos mines effarées, elle éclate de rire.

— Rassurez-vous, j'ai passé l'âge d'exposer l'artillerie ! Bon, on s'installe ?

En moins de deux, Albane et Clément disposent le matériel sur les plans de travail. J'en profite pour consulter mon portable en douce, mais toujours pas de réponse de Matthew. Je redresse la tête quand Clément commence à nous expliquer le fonctionnement du four. Ça n'a pas l'air très compliqué, mais je préfère rester vigilante. Le précédent restaurant des garçons ayant brûlé dans un incendie, je pense qu'ils m'en voudraient beaucoup si je réduisais *L'Edelweiss* en cendres à cause de ma maladresse.

— J'ai préparé du lait de poule en cadeau de bienvenue pour les participants, nous précise Clément. Je leur en servirai une verrine à chacun et ensuite je vous laisse le champ libre. Je reviendrai vous donner un coup de main pour nettoyer.

Nous papotons encore un peu en attendant l'arrivée des pâtissiers du jour. Pendant que Maman fait valider sa recette par Clément, Jacotte alpague Albane. Tous mes sens se mettent en alerte quand la vieille dame aborde directement le sujet brûlant du moment :

— Alors, il paraît que ton gars s'est fait embaucher ici ?

— Mon ex, réplique ma sœur dans un sourire patient. Jérôme et moi allons divorcer.

Jacotte hoche la tête sans capter le regard de mise en garde que je lui envoie.

— Ah oui, c'est vrai. Mais je n'ai pas tout saisi aux explications de ta mère ; tu l'as quitté parce qu'il a perdu son boulot ? C'est quand même rude.

Les yeux d'Albane lancent à présent des éclairs en direction de Maman. J'interviens vite avant que la cuisine de Clément ne se transforme en terrain miné :

— On devrait peut-être aller voir si les gens sont arrivés, non ?

Ma jumelle articule un « merci » silencieux tandis que Jacotte glisse un bras sous le mien.

— Tu as raison, me concède la vieille dame, je n'avais pas vu l'heure tourner. Et toi, ma jolie Chloé, ça roule toujours avec ton auteur de best-sellers ?

Pourquoi faut-il que, dans ce village, les femmes de plus de cinquante ans se prennent systématiquement de passion pour la vie amoureuse des autres ?

— Eh bien, c'est... compliqué.

— Ah, c'est souvent le cas chez les gens riches, compatit-elle en me tapotant le poignet. Il suffit de voir cette pauvre Fallon Carrington, dans *Dynastie*... J'ai été bouleversée quand elle s'est séparée de Liam. Elle fait passer le travail avant tout le reste, cette bourrique !

Je n'ai jamais vu un seul épisode de *Dynastie,* mais là, tout de suite, je vais d'abord faire un détour par les toilettes avant que Jacotte ne se mette à me comparer à « cette pauvre Fallon Carrington » et s'imagine que j'ai largué Matthew parce qu'il ne veut plus écrire.

Cinq minutes plus tard, j'estime que je peux quitter mon refuge en toute sécurité. Les bruits de voix qui me parviennent depuis la salle me confirment que tout le monde est bien arrivé, ce qui devrait m'épargner les assauts de curiosité de Jacotte. Je les rejoins au moment où Clément entame sa distribution de lait de poule. Les enfants, qui commencent à piaffer d'impatience, se calment cependant en goûtant leur boisson délicieusement sucrée. En revanche, j'ai bien l'impression que leurs mères et la mienne ont confondu l'atelier avec des retrouvailles entre copines. La cacophonie qui règne dans leur petit groupe semble intarissable. Lorsque Clément me tend mon verre, je m'enquiers :

— Est-ce qu'à tout hasard tu as pensé à ajouter du rhum dans le mien ? Elles font un de ces boucans, j'en ai déjà mal au crâne !

Le chéri de Léna secoue fermement la tête, puis il me désigne Albane.

— Ta photocopie m'a prévenu que tu étais une calamité en cuisine. On va éviter l'alcool.

— Ma photocopie a de la chance que je ne sois pas d'humeur à lancer des objets tranchants.

Le bavardage ambiant s'interrompt tout à coup. Toutes les têtes, ou presque, se tournent simultanément vers la porte d'entrée. Surprise par ce changement soudain, je pivote pour voir quel événement a bien pu réussir à faire cesser la conversation animée.

La réponse consiste en deux yeux bleu lagon, une allure sophistiquée et un charme à faire chauffer toutes les casseroles du restaurant.

*Oh non. Non, non, et non !*

— Pardon pour mon léger retard.

Reposant son lait de poule sur le bar, Maman lâche une exclamation.

— Ah ! Voilà le charmant jeune homme inscrit à l'atelier ! Venez, ne soyez pas timide.

*Mon Dieu, je ne la connais pas, cette personne n'est pas ma mère.*

Tandis que l'homme s'avance d'un pas tranquille sous les regards appréciateurs, j'éprouve un certain malaise en repensant au moment où je l'ai appelé James Bond, hier soir. Au sourire taquin qu'il m'envoie au passage, lui non plus n'a visiblement pas oublié. Mazette ! Cette fin d'année ne me laissera-t-elle donc aucun répit ?

# 6

L'IDÉE DE M'ENFUIR du restaurant en courant pour me cacher sous ma couette jusqu'au Nouvel An me traverse brièvement l'esprit, mais cela ne servirait à rien. Pas plus que partir avec Clément en prétendant que j'ai promis à Léna de lui rendre visite. Bien que ces deux options soient très tentantes, mon comportement paraîtrait suspect. Notamment aux yeux de ma mère, qui s'empresse de mettre le grappin sur le nouveau venu :

— Vous devez être Théo Lormont, lit-elle sur sa fiche.

— C'est bien ça, approuve-t-il, avenant. Théo, ou James Bond, selon les jours.

Il croise mon regard une fraction de seconde, et je pourrais jurer qu'il est sur le point de rire. La température de mon visage vient de s'élever de dix bons degrés. À la mention de mon héros favori, Maman me sonde exactement de la même façon que le jour où je pensais avoir bien planqué un paquet de cigarettes sous mon matelas, à l'âge de quinze ans. Je n'ai pas le temps de chercher une échappatoire qu'elle finit par percuter :

— Ah, mais je vous remets, maintenant, Théo ! Vous étiez assis au bar, hier soir. Vous devez déjà connaître ma fille, dans ce cas.

— Laquelle ? s'enquiert-il malicieusement. Celle qui a traité le serveur de couillon, ou celle qui m'a demandé de m'occuper de mes oignons ?

C'est officiel, mon ego est en état de mort clinique. Et je ne vais pas tarder à le suivre.

— Chloé ! s'offusque ma mère. Tu n'as quand même pas fait ça ?

J'affecte un air désinvolte, histoire de faire bonne mesure.

— Quoi ? Tu te doutes bien que je n'aurais jamais insulté Rémi.

— Oh, Chloé !

Elle est si mortifiée en comprenant que j'ai vraiment rembarré Mister Sourire que c'est tout juste si elle ne s'excuse pas de m'avoir mise au monde. Jacotte me sauve *in extremis* en faisant tinter une cuillère sur son verre.

— Il est temps de démarrer notre atelier ! annonce-t-elle.

Une fois que nous sommes tous réunis dans la cuisine, Albane se charge de l'énoncé des règles : les enfants travailleront en binôme avec leur mère (le manque flagrant d'hommes me fait réaliser que les clichés ont la vie dure), les adultes restants en duo. C'est ainsi que je me retrouve avec… Mister Sourire, puisque ma mère me place d'autorité à côté de lui, tandis qu'elle choisit Jacotte comme coéquipière. Je vais me ridiculiser, c'est sûr. Masquant mon trouble, je noue mon tablier autour de ma taille, prête à agir comme si j'étais la pâtissière du siècle. C'est sans compter Albane qui, se retrouvant à faire cavalier seul, se sent obligée d'ajouter son grain de sel :

— Un conseil, Théo, organisez-vous bien. Ma sœur a tendance à provoquer des dégâts dès qu'il s'agit de cuisiner.

*Merci, Albane, tu me le revaudras.*

— C'est à ce point ? s'enquiert-il en plantant ses yeux indécents dans les miens.

Une grimace m'échappe alors que je me remémore ce soir de septembre où j'avais tenté d'épater Matthew, après avoir visionné la dernière vidéo d'une influenceuse culinaire. Fiasco total. Il serait plus honnête de prévenir Mister Sourire.

— Eh bien... La dernière fois que j'ai voulu faire des escalopes à la milanaise, j'ai confondu la chapelure avec de la semoule.

— De la semoule ? répète-t-il comme s'il ne me croyait pas.

— Oui. On a fini par se faire livrer des sushis tellement c'était infâme. Vous pouvez demander à changer de binôme, je ne le prendrai pas mal.

— Certainement pas, glousse-t-il. Je parie que je vais adorer cette expérience !

*Au moins autant que je vais la détester...*

Les petits cuisiniers étant prêts, ma mère s'éclaircit la voix pour leur parler de la recette du jour :

— Les biscuits que nous allons faire sont originaires d'Alsace. Là-bas, on les appelle des *bredele*. En général, chaque famille possède sa propre recette et son ingrédient top secret qui les rend uniques.

— Comme quoi ? interroge une jeune femme en lançant un regard lubrique vers le seul homme majeur de la pièce.

Une autre pouffe en la surprenant, elle a ce rire exact que l'on utilise en compagnie d'un mâle séduisant. Dans son pull bleu marine parfaitement ajusté avec un crocodile pour logo, le petit col de chemise qui dépasse et ses lunettes à monture en écailles, Mister Sourire ne semble pas le moins du monde embarrassé d'être ainsi le centre de l'attention.

Sans perdre contenance, ma mère poursuit :

— Les déclinaisons sont infinies. On peut ajouter du café, du citron, des zestes d'orange, de l'anis… Cet après-midi, nous allons cependant nous en tenir à la recette basique en utilisant de la poudre d'amandes, de la vanille et de la cannelle. Vos biscuits seront savoureux, je vous le promets.

Pour l'instant, tout se déroule à merveille. Je passe à Théo les ingrédients dont il a besoin tout en prenant bien soin de les peser. Non loin de là, Albane travaille avec des gestes précis, tandis que, face à moi, une fillette très concentrée a un petit bout de langue qui pointe entre ses lèvres. L'ambiance est agréable, une douce odeur sucrée envahit déjà la cuisine et les enfants ont le sourire. Entre deux étapes, ma mère furète autour de Théo et moi, sans doute pour s'assurer que je ne fais pas d'ânerie.

— Vous vous en sortez à merveille, Théo ! approuve-t-elle avec la verve d'une groupie d'un chanteur pour ados. On dirait que vous avez préparé des *bredele* toute votre vie. Est-ce indiscret de vous demander ce qui vous a poussé à vous inscrire à notre atelier ?

— Des raisons professionnelles, lui révèle-t-il sans ciller. Je suis journaliste.

Nos doigts se frôlent lorsque nous entreprenons en même temps de pétrir la pâte. Je me recule en sentant une drôle de chaleur se répandre au creux de mes reins.

— Ah oui ? poursuit ma mère. Pour quel genre de revue ?

— Un hebdomadaire féminin. Je m'occupe de la rubrique « Évasion ». Ma mission est de donner à nos lecteurs l'envie de séjourner ici l'hiver prochain.

Tout en continuant à mélanger la pâte, il lui explique que pour cela il teste un maximum de services et loisirs proposés par les stations de ski de la région.

— On cherche à mettre en avant des endroits au cadre chaleureux et familial. La reconnexion aux autres et à la nature revient beaucoup à la mode. Cet atelier est un vrai plus, surtout pour un si petit village.

— Vous devriez revenir samedi prochain, lui suggère-t-elle. Le cours aura lieu le matin, nous fabriquerons des petites maisons en pain d'épice.

— J'y compte bien ! répond-il en me glissant un regard en coin. Si vous le permettez, je ferai deux ou trois photos pour illustrer l'article.

Ma mère affiche une expression de ravissement.

— Tu entends ça, Chloé ? s'extasie-t-elle. Théo veut parler de nous dans son journal ! Tu devrais peut-être lui montrer quelques endroits sympas.

Albane, qui n'en perd pas une miette, m'adresse un sourire sans équivoque.

*Non mais, c'est pas vrai ! Pourquoi ne suis-je pas partie en même temps que Clément, déjà ?*

— On verra. N'oublie pas que je bosse à la boutique à partir de lundi.

*Ce qui m'arrange bien, pour le coup.*

— Alors, vous aussi, vous vivez ici ? m'interroge Théo.

Je me fige un instant. Lui parler de ma vie n'est pas exactement ce dont j'ai envie, à l'heure actuelle.

— Je suis de passage dans ma famille pour les fêtes. Le reste du temps, j'habite à New York.

— Fantastique ! Ce doit être génial.

Avant que je ne puisse rebondir, ma mère reprend, à l'attention des pâtissiers :

— À ce stade, votre pâte est normalement terminée. Je vais passer parmi vous pour vérifier sa texture. Ensuite, nous allons pouvoir l'étaler avant de découper les formes que vous souhaitez grâce aux emporte-pièces.

— Vous voyez, vous n'avez déclenché aucune catastrophe, me félicite Théo.

Soulagée, j'opine du chef.

— C'est vrai, je suis en net progrès. Enfin, c'est vous qui avez fait le plus gros du travail, je n'ai aucun mérite.

Il me sourit et, pour la première fois, je remarque la discrète tache de naissance qu'il arbore entre le cou et la clavicule, là où la peau est fine et sensible. J'aurais presque envie d'y poser mes lèvres. Cet homme est sexy, quand même. Constatant que je suis carrément en train de fantasmer, je détourne les yeux. Jacotte s'approche alors de nous et soupire en voyant que j'ai empilé la vaisselle de façon très aléatoire sur le plan de travail.

— Chloé ! Regarde-moi ce bazar, même une vache n'y retrouverait pas son veau ! Je ne serais pas étonnée que tu aies confondu le sel avec le sucre, vu la disposition des contenants.

*C'était trop beau, bien trop beau.*

Une moue confuse se peint sur mon visage.

— Euh… En fait, j'ai comme un doute.

À ma gauche, Mister Sourire se mord les lèvres pour ne pas éclater de rire. L'horloge se prend un regard mauvais quand je réalise qu'il reste encore bien trop de temps avant la fin de l'atelier.

Une heure plus tard, tout le monde est parti et je m'autorise enfin à souffler. Si mes biscuits ont mystérieusement fusionné entre eux à la cuisson, ne ressemblant en rien à des sapins ou à des étoiles, au moins ils n'étaient pas agrémentés de sel. Ce qui ne m'a pas empêchée de pâlir de jalousie en découvrant les formes parfaites de ceux de Théo.

— La pâte était pourtant la même, ai-je ronchonné pour la forme.

— Vos mains tremblaient, vous étiez stressée, a-t-il rétorqué.

Stressée. Hum. J'aurais dit déstabilisée, moi, mais inutile de jouer sur les mots. Les participants sont repartis ravis, leurs *bredele* empaquetés dans des sachets, et, après avoir tout nettoyé avec l'aide de Clément, nous sirotons un café dans un silence bien agréable.

— Ce journaliste est très sympathique, lance soudain Maman. Et doué pour les gâteaux, avec ça. Je lui ai donné l'adresse du magasin, on ne sait jamais.

— Une chose est certaine, il est très conscient de son pouvoir de séduction, fais-je remarquer.

— En même temps, ses yeux sont d'un bleu carrément affolant, relève Albane.

Jacotte se met à sourire d'un drôle d'air.

— Le coup du tombeur aux yeux azur, c'est indémodable ! Le reste n'est pas mal non plus, cela dit.

— Dites donc, Jacotte ! rit ma mère. Je ne vous imaginais pas comme ça !

— Quoi ? Il faut bien que je regarde du côté où ma tête est tournée !

L'ambiance étant détendue, j'en profite pour lui demander comment va Lulu, son mari.

— Il a des hauts et des bas, me confie-t-elle. Accepter sa maladie n'est pas une mince affaire, mais il a commencé une collection de nains de jardin pour s'occuper.

— Puisque vous en parlez, intervient Clément, Léna lui en a déniché un habillé en biker, pour Noël.

— Ça lui fera plaisir… En espérant qu'il ne l'égare pas, celui-là !

— Comment ça ?

— Je ne sais pas, soupire-t-elle. Il prétend depuis ce matin qu'un de ses nains a disparu.

— Ah bon ? réagit Albane. Ça ne s'envole pourtant pas comme ça, un nain de jardin.

Jacotte hausse les épaules.

— Il est persuadé qu'on le lui a volé, mais je ne vois pas qui voudrait s'embarrasser de ce genre de camelote. Je suis sûre qu'on va finir par le retrouver dans un coin du garage. Il est tellement tête en l'air, quand il s'y met !

Nous discutons encore un peu, puis nous allons aider Valentine à fermer la boutique avant de retourner chez mes parents. Papa a pris soin d'installer le sapin dans le salon en nous attendant. Jules est avec lui et Jérôme a déposé les enfants avant d'aller travailler.

— Tatie Chloé ! m'accueille Victoria, surexcitée. On va décorer le sapin !

— Je sais, ma puce. Ça va être génial !

— Sauf si Mamie nous passe en boucle *Le Petit Renne au nez rouge*, rétorque Jules en jetant un coup d'œil désespéré vers ma mère, en train de s'affairer dans sa collection de disques.

— T'inquiète, j'ai préparé une playlist beaucoup plus acceptable, dis-je en sortant mon portable de la poche de mon jean.

En consultant l'écran, je note qu'il n'y a toujours aucun message de Matthew, et ça m'agace. Je sais que je ferais mieux d'en prendre mon parti ou de le mépriser, au lieu de guetter comme une psychopathe, mais c'est plus fort que moi. Les yeux rivés sur la fenêtre pour dissimuler ma déception, je déglutis au moment où la tête d'Albane se pose sur mon épaule pour un câlin.

— Tu es toute tristounette, ma Chloé. Appelle-le, au lieu de te torturer.

L'avantage – ou l'inconvénient, ça dépend – d'avoir une jumelle, c'est que je n'ai pas besoin de parler pour qu'elle comprenne ce qui me tourmente.

— L'appeler ? Pour lui dire quoi ? Que son absence me dévore et que mon cœur est en suspens depuis qu'il a essayé de me joindre alors que c'était sans doute une erreur ?

— Oui, si c'est que tu ressens.

— J'ai l'impression d'être pathétique… C'est minable de ne pas réussir à oublier son ex, non ?

— Ce qui est minable, c'est de ne jamais t'avoir donné de véritable motif à votre rupture. C'est l'équivalent d'un deuil sans corps, difficile de se faire une raison. Mais tu y arriveras.

Je me retourne, dépitée.

— Je n'en sais rien. Je n'ai pas le mode d'emploi pour ça.

— Tu es bien plus forte que tu ne le crois, Chloé. Regarde tout ce que tu as surmonté ; ce n'est pas rien de se reconstruire après une tentative de viol, ajoute-t-elle en baissant la voix, afin de préserver les enfants.

— Peut-être… Mais tu as toujours été la plus courageuse de nous deux. Souviens-toi de ce jour, en classe de sixième, où tu as flanqué une rouste à ce grand dadais de Baptiste Frémont. Il mesurait dix bons centimètres de plus que toi.

Elle balaie ma remarque, comme si cela n'avait aucune importance.

— Il t'avait collé du chewing-gum dans les cheveux. Sa rouste était méritée.

— Ce que je veux te dire, c'est que je n'aurais jamais trouvé le cran de l'affronter. C'est l'éternel problème de ma vie : je passe mon temps à cogiter, à tergiverser, à réfléchir après coup à ce que j'aurais dû dire ou faire. Matthew me manque terriblement, je le déteste, et pourtant je suis incapable de lui demander une bonne fois pour toutes pourquoi il nous a fait ça.

— Ce n'est pourtant pas compliqué.

— Oh, je sais qu'à ma place tu lui aurais déjà fait regretter d'avoir croisé ma route. Tu as le mental d'un dogue dans un corps de chihuahua.

Ma sœur éclate aussitôt de rire.

— Et le plus beau compliment fut !

Je ris avec elle face à l'absurdité de ce que je viens de dire. Un sourire espiègle, Jules s'approche de ma sœur :

— Chloé vient de te comparer à ta pire phobie, ou j'ai rêvé ?

Je prends un air faussement menaçant.

— Sache que j'ai l'intention d'éliminer tous les témoins. Dommage, je t'aimais bien !

Je lui ébouriffe les cheveux, récoltant au passage un grognement très adolescent :

— Ah ! Arrête ça !

— Détends-toi, tu restes mon neveu préféré, dis-je sur le ton de la plaisanterie en rejoignant les autres près du sapin.

Axel et Victoria ont commencé à accrocher quelques boules, sous l'œil vigilant de Valentine, qui veille au grain sur les jolis angelots en porcelaine rescapés de notre enfance. Tandis que mon portable diffuse l'entraînant *Rockin' Around the Christmas Tree*, Maman me tend une tasse de thé.

— Je suis contente de voir les enfants si joyeux, se réjouit-elle en me montrant Jules qui soulève Victoria pour lui permettre d'atteindre une branche plus haute.

La scène dévie rapidement sur une bataille de chatouilles, et les cris suraigus de mes neveux couvrent presque le son de la musique. Ma mère a raison, ce genre d'ambiance me manquait, à moi aussi.

— Ils sont surexcités, marmonne Albane en les observant d'un œil las. Je suppose que Jérôme les a gavés de sucreries.

— Ça leur fait du bien, ces moments avec lui, tempère mon père, et à toi aussi, Albane. Le fait qu'il s'installe ici t'apportera un peu de soutien.

Un peu vexée (et très susceptible), ma frangine rétorque, le menton fièrement dressé :

— Merci, mais je me soutiens parfaitement toute seule. Ces dernières semaines me l'ont démontré.

J'ose à peine répliquer que ses traits fatigués viennent démentir ses propos. Papa, lui, reprend :

— Tu parles encore sous le coup de l'irritation, mais tu verras comme tu te sentiras bientôt soulagée. Jérôme et moi avons papoté autour d'un verre, quand il a déposé les petits, il est très heureux de pouvoir s'investir davantage auprès d'eux.

Je ne lui cache pas mon étonnement :

— Tu as réellement offert un coup à boire à Jérôme ? Il n'y a pas si longtemps, tu aurais menacé d'aller frapper à sa porte à coups de hache.

— On peut agir de manière courtoise et civilisée, proteste-t-il.

— Tu es malade ? l'interroge Albane. D'abord un voyage surprise pour Maman, ensuite ça…

Une guirlande enroulée autour du cou, Valentine se trémousse sur *Vive le vent.*

— Quelle paire de mauvaises langues vous faites ! ricane-t-elle en passant à notre hauteur. Moi, j'ai toujours su que Papa était un mec bien. Il paraît que tu es allé voir ton frère, ce matin ?

Mon père opine de la tête.

— Je ne suis sûrement qu'un indécrottable optimiste, mais je ne désespère pas de le convaincre de fêter Noël avec nous. Il m'a dit qu'il y réfléchirait, ça change du refus catégorique habituel.

C'est vrai que notre oncle est un être un peu particulier. Vieux garçon, pas très sociable, il vit comme s'il se suffisait à lui-même. Ce qui est probablement le cas, d'ailleurs. D'un caractère totalement opposé à celui de Papa, il a toujours fui les repas de famille, privilégiant la solitude de sa petite maison, qui appartenait autrefois à leurs parents. Un vrai mystère !

Durant les trente minutes suivantes, nous aidons les enfants à terminer le sapin, puis prenons quelques photos pour immortaliser cet instant joyeux. Tandis que Maman pousse un soupir d'aise devant sa famille réunie, Papa passe un bras autour de ses épaules et lui plaque un baiser sur la tempe avant de lui murmurer quelque chose au creux de l'oreille. Ça me touche, de les voir si complices après tant d'années (je ne compte pas leurs trente ans de divorce, puisqu'ils étaient toujours fourrés ensemble), de constater que le véritable amour n'a pas d'âge et qu'on peut s'aimer à soixante ans comme si on en avait vingt. Ça me rend un peu jalouse aussi, mais ça me donne de l'espoir en même temps : il suffit de regarder mes parents pour savoir que le bonheur existe quelque part.

# 7

*Lundi 13 décembre*

LE DIMANCHE EST PASSÉ À VIVE ALLURE. Le grand jour pour mes parents, qui trépignaient d'excitation à l'idée de s'envoler pour l'Autriche. Ce qui n'a pas empêché Maman de perdre un temps précieux à nous rabâcher pour la centième fois les différentes procédures concernant le magasin, au cas où nous n'aurions pas bien compris les quatre-vingt-dix-neuf fois précédentes. C'est tout juste s'il n'a pas fallu que Papa la traîne de force pour qu'elle se décide à monter dans la voiture, non sans nous seriner qu'elle restait joignable si jamais une catastrophe survenait : une fuite d'eau, une erreur de caisse, ou une fugue de Merlin (sous ma garde durant ces cinq prochains jours) pour la rejoindre en Autriche. Son panel d'angoisses est très large.

Une fois nos parents partis (avec vingt bonnes minutes de retard sur leur planning), j'ai suggéré à mes sœurs de déjeuner au marché de Noël, où nous étions en train de trinquer au vin chaud quand Papa nous a informées par texto que Maman était bien assise dans l'avion, dont elle ne pourrait plus sortir avant l'atterrissage à Vienne. Albane et Valentine sont ensuite retournées à leurs obligations familiales, me laissant en tête à tête avec Merlin pour la soirée. Nous en avons profité pour regarder plusieurs épisodes de *Stranger Things* en mangeant du popcorn en guise de dîner. Enfin, surtout moi, puisque Super Toutou, peu concerné par les malheurs de ce pauvre Will, entraîné malgré lui dans « le monde à l'envers », s'est contenté de ronfler près de la cheminée, les quatre fers en l'air. J'ai envoyé une photo à ma mère, qui, soufflée par l'ingratitude de son protégé, m'a aussitôt répondu :

Il pourrait au moins déprimer un peu !

Ce matin, Albane et moi avons ouvert la boutique à neuf heures. J'étais prête à accueillir la clientèle avec mon sourire le plus lumineux. Mon entrain a pris un coup dans l'aile lorsque, après avoir demandé à ma sœur où je pouvais me procurer du bon café pour tenir la journée, celle-ci m'a désigné la bouilloire et les dosettes lyophilisées stockées dans la réserve. C'est immonde et insipide, mais dorénavant, je sais quoi offrir à ma mère pour Noël. Je me suis consolée de cette légère déconvenue en pensant à la bonne humeur des clients qui pousseraient la porte et découvriraient, enchantés, les décorations féeriques et les guirlandes scintillantes disposées partout dans le magasin.

Grossière erreur.

En réalité, la foule ne se presse pas du tout. En six heures, nous avons vu à peine huit personnes. La première cliente, Odette, la quasi-centenaire du village, nous a pris quatre bougies « senteur feu de bois » dans l'espoir de couvrir les odeurs de Pupuce, son bouledogue qui laisse échapper des pets à tout bout de champ. Après quoi, Judith, la mère de Léna, est passée se ravitailler en lectures, ma mère vendant aussi des romans à l'eau de rose et des polars. Nous avons également eu droit à la visite du facteur, qui a tenté de gratter des chocolats réservés aux clients les plus généreux, et d'un groupe de quatre touristes repartis avec tout un assortiment de babioles kitsch sur le thème de la montagne. Depuis, c'est le calme plat. Il est un peu plus de seize heures et j'hésite entre ingérer mon poids en papillotes au chocolat pour passer le temps (le facteur a raison, elles sont excellentes), ou me plonger dans la comptabilité afin de vérifier que Maman n'est pas au bord de la faillite. Cela me briserait le cœur, mais j'ai conscience que c'est malheureusement le cas de bien trop de commerces ruraux, délaissés au profit des centres commerciaux et autres sites marchands, qui excellent dans l'art de nous convaincre que le bonheur consiste à transformer nos envies en besoins, et de tout obtenir dans l'instantané. C'est triste, et pourtant on en a oublié ce que sont l'échange et la proximité, le plaisir de l'attente et de la découverte.

— J'en ai marre, lâche tout à coup Albane, accoudée au comptoir. Il faut qu'on vire ce renne.

Surprise, je redresse la tête vers le pauvre Rudolph, qui n'a rien demandé à personne.

— Hé ! Ne sois pas si méchante envers lui ! Il n'y est pour rien s'il y a moins de monde ici que dans le désert de Gobi.

Ma sœur hausse les épaules.

— Je sais, on ne voit jamais un chat le lundi. J'ai suggéré à Maman d'en faire son jour de fermeture, mais elle s'obstine.

— Tu aurais pu me prévenir plus tôt ! Je commençais sérieusement à m'inquiéter pour ses affaires.

— Oh non, ne t'en fais pas pour ça. Le magasin est toujours très fréquenté.

— À part le lundi, ne puis-je m'empêcher de maugréer. Si j'avais su, j'aurais pu faire la grasse matinée... Mais revenons-en au renne : je le trouve très mignon, moi.

Albane termine son gobelet de café et lève la main en signe d'objection.

— Il est trop imposant, c'est à peine si on peut accéder aux jouets. Non, vraiment, sa place n'est pas ici.

Sans un mot de plus, je me glisse vers le fond du magasin afin d'évaluer concrètement la situation. Albane n'a pas tout à fait tort, Rudolph bouffe beaucoup d'espace.

— Il doit bien y avoir une solution...

— Faire don du renne au marché de Noël en est une, insiste ma sœur.

En me retournant, il m'apparaît soudain évident que le portant de livres de poche, trop proche de l'entrée, pourrait être déplacé derrière la caisse. Tout comme le tourniquet à magnets, qui gâche franchement l'ambiance. Peu à peu, un plan se forme dans mon esprit. Si mes calculs sont exacts, nous devrions obtenir quelque chose de plus attrayant.

— Je crois que j'ai trouvé ! On va réagencer la boutique !

Albane fixe de façon un peu apeurée le sourire triomphal sur mes lèvres.

— Pourquoi est-ce que je m'attends déjà au pire ?

Une heure plus tard, j'admire notre travail, satisfaite. Le rayon des jouets est à présent dégagé et nous avons réussi à déplacer le renne de la discorde face à la vitrine, qui donne sur la place principale du bourg. Ainsi, il se fond parfaitement dans le décor de Noël élaboré par ma mère, sans pour autant gêner qui que ce soit. En prime, nous avons accroché de grandes chaussettes en feutrine rouge, dénichées dans un carton. L'effet est très chaleureux et festif.

— D'accord, c'est beaucoup mieux comme ça, admet Albane en balayant la pièce du regard. Les gosses ne pourront pas rater le renne en passant devant la boutique.

J'opine avec la plus grande énergie.

— Rudolph va nous attirer du monde, je te le prédis.

Comme pour souligner mes propos, la porte s'ouvre alors sur le joyeux tintement du carillon. Je le savais, qu'il suffisait de peu !

— C'est moi ! s'annonce Valentine, charriant avec elle une bouffée d'air froid et humide.

OK, pour la foule de clients en délire, on attendra demain.

— Tu tombes bien ! l'accueille Albane. Chloé a décidé d'apporter quelques petits changements au magasin. C'est réussi, tu ne trouves pas ?

Valentine détaille notre nouvelle organisation, puis se tourne vers moi :

— C'est vraiment sympa ce que tu as fait ! Ça t'a pris comme ça ?

D'un mouvement du menton, je désigne Albane.

— La criminelle qui me sert de jumelle comptait se débarrasser de Rudolph.

Redressant l'un des bois du renne qui s'est légèrement tordu durant le déplacement, Valentine prend son air le plus indigné.

— Rudolph n'aurait pas mérité un tel sort ! proteste-t-elle. On enferme des gens en prison pour moins que ça, Albane.

— Non, mais je rêve ! rétorque ma frangine en roulant des yeux au plafond.

— C'est surprenant que Maman n'ait pas songé elle-même à le rapprocher de la vitrine, fais-je remarquer. Je veux dire, en temps normal elle l'aurait directement placé là.

Valentine abonde dans mon sens :

— J'ai l'impression que le fait de prendre sa retraite dans moins d'un an la déroute un peu.

Albane laisse échapper un imperceptible soupir.

— C'est le sentiment que j'ai aussi. Maman a toujours travaillé, ça va lui faire tout drôle… En plus, elle aimerait que je reprenne le flambeau, ajoute-t-elle avec une moue peu convaincue.

— Je me trompe, ou ça ne t'emballe pas plus que ça ? De nous trois, ma sœur jumelle est pourtant la plus compétente pour faire perdurer le magasin.

— C'est une lourde responsabilité, me répond-elle avec prudence. Je sors quand même d'un burn-out, et puis j'ai les enfants à gérer.

— Jérôme est là, maintenant, lui rappelle Valentine. Tu n'es plus seule.

Une expression vulnérable passe alors dans les yeux d'Albane. J'ai envie de la serrer dans mes bras et de lui garantir que tout va bien se passer, et ce même si sa vie a volé en éclats. Sans m'en laisser l'occasion, elle secoue la tête pour se ressaisir.

— Parlons d'autre chose, décrète-t-elle. Tu veux boire un café, Valentine ? Chloé n'a pas encore descendu tout le stock.

J'esquisse une grimace de dégoût.

— Il faudrait être suicidaire ! Ce café est infect.

Tout en riant, Valentine nous assure qu'elle s'en passera.

— En fait, je suis venue pour vous proposer un truc amusant.

— Ne me dis pas que tu veux encore nous faire regarder tes téléfilms de Noël aussi insipides que le café de Maman ! s'inquiète aussitôt Albane, le regard implorant.

— Mais non, idiote ! J'ai juste envie qu'on passe une journée ensemble, rien que nous trois. Vous pourriez laisser la boutique fermée mercredi, qu'en dites-vous ?

Évidemment, je suis la première à m'enthousiasmer :

— Oh, oui, une journée entre filles ! Cela fait si longtemps qu'on n'a rien fait de ce genre !

— C'est tentant, mais les enfants ? demande Albane. Ils n'ont pas école et...

— Et Jérôme ne prendra pas son service avant dix-huit heures, la coupe Valentine, contente de son effet. Je suis intervenue auprès de Rémi pour m'en assurer.

Hourra ! Un large et franc sourire illumine enfin les traits d'Albane.

— Tu es géniale ! s'écrie-t-elle, aux anges. Qu'est-ce qu'on va faire, alors ? Du shopping ?

Pleine d'espoir, je renchéris :

— Une virée au spa ? Une manucure ?

— Hum, pas tout à fait... Vous vous souvenez de Pierrot ?

Je lui fais signe que oui. Avant de prendre sa retraite, notre père était guide de randonnées ; Pierrot faisait parfois équipe avec lui. Papa l'évitait cependant pour les longs circuits, à cause de sa manie d'aller ensuite au bar pour se moquer des randonneurs débutants. Pierrot n'est pas un mauvais bougre, mais il n'a jamais su faire preuve de pédagogie, et encore moins de discrétion quand il a quelques verres dans le nez.

— Je ne sais pas si c'est encourageant, que tu nous parles de lui dans le cadre d'une journée filles, réplique Albane, dubitative.

Sous nos yeux inquisiteurs, Valentine entreprend de s'expliquer :

— Mais si, tu vas comprendre : Pierrot propose depuis peu des balades à motoneige. Et comme il souhaite peaufiner son parcours avant l'arrivée en masse des touristes, il nous fait un prix d'ami pour l'occasion.

Un couinement s'échappe de ma bouche :

— Hein ? Des motoneiges ?

— Bien sûr, il y aura une formation d'un quart d'heure pour apprendre à maîtriser l'engin.

— J'adore le concept ! approuve Albane. C'est super, Chloé, non ?

« Super » n'est pas le terme auquel je pense, dans l'immédiat. J'ai dû m'y prendre à six reprises avant d'obtenir mon permis de conduire, et je suis sûre que c'est par pitié qu'ils ont fini par me le donner. Par conséquent, Valentine ne peut pas m'avoir proposé de chevaucher une motoneige avec en tout et pour tout quinze minutes de préparation, j'ai forcément mal compris. Je n'ai cependant pas le temps de lui faire part de mes doutes, car la porte s'ouvre à nouveau, cette fois-ci sur Jacotte et Lulu.

— Bonsoir, nous saluent-ils tous les deux d'un ton sans joie.

La démarche inégale, le vieil homme garde une main fermement enroulée autour du bras de sa femme. C'est indéniable, en deux ans, il a décliné. Son visage est un peu plus figé, son corps plus raide. La manière dont Jacotte est devenue son roc me bouleverse. Afin de dissimuler l'émotion qui menace de me brouiller la vue, je m'empresse d'approcher une chaise pour Lulu.

— Merci, jeune fille, souffle-t-il en s'efforçant toutefois de sourire. Je suis comme les vieux, passée une certaine heure, je fatigue.

Aux sourcils froncés de Jacotte, si enjouée d'habitude, je devine qu'ils ne sont pas là pour leur shopping de Noël. Sans détour, mais avec douceur, je m'enquiers :

— Est-ce que tout va bien ?

Lulu ôte machinalement sa casquette.

— Non, ça ne va pas. Quelqu'un en veut à mes nains.

Les yeux écarquillés, Valentine répète :

— À vos nains ?

Jacotte nous annonce alors qu'un deuxième nain de jardin a disparu. Elle est dépitée.

— Je vous avoue que je ne sais pas quoi en penser. Un, encore, ça peut arriver qu'on l'égare…

Lulu se met à secouer vivement la tête.

— Non, chouchou. J'ai peut-être Parkinson, mais faut pas croire que je débloque du ciboulot. Ces nains, on me les a volés, je te dis !

— Laisse-moi finir ! le reprend-elle. C'est ce que j'allais dire : deux disparitions, ça ne peut pas être un hasard. On venait pour savoir si vous n'auriez rien vu ou entendu de suspect.

— Non, répond Albane. Ils étaient où, ces nains ?

— Dans le jardin, pardi ! rétorque Lulu. Je ne dors pas encore avec… Enfin, je ferais peut-être mieux.

— C'est ça, compte là-dessus, marmonne Jacotte.

Mes sœurs et moi nous contenons pour ne pas éclater de rire. La détresse du vieil homme est si palpable que ce serait totalement déplacé. Je leur demande s'ils ont prévenu les gendarmes. Jacotte me considère, la mine perplexe.

— Tu crois vraiment qu'ils vont remuer ciel et terre pour deux malheureux bibelots ?

— C'est leur boulot. D'accord, il ne s'agit que de nains de jardin et il n'y a pas eu effraction, mais ce n'est pas une raison.

— Qui aurait intérêt à faire ça ? enchaîne une Valentine incrédule.

— Des voyous ! grommelle Lulu. Voilà ce qu'ils sont, des voyous !

Je tique immédiatement :

— Des voyous… Vous pensez donc qu'ils ont agi à plusieurs ?

Jacotte réfléchit moins d'une seconde avant de déclarer :

— Avec les jeunes qui rentrent éméchés du marché de Noël, va savoir… Mais ça pourrait tout aussi bien être un coup de Micheline Martin, notre voisine.

Valentine marque une légère surprise.

— Micheline, ah bon ? Nous avons fréquenté le même cours d'autodéfense, à l'époque où je suis revenue vivre ici. Je la trouvais sympathique, c'est une vraie ninja.

— Elle participe chaque année au concours du plus beau jardin, et je l'ai vue loucher sur les nains de mon Lulu. Cette bonne femme ne recule devant rien, elle est redoutable.

Mon regard dévie sur Albane, qui est en train de décrocher son très chic manteau beige de la patère.

— Je vais vous emmener à la gendarmerie, leur propose-t-elle. Ce n'est pas normal, ce qui vous arrive.

— Tu es sûre ? dit Lulu en se redressant avec un effort évident.

Déterminée, ma sœur opine du chef.

— Je connais bien Mathieu, l'adjudant. Il vous recevra sans problème.

— On le connaît aussi, fait valoir Jacotte. Ne t'embête pas, je peux lui passer un coup de fil demain matin.

Mais c'est mal connaître Albane, qui ne lâche jamais rien.

— Allons, plus vite ce sera fait, mieux ça vaudra. Si ça ne vous ennuie pas, on va d'abord récupérer mes enfants à la garderie, ajoute-t-elle en disparaissant dans la réserve.

Lorsqu'elle réapparaît deux minutes plus tard, je remarque qu'elle a pris le temps de se recoiffer et de remettre du rouge à lèvres. Autant dire qu'elle prend sa mission très à cœur.

— Je te laisse fermer la boutique, Chloé. Et n'oubliez pas qu'on dîne chez moi, les filles ! nous lance-t-elle.

Alors là, son attitude me laisse bouche bée ! Albane qui me plante sans me rappeler de bien brancher l'alarme avant de fermer, c'est une première ! Je n'en reviens pas de voir à quel point un homme peut la transformer et lui faire oublier son besoin de tout contrôler. La regardant s'éloigner avec Jacotte et Lulu, je ne peux m'empêcher de demander à Valentine :

— Et sinon, toi aussi, tu le connais bien, ce Mathieu ?

# 8

PLUSIEURS HEURES PLUS TARD, nous sommes assises autour d'un plateau de sushis, disposé sur la table basse d'Albane. Les enfants étant au lit, celle-ci est en train de nous raconter par le menu détail ce qu'a donné la déposition de Jacotte et Lulu à la gendarmerie.

— Si vous aviez vu l'expression de Mathieu quand Lulu lui a sorti que ses nains font partie de sa vie ! Heureusement, il a vite compris de quoi il retournait et a su faire preuve de finesse.

Nous sourions toutes les trois, sans nous moquer. La lubie de Lulu peut certes paraître un peu fantaisiste sur les bords, mais nous avons conscience que bichonner ses nains lui permet surtout de mieux vivre sa maladie. Les effets thérapeutiques sont réels sur son moral, c'est un peu comme s'il s'occupait des enfants qu'il n'a pas eus.

J'engloutis mon troisième maki saumon-avocat avant de demander :

— Les gendarmes vont enquêter, alors ?

— Enquêter est un bien grand mot. Ils feront des rondes… Mais les chances que la personne qui a fait le coup expose les nains volés dans son jardin sont maigres.

— Donc, il n'y a aucune piste tangible pour l'instant ?

Albane me fait signe que non.

— Mathieu a brièvement évoqué un « Front de libération des nains de jardin », qui les kidnappe pour les laisser ensuite en forêt. Mais ce groupe n'est plus actif depuis une dizaine d'années.

L'information me paraît si incongrue que j'éclate de rire.

— Du rapt de nains de jardin… À quel moment critique de sa vie décide-t-on de faire un truc pareil ?

— Je n'en sais fichtrement rien, me dit-elle en souriant. Mathieu compte interroger la femme dont Jacotte et Lulu nous ont parlé, on verra bien si ça mène quelque part. J'ai proposé d'y aller avec lui, pour atténuer le caractère officiel, vous voyez.

Valentine la regarde avec des yeux malicieux.

— Tu aimes bien passer du temps avec Mathieu, non ?

Très intéressée par la réponse, je me redresse un peu. Tout à l'heure, lorsque nous n'étions plus que toutes les deux à la boutique, Valentine m'a confié avoir remarqué elle aussi que ma jumelle paraissait rechercher la compagnie du gendarme. Néanmoins, difficile de déterminer s'il s'agit d'un rapprochement amoureux ou amical.

La question de Valentine lui tire un petit claquement de langue réprobateur.

— Je vous vois venir, les filles, vous êtes exactement comme Maman !

Je m'en défends sur-le-champ :

— Pas du tout, Albane ! C'est juste que… Après tout, tu peux bien t'amuser un peu.

— C'est trop tôt, affirme-t-elle, catégorique. Et puis, il est hors de question de passer pour la nana de retour au bercail qui veut séduire tout ce qui bouge.

— On ne te parle pas de tout ce qui bouge, mais de Mathieu.

Albane se relève et se plante face à son sapin, décoré de mauve et d'argent. Si je ne peux pas voir son visage, je constate cependant une certaine tension au niveau de ses épaules.

— Les choses sont compliquées, nous dit-elle au bout d'un moment. Je crois que Jérôme veut une seconde chance.

J'arque un sourcil interrogatif.

— Ah bon ?

Ma sœur s'arrache à la contemplation du sapin pour revenir vers nous.

— Je peux me tromper… Mais quand on était encore ensemble, pour rien au monde il ne serait venu vivre ici.

— Il le fait sûrement pour les enfants.

— Justement, cette façon de vouloir jouer au père parfait et de prendre le premier boulot qui se présente… J'ai le sentiment qu'il cherche à se faire pardonner.

— Tu en as envie ? lui demande Valentine.

Albane secoue la tête, indécise.

— Tout ce que je veux, c'est le bonheur d'Axel et Victoria, murmure-t-elle.

Découvrir ma jumelle aussi ébranlée remue quelque chose en moi. Quelque chose de profond qui me serre le ventre. Il est rare qu'elle nous laisse entrevoir cette facette d'elle-même, qu'elle admette ses doutes. Je la rejoins et la prends dans mes bras.

— Tes enfants seront heureux uniquement si leurs parents le sont, Albane… Papa et Maman ont été divorcés, et pourtant nous n'étions pas malheureuses, loin de là.

Elle m'adresse un sourire reconnaissant.

— Tu devrais commencer par dire ce que tu as sur le cœur, lui conseille Valentine. Si tu aimes toujours Jérôme… Eh bien, parle, exprime tes émotions. Tu peux le faire.

Albane l'arrête d'un geste de la main.

— Mes sentiments n'ont rien à voir là-dedans. Ce qui me met en colère, c'est que je m'accrochais tant à l'idée que tout allait bien que je n'ai rien vu venir. Et je m'en veux de tourner ça dans tous les sens, car il y a des problèmes plus graves dans le monde.

— Mais celui-là te touche à titre personnel, Albane, lui dis-je doucement. Tu as le droit d'être triste ou en rogne. Tu as le droit d'accorder une seconde chance à Jérôme, comme tu as le droit de décider que votre histoire est terminée. Le principal c'est que tu avances en te sentant bien dans tes choix.

— Chloé a raison, approuve Valentine. Regarde, je l'ai bien fait, moi, reprendre ma vie en main. Et pourtant…

— Pourtant, on sait tous à quel point tu es une froussarde professionnelle ! ricane Albane, faisant sans doute référence au soir où notre aînée a accueilli Rémi armée d'une pelle après avoir eu la mauvaise idée de regarder toute seule un film d'horreur.

*Only youuuuu…*

Mon portable ! Mon sang se fige avant de se ruer à nouveau dans mes veines.

Mon portable sonne, Matthew m'appelle ! Sous le choc, je suis incapable de bouger.

— Réponds, au lieu de faire les gros yeux ! s'exclame Valentine.

Rien à faire, je reste immobile.

— Je sais que vous allez m'espionner.

Lasse de me voir tergiverser, Albane s'empare de mon téléphone et me le tend.

— On sera discrètes, m'assure-t-elle.

— Mais bien sûr ! Je me demande encore pourquoi j'hésite, espèces de tordues ! je réplique en m'avançant vers la salle de bains afin de m'isoler.

Fermant à double tour derrière moi, je prends une grande inspiration, puis je décroche.

— Matthew ? je murmure, doutant d'avoir réellement affaire à lui.

— Oui, c'est moi. Salut, Chloé.

Entendre son timbre chaud me foudroie littéralement. Mes jambes sont à deux doigts de faire un numéro de claquettes. Je m'en veux pour ça. J'aimerais tant demeurer impassible, au lieu de supplier mon cœur de cesser ses tambourinements erratiques !

Aussi empotée qu'une adolescente, je bafouille :

— Alors… Hum… Tu as essayé de me joindre, vendredi. C'était urgent ?

*Si ça l'avait été, il t'aurait laissé un message, andouille !*

— Eh bien, je voulais te parler, me répond-il.

Il me semble un peu nerveux, je ne sais pas si c'est bon signe. Je fixe une seconde mon reflet dans le miroir avant de m'asseoir sur le rebord de la baignoire.

— Si c'est au sujet du travail, ce n'est plus à moi qu'il faut t'adresser, Matthew.

— Et j'en suis réellement navré, Chloé. Je t'assure que je ne voulais pas que les choses tournent ainsi. J'aurais pu essayer de convaincre Damon de…

Je l'interromps par un petit rire amer.

— De ne pas me virer ? Je n'ai pas besoin d'un homme pour me défendre. Il était simplement temps pour moi d'entamer un nouveau chapitre de ma vie et j'ai saisi l'occasion.

J'ai conscience de mon ton très sec, mais je le trouve plutôt culotté de prétendre jouer les preux chevaliers après m'avoir poignardée en plein cœur sans ménagement. S'il voulait me vexer, c'est réussi !

Sans attendre sa réponse, j'enchaîne :

— Donc, tu veux me parler. Je t'écoute.

— Non, pas au téléphone, toussote-t-il. Ce que j'ai à t'expliquer, c'est… Je rentre de Nantucket en fin de semaine, est-ce que tu aurais un moment pour me retrouver autour d'un café ?

Je meurs d'envie de savoir ce qu'il fiche à Nantucket, île du Massachusetts très prisée par les riches habitants du nord-est du pays, mais j'ai peur qu'il me balance que c'est là que logent sa potentielle femme et leurs six enfants. À la place, je me contente de lui indiquer que je me trouve très loin de Manhattan en ce moment, ajoutant négligemment :

— Ça devra attendre mon retour.

— Tu es en voyage ? s'étonne-t-il.

*Oui, je me suis fait la malle en Floride après avoir épousé un milliardaire rencontré au bar du Hilton, où je noyais mon chagrin dans le gin.*

— Je suis chez mes parents.

J'espère que ma voix ne tremble pas. Je brûle de le revoir et en même temps je ne suis pas sûre de le vouloir. Je ne suis pas certaine de pouvoir contenir mes émotions face à son regard à la fois si doux et déterminé. Pas certaine de réussir à maintenir à distance cette tension électrique qui m'anime dès que je suis en sa présence. Surtout, j'ai peur d'oublier toute morale et toute fierté, de lui retomber facilement dans les bras, et ce même s'il m'avoue être marié. L'amour peut blesser de manière très cruelle, mais je ne possède pas le mode d'emploi pour apprendre à désaimer du jour au lendemain.

— C'est vrai, se souvient-il sans se douter des tourments qui m'agitent. Tu m'avais dit que tu passerais les fêtes en France.

J'avale ma salive en réalisant qu'il ne mentionne même pas le fait que je lui avais proposé de venir avec moi.

— Tu vas bien, sinon ? continue-t-il comme si de rien n'était.

— Euh, oui. Merci. Mais je dois te laisser. Mes sœurs m'attendent.

*Moi, Chloé, reine de la repartie choc.*

— Très bien. J'aimerais vraiment que tu me rappelles quand tu seras rentrée…

Il marque une pause, hésitant à poursuivre. Mon souffle reste en suspens. S'il me dit que je lui manque, mon cœur s'envole. S'il ne me le dit pas, mon cœur s'effondre.

— Bref, tu as mon numéro, conclut-il.

— Entendu. À plus tard, Matthew.

Immobile, le téléphone entre les mains, il me faut un certain temps pour recouvrer mes esprits. Je ne sais absolument pas quoi penser de cet échange, qui me laisse à nouveau pleine de questions. Pourquoi tient-il à me voir plutôt que discuter au téléphone ? Pourquoi diable est-il à Nantucket alors que jamais auparavant il ne m'en a parlé ? Les mains tremblantes, je me connecte sur Instagram, comme si ça allait m'apporter la moindre réponse. Une longue étendue de sable fin surmontée d'un magnifique ciel virant au rose sous le soleil couchant m'apparaît aussitôt. Matthew a publié hier soir cette photo sans légende ni localisation, et plus de huit mille personnes ont aimé.

— Est-ce que tout va bien, Chloé ?

La voix d'Albane me fait sursauter, mon pouce glisse sur l'écran de mon portable.

— Oh, non ! Merde !

Je viens de *liker* moi aussi la photo de Matthew. La honte ! Malgré les centaines de notifications qu'il doit recevoir, il risque de se rendre compte de mon espionnage peu reluisant. Je m'empresse donc de retirer mon cœur (en espérant que ça l'annule pour de bon), puis je quitte la salle de bains, encore un peu chamboulée. Leurs deux paires d'yeux rivées sur moi, mes sœurs me demandent en chœur :

— Alors ?

Me laissant tomber sur le canapé, j'enterre mon visage dans un coussin et leur raconte la boulette que je viens de commettre. Valentine part immédiatement dans un fou rire incontrôlable.

— Oh, Chloé ! Tu es vraiment sur du haut potentiel catastrophique !

Tout en se mordant l'intérieur des joues, Albane me sert une bonne rasade de prosecco et vient s'asseoir à côté de moi.

— Qu'est-ce que tu faisais sur son compte Instagram alors que vous venez juste de vous parler ? s'enquiert-elle, cédant à son tour à l'hilarité.

— Je ne le sais pas moi-même, dis-je en haussant une épaule. J'ai tout l'air d'une folle dangereuse, hein ?

— Je t'assure que tu es très équilibrée, me détrompe-t-elle. Même si là, tout de suite, ça ne saute pas forcément aux yeux, je te le concède.

Deux sœurs, ça vaccine à vie contre la susceptibilité.

— Bon, tempère Valentine, de toute façon Matthew n'aura probablement pas eu le temps de voir que tu as aimé sa photo. Qu'est-ce qu'il te voulait ?

Entre deux gorgées réconfortantes de vin, je leur relate notre conversation en quelques mots.

— Je ne comprends pas ce qu'il attend de moi, dis-je en conclusion. Il n'a pas été capable d'aller au bout de ses pensées… Je ne suis pas plus avancée qu'avant son coup de fil.

— Il veut sûrement t'expliquer pourquoi il a rompu, suppose Valentine. Ce serait la moindre des choses.

C'est en effet l'hypothèse la plus plausible. Pourtant, c'est aussi celle qui m'effraie le plus. Oh, bien sûr, c'est quand même mieux de savoir pourquoi on se fait larguer. Mais au fond, je suis terrifiée par la probabilité qu'il puisse y avoir une autre femme, légitime de surcroît.

— Le problème, c'est que s'il m'annonce être marié…

— Tu lui balances ton verre à la tête, me coupe Albane. Et pas seulement le contenu.

Sa réplique me fait sourire. Ma jumelle sait que je suis beaucoup moins sanguine qu'elle.

— Et s'il avait l'intention de te demander pardon ? intervient à nouveau Valentine. S'il t'aime et que tu l'aimes aussi…

N'étant guère du genre à se bercer d'illusions sur la vie, Albane secoue la tête.

— Ou alors, il veut juste prendre du bon temps, grommelle-t-elle. Chloé est si folle de lui qu'elle ne dira pas non.

Je proteste un peu mollement :

— Hé ! Je suis là, je te signale ! Matthew ne jouerait pas avec mes sentiments.

Elle a la mine de celle qui n'en croit pas un mot, mais au moins elle évite de me contredire.

— Tu admettras qu'il pouvait très bien te demander pardon au téléphone, me fait-elle cependant remarquer. Donc, si j'ai bien compris, tu aviseras à ton retour à New York ?

J'acquiesce, non sans esquisser une moue perplexe :

— Moui… C'est un bon résumé de ma stratégie actuelle.

Un gloussement s'échappe alors de la bouche de Valentine.

— Vous n'êtes pas jumelles pour rien, relève-t-elle d'un ton plein de tendresse. Toutes les deux tourmentées par vos ex, à vous poser mille questions sur votre avenir sentimental…

Je la fais taire en lui jetant un coussin à la figure.

— Oh, ça va, la future mariée ! je m'esclaffe. Toi non plus, tu n'en menais pas large, à une époque !

— Je passe sous un tunnel ! ricane-t-elle. Oh ! Regardez, il neige !

Nous nous dirigeons toutes les trois vers la fenêtre et contemplons sans plus rien dire les flocons d'une blancheur immaculée qui tourbillonnent avec grâce et légèreté. Puis je me rends compte qu'il est bientôt vingt-deux heures. Merlin risque de bouder et de tout raconter à ma mère si je ne prends pas le temps de le sortir et de jouer avec lui avant de dormir. Sans parler des risques sur la route si la neige s'intensifie. Résignée, je me relève pour prendre congé de mes sœurs.

— Je crois que nous avons assez parlé de Matthew et des mecs en général. Netflix et un lit tout chaud m'attendent, c'est bien plus réjouissant.

— Je n'aurais pas dit mieux, me répond Valentine en réprimant un bâillement. Je vais rentrer moi aussi, j'ai une quinzaine de petits monstres à gérer demain et un dîner avec mon amoureux dans la foulée. On se voit mercredi matin pour la motoneige !

La motoneige… Ah. Oui. C'est drôle, ça m'était complètement sorti de l'esprit.

# 9

*Mercredi 15 décembre*

— Allez, Chloé ! Respire, on va se fabriquer des nouveaux souvenirs !

*Je t'en ficherais, des nouveaux souvenirs !*

À califourchon sur mon scooter des neiges, le regard que je coule vers Albane manque passablement de conviction. Je n'ai pas eu besoin d'ouvrir la bouche pour que ma frangine devine que je ne suis pas très à l'aise : notre mini-formation terminée, elle a décrété que Valentine monterait derrière elle, puisque l'ultime motoneige disponible a été réservée à la dernière minute. Je donnerais n'importe quoi pour échanger ma place avec ma sœur aînée, mais Albane a refusé net, persuadée que je vais la déconcentrer et l'engueuler à la moindre accélération.

Je lui réponds en grognant :

— Je sais que Pierrot nous surveille, ça m'angoisse !

Parti accueillir la personne qui s'est ajoutée à la randonnée, notre moniteur s'éternise un peu trop à mon goût. Je le soupçonne en réalité de noter nos moindres faits et gestes pour s'en donner ensuite à cœur joie auprès de ses copains de bar. « La jumelle aux cheveux longs, une véritable empotée, celle-là ! »

— Il ne nous surveille pas, il mate nos popotins ! plaisante Valentine tout en ajustant son casque. Oh, le voici justement qui arrive… Plutôt canon, le type qui vient avec nous.

Mon alarme mentale se déclenche aussitôt, me poussant à me retourner. Le teint hâlé par l'air de la montagne, les yeux protégés par des lunettes de soleil, Mister Sourire avance d'une démarche assurée dans notre direction. Et il est sexy en diable, dans sa combinaison étanche, ce qui n'est pas donné à tout le monde. Même son charme semble agir sur Pierrot, qui ne nous a pas encore balancé la moindre vacherie.

— Regarde-moi ça, le mâle alpha dans toute sa splendeur ! me chuchote Albane.

J'ai juste le temps de lui ordonner de se taire, car Théo nous rejoint.

— Bonjour ! nous lance-t-il joyeusement. Quelle bonne surprise de vous retrouver ici !

— N'est-ce pas ? lui répond Albane avec un enthousiasme exagéré. On dirait bien qu'on ne se quitte plus !

Regrettant déjà d'être venue, j'observe mes pieds avec une concentration grotesque. J'aurais été bien mieux à la boutique, à vendre des bougies parfumées aux vieilles dames affublées de chiens péteurs et à raconter ma vie à Rudolph. En plus de s'abstenir de tout commentaire, notre renne a la courtoisie de ne pas être doté d'un sourire ravageur, ce qui est fort appréciable.

Théo salue poliment Valentine, qu'Albane vient de lui présenter.

— Je vois que vous profitez à fond des loisirs de la station, constate ma sœur aînée, avenante.

— Il faut dire que le coin recèle de charmes inattendus.

Ses yeux planqués derrière ses lunettes s'attardent une seconde de trop sur moi et je sens mes joues devenir brûlantes malgré le froid. Cet homme serait capable de provoquer une avalanche d'un simple regard.

Évidemment, sa remarque n'a pas échappé à Albane, qui lui renvoie la balle :

— Je présume que vous ne faites pas uniquement allusion à l'atelier pâtisserie de notre mère.

— Détrompez-vous, j'ai adoré. Il me tarde de confectionner ma maison en pain d'épice.

*Oui, alors, ce sera sans moi, merci.*

Théo prend ensuite son scooter en photo avant de s'installer. Pierrot se racle la gorge.

— Bien ! annonce-t-il avec entrain. Si tout le monde est prêt, nous allons pouvoir y aller.

Non, je ne suis absolument pas prête, mais pour rien au monde je ne l'admettrai. Théo ayant déjà pu constater combien je suis nulle en pâtisserie, je ne vais pas en plus lui donner l'occasion de rire de mes performances à motoneige. Je vais plutôt me la jouer pleine d'audace et d'assurance, après tout, ça ne devrait pas être très compliqué.

— Bonne chance ! articule silencieusement Albane avant de rabattre son casque sur sa tête.

En la voyant démarrer avec l'empressement d'un pilote de moto GP, je m'estime finalement contente de rouler seule. Valentine pousse d'abord un petit cri surpris, mais elle finit par s'adapter à la conduite sportive de ma jumelle. Les gerbes de neige volent de part et d'autre, ce qui fait marrer Pierrot. Pour ma part, le col de ma parka remonté contre la morsure glaciale de l'hiver, je les suis avec la plus grande prudence sur le tapis de neige qui s'étire à l'infini devant nous. Je ne m'en sors pas si mal, contrairement à ce que je redoutais. La conduite en soi est assez facile, vu qu'il n'y a pas à changer de vitesse, et j'ignore délibérément l'accélérateur, privilégiant un rythme de croisière à trente kilomètres heure. Je commence même à me détendre lorsque, au bout d'une vingtaine de minutes, nous abordons une clairière dont je ne connaissais pas l'existence. Pierrot nous fait signe de nous arrêter, afin d'admirer le panorama.

— Savourez ! Ce n'est pas en bas que vous verrez ça.

En effet, tout autour de nous, les sapins sont presque blancs et un silence ouaté emplit l'atmosphère. Nous sommes au milieu de nulle part, un nulle part où la neige, semblable à une épaisse couche de sucre glace, étincelle de mille paillettes sous le bleu pur du ciel. Toutefois, j'évite de regarder le vertigineux précipice, à droite, qui donne sur les falaises. Sur l'autre versant du mont, j'aperçois un groupe de randonneurs à raquettes en train de monter. Bientôt, ils profiteront d'une vue imprenable sur le village.

— C'est superbe ! murmure Théo en sortant son appareil photo.

Il a raison. Le paysage n'est plus seulement beau, il devient magnifique.

— J'imagine que vous devez pourtant avoir vu des endroits plus époustouflants, avec votre métier.

À vrai dire, je m'attendais presque à ce qu'il se montre blasé. On voit rarement des journalistes s'attarder dans les parages, ils préfèrent en général les stations huppées.

— Oh, pas tant que ça, me détrompe-t-il. J'ai eu la chance de séjourner à Gstaad l'an passé pour un dossier spécial, mais la mode est à la simplicité en ce moment.

Je n'arrive pas à définir s'il le déplore ou non. Mister Sourire est visiblement un professionnel très consciencieux.

— D'accord, c'est sûr qu'on est aux antipodes de Gstaad. Ce n'est pas dans notre coin paumé que vous croiserez les Kardashian au détour d'une virée à skis.

Pierrot se pointe vers nous en sifflotant l'air d'*Étoile des neiges*. S'il y en a un qui se trouve dans son élément ici, c'est bien lui. Combien de fois l'ai-je surpris en train de parler de la montagne avec Papa, des étoiles plein les yeux ? Un véritable passionné ! Si seulement il ne se transformait pas en commère dès qu'il picole un peu, on pourrait le qualifier d'adorable. Mais d'un autre côté, difficile de lui en tenir rigueur : sa femme est partie du jour au lendemain, après le brusque décès de leur fils, emmenant leur fille avec elle. Il ne les a plus revues. C'était il y a une quinzaine d'années.

Le son de sa voix me tire de mes pensées :

— Alors, conquis ? questionne-t-il Théo en désignant l'horizon percé par les monts.

Mes sœurs m'alpaguent pour prendre un selfie face au somptueux panorama, puis je m'éloigne un peu pour m'aventurer dans la partie boisée.

— Ne t'attarde pas trop, me recommande Pierrot. On repart bientôt.

— Compris, chef !

Je m'abstiens de lui avouer qu'en réalité je cherche juste un coin tranquille pour faire pipi. Ce serait un peu gênant. J'attends qu'il n'y ait plus personne dans mon champ de vision pour me cacher derrière un arbre. Parfait. Au même instant, un bruit étouffé, presque un froissement, se fait entendre non loin de moi. Tendue, je me redresse, l'oreille aux aguets.

— Il y a quelqu'un ? C'est toi, Albane ?

Pas de réponse. Les images de ce film où Hugh Grant se retrouve face à un ours s'imposent alors à mon esprit. Et si la région en avait réintroduit dans les montagnes ? L'information a tout à fait pu m'échapper, depuis New York. Le bruit se répète, je panique. Mon cœur s'accélère et ma bouche devient sèche.

*Ne t'évanouis pas !*

C'est pourtant ce qui manque de se produire quand un pelage sombre passe furtivement à dix mètres de moi. Je ferme les yeux très fort, pensant à regret à Matthew. Quitte à choisir, j'aurais préféré mourir blottie entre ses bras, lui dire une dernière fois que je l'aime, et tant pis s'il est marié ou s'il fricote avec la pègre !

Mais Matthew est à Nantucket et moi ici, sur le point de me faire dévorer par un animal sauvage. Non, pas question de capituler ! Mue par un instinct de survie, je m'élance et me mets à courir en hurlant comme une dératée.

— Sauvez-vous, il y a un ours ! je crie en débouchant sur la clairière.

Sans attendre les réactions de mes compagnons de randonnée, je saute sur ma motoneige et appuie sur le bouton « start ». Dans la précipitation, je pousse l'accélérateur à fond. Mon scooter part comme une fusée. La surprise me désarçonne, je m'envole, battant désespérément des mains pour ne pas aller remplacer Thomas Pesquet dans l'espace. Enfin, avec toute la grâce et la délicatesse d'une otarie, je retombe lourdement sur le sol.

Mes sœurs et Théo se ruent vers moi, tandis que Pierrot rattrape sa machine de l'enfer et coupe le moteur. Un truc désagréable est en train de me rouler le long de l'échine. L'embarras, sûrement.

— Rien de cassé ? me demande Albane, affolée.

— Non, ça va. J'ai juste le souffle coupé.

Même si je me retrouve allongée dans la neige, j'ai atterri sur mon postérieur. Il devrait s'en remettre, contrairement à ma dignité.

— Bon sang, tu nous as fichu une de ces frousses ! s'exclame Valentine, soulagée.

Rassuré lui aussi quant à mon état de santé, Pierrot se penche au-dessus de moi et me considère d'un air perplexe.

— Un ours, vraiment ? s'enquiert-il, à moitié narquois.

Je suis vexée par son sarcasme à peine dissimulé.

— Ça y ressemblait beaucoup !

Mon interlocuteur secoue la tête. C'est tout juste s'il ne rit pas.

— Tu as eu peur d'un chamois, Chloé, m'apprend-il. Plusieurs groupes ont élu domicile dans cette partie de la montagne.

— Ah ? Pourtant…

— Je peux t'assurer qu'il n'y a aucun ours ici. Alors la prochaine fois, tu remettras ton casque avant de filer comme une hystérique.

Super. Avec la discrétion légendaire de Pierrot, le nombre de personnes qui n'auront pas entendu parler de la jumelle dérangée d'ici l'heure du déjeuner est négligeable.

Le ridicule ne tue pas, mais parfois j'aimerais bien.

Bien sûr, mes sœurs et Théo sont à présent en train de se gondoler sans aucune retenue. Des tas de jurons aimeraient sortir de ma bouche, mais pour l'heure j'ai froid.

— Euh, sinon… Vous pourriez m'aider à me relever, au lieu de me laisser mourir d'hypothermie ? La brise est glaciale.

Reprenant son sérieux, Mister Sourire me tend une main gantée. Je me félicite de ne pas avoir jeté les miens à la tête du chamois.

— Merci, dis-je en me redressant. Et ne faites aucune remarque, surtout.

— Pourquoi ? On a toujours besoin d'un James Bond sous le coude.

— James Bond m'aurait rattrapée en plein vol, lui ! je rétorque tout en époussetant la neige accumulée sur mes vêtements.

— Ou il aurait tué l'ours à mains nues, raille-t-il.

— Riez encore une fois, et je vous fais interdire d'atelier pâtisserie.

— Alors là, vous êtes dure !

Je me surprends à lui sourire. Je pourrais jurer qu'il vient de m'adresser un clin d'œil, sous ses lunettes de soleil.

— On peut repartir ? nous interrompt Pierrot. Ou tu souhaites encore explorer la faune sauvage, Chloé ?

Je soupire : je parie que cette mésaventure va me poursuivre durant au moins les trois prochaines décennies ! Mais quand on est capable de confondre un ours et un chamois, mieux vaut faire profil bas…

☆

Environ mille heures plus tard, je suis assise bien au chaud à *L'Edelweiss.* Mon arrière-train a fini de décongeler, mais mes cheveux sont encore tout poisseux de leur séjour forcé dans la neige. Bien que je rêve d'une douche brûlante, mon ego a d'abord besoin du réconfort que seul un lait de poule pourra lui procurer. Comme si la journée n'avait pas assez mal commencé, mes sœurs ont entrepris de proposer à Mister Sourire de se joindre à nous pour boire un verre, ce dont je me serais volontiers passée.

— Qu'est-ce qui t'est arrivé ? veut savoir Rémi en posant ma boisson face à moi. On dirait que tu as voulu te laver dans un caniveau.

Je lui réponds d'un ton nonchalant, enfin j'essaie :

— Ça aurait peut-être été moins humiliant, remarque. Je me suis vautrée à motoneige.

— Sans son casque, précise Albane. Tu aurais pu te faire très mal, Chloé.

Rémi, qui n'est pas pompier pour rien, fronce aussitôt les sourcils.

— Pierrot t'a laissée démarrer sans casque ? Ce n'est pas normal.

— Elle pensait avoir vu un ours, se marre Théo.

— Pierrot n'a pas eu le temps de dire quoi que ce soit qu'elle fonçait déjà, complète Valentine.

Tandis que je sirote mon lait de poule, tous les trois s'empressent de narrer mes exploits à Rémi. De nouveaux éclats de rire fusent, mais cette fois-ci, je me joins à eux de bon cœur, plaisantant même de la situation :

— Je vous avais prévenues que cette histoire de motoneige ne m'emballait pas.

— C'est vrai, soupire pensivement Albane. Mais sans cela, nous n'aurions rien eu de drôle à raconter.

*Non, mais je rêve !*

— Tu sais quoi ? Si tu n'étais pas ma sœur, je te détesterais.

Albane a l'œil qui frise ; c'était ma pique préférée quand on se chamaillait, gamines.

— Je ne suis pas seulement ta sœur, Chloé. Je suis ton double, ça change tout.

— Bien sûr, mais ça ne veut pas dire que je n'ai pas envie de te tuer, par moments. Comme maintenant, par exemple.

— Est-ce qu'elles sont toujours comme ça ? demande Théo en s'adressant à Valentine.

— La plupart du temps, oui. Les trois années où j'ai été fille unique me manquent beaucoup, parfois...

— J'imagine !

Théo rit à nouveau. En tournant la tête pour lui asséner une remarque bien sentie, j'aperçois une lueur taquine dans ses yeux, qui sont désormais posés sur moi. Il est si proche de moi que, si je voulais...

— Hé ! Salut vous tous ! nous surprend alors une voix enjouée.

Ayant reconnu Léna, je me relève tout sourire.

— Waouh, mais quel ventre ! dis-je en me reculant pour mieux contempler ses huit mois de grossesse.

— Ne m'en parle pas ! À ce rythme, je vais finir avec la taille d'une barrique.

— Nous aussi, on a cette impression, rigole Rémi tout en lui avançant une chaise.

Après s'être récolté une bourrade sur l'épaule, il ajoute :

— Clément ne m'a pas dit que tu passais.

Léna s'assoit, non sans lorgner avec envie le reste de mon lait de poule.

— Ce n'était pas prévu, mais il paraît qu'il y aura des pâtes à l'ail et au parmesan, ce midi. Comment veux-tu que je résiste ? Je peux finir ton lait de poule, Chloé ?

— Pas question, il y a de l'alcool dedans, répond Clément, sorti de sa cuisine pour venir embrasser sa femme et nous saluer avant le service.

— Tant pis, j'aurai essayé ! soupire Léna dans un haussement d'épaules fataliste. Le monde est très cruel avec les femmes enceintes. J'interdirai à ma fille d'avoir un bébé.

— Je suis sûr que ce sera un garçon, affirme Clément.

D'un geste de la main, Léna fait mine de le chasser, tel un vulgaire insecte.

— Tu n'y connais rien, retourne préparer nos pâtes, homme !

Semblant mal à l'aise, tout à coup, Théo se racle la gorge.

— Je vais vous laisser, déclare-t-il en se redressant.

— Vous ne restez pas manger avec nous ? proteste Valentine.

— Non, c'est gentil, mais j'ai du travail.

Il s'interrompt une seconde, puis plonge son beau regard dans le mien.

— J'espère qu'on se reverra, Chloé.

Ses prunelles dévient un quart de seconde sur ma bouche. Par réflexe, je m'humecte les lèvres. Autour de nous, personne ne pipe mot. Embarrassée par ce soudain silence, je déglutis avec peine pour réussir à formuler une réponse.

— Bah… Le village est minuscule, alors oui, sûrement.

Il semble vouloir ajouter quelque chose, mais se ravise et salue tout le monde avant de quitter le restaurant.

— C'était très mignon, cette façon que vous aviez de flirter, commente alors Albane.

*Non, mes joues ne sont pas en train de virer couleur pivoine.*

— Nous ne flirtions pas, je le remettais gentiment à sa place.

— J'ai pourtant senti une sacrée tension sexuelle entre vous, renchérit Léna.

— C'est sans doute à cause de tes hormones. Il paraît que c'est fréquent, chez les femmes enceintes.

— Clément ne se plaint pas, c'est vrai, ricane-t-elle.

— Vous m'excuserez, toussote Rémi, mais je refuse d'associer le mot « sexualité » à mon frère. Je vais terminer de dresser les tables, notre nouvelle serveuse ne va pas tarder.

— Une nouvelle serveuse ? s'étonne Albane. Jérôme ne fait pas l'affaire ?

— Si, bien sûr, mais avec le pic d'activité attendu ces prochaines semaines, une recrue supplémentaire ne sera pas de trop. Emeline semble avoir pas mal d'expérience, elle va nous sauver notre soirée karaoké de samedi.

Sans nous demander notre avis, Valentine lui annonce déjà que nous serons de la partie. Albane a beau protester que nous chantons faux toutes les trois, je suis plutôt enthousiaste à l'idée de sortir m'amuser un samedi soir.

— Tu m'as forcé la main pour la motoneige, Albane, tu me dois bien un karaoké !

— Tant que ça ne se finit pas par un vol plané, grimace-t-elle.

Évidemment, Léna rit comme une forcenée en apprenant ce qui m'est arrivé. Puis, très vite, la discussion bifurque sur les nains de jardin de Lulu. Léna a vu Jacotte ce matin et, aux dernières nouvelles, Lulu est très remonté, au point d'envisager de monter la garde tous les soirs avec une carabine qui n'a pas servi depuis les années soixante. Je frémis en faisant remarquer qu'il pourrait blesser quelqu'un sans le vouloir, si ce n'est pire.

— Elle n'est pas chargée, m'assure Léna. Ma grand-mère a vérifié.

— J'espère qu'il retrouvera vite ses nains manquants, déclare Valentine. Il m'a fait de la peine, l'autre soir.

— Mathieu et moi interrogerons leur voisine demain, nous informe Albane. Avec un peu de chance, elle avouera et tout rentrera dans l'ordre. Oh… Je crois que la nouvelle serveuse est là.

Nos têtes pivotent en direction de la nouvelle venue, une blonde longiligne à l'allure décidée. Le sourire aux lèvres, Emeline salue ses nouveaux patrons d'une poignée de main énergique et balaye la salle d'un regard chaleureux.

— On voit qu'elle est heureuse de venir travailler, fais-je remarquer. C'est de bon augure.

Léna opine du chef.

— Elle me plaît bien. On a besoin de personnes dynamiques.

— Elle est du coin ? veut savoir Albane.

Valentine lui indique que non.

— Elle a dit à Rémi qu'elle venait de Bretagne. Il n'a pas osé la questionner davantage.

Elle ponctue sa phrase en regardant Emeline d'un drôle d'air. Tiens, tiens… Se pourrait-il que ma sœur aînée ressente un pincement de jalousie envers cette fille qui travaillera avec Rémi ? Après tout, il n'y aurait rien d'étonnant à cela quand on sait que son ex-mari l'a trompée avec une femme rencontrée à son travail. Je n'ai en tout cas pas l'occasion de le vérifier, car il est déjà temps de partir. Au programme cet après-midi : une virée en ville pour nous consacrer à nos cadeaux de Noël. Voilà qui est nettement plus réjouissant et moins risqué que la balade à motoneige !

# 10

— DÉCIDÉMENT, J'ADORE CE FILM ! s'enthousiasme Valentine. J'ai dû le voir au moins dix fois.

Il est presque vingt-trois heures lorsque nous sortons du cinéma, et je sais que je vais avoir du mal à trouver le sommeil. Après avoir dévalisé les magasins, nous avons déposé Albane chez elle, celle-ci devant récupérer les enfants puisque Jérôme était de service ce soir. Valentine m'a donc proposé de nous faire une toile dans le petit cinéma du bourg, pourvu de deux salles. À l'affiche, renouvelée tous les quinze jours : *Matrix Resurrections* ou la rétrospective du moment, à savoir *Le Fabuleux Destin d'Amélie Poulain*. Le charme indolent de Keanu Reeves étant la seule chose que nous avons retenue du premier *Matrix*, notre choix s'est naturellement porté sur la seconde option. L'évidence m'est alors apparue dès les premières minutes de la projection. Depuis, mes pensées carburent à plein régime, et je doute qu'elles s'arrêtent à l'approche de mon lit.

Tout en marchant vers la voiture, je lève les yeux sur ma sœur.

— Il n'y a rien qui t'a frappée, dans le scénario ?

— Non, pourquoi ? me demande-t-elle, surprise par ma question.

Ce n'est pas possible, elle n'est pas sérieuse ! Comment a-t-elle pu passer à côté d'un élément aussi flagrant ?

— Le nain de jardin voyageur ! je m'écrie, la faisant sursauter. Avoue que c'est troublant.

Moi, il ne m'a pas fallu longtemps pour faire le lien, en tout cas. Je n'avais plus vraiment le film en tête, mais au moment où le nain de jardin du père d'Amélie Poulain s'est fait kidnapper, j'ai entrevu un début de piste. Valentine s'arrête, la mine concentrée. Je peux presque voir les rouages de son cerveau se mettre en branle.

— Attends, Chloé… Tu ne crois quand même pas… ?

— La personne qui a piqué les nains de Lulu a vu le film récemment, voilà ce que je pense.

Je perçois dans son regard une pointe de perplexité.

— Ce n'est sûrement qu'une coïncidence, avance-t-elle avec prudence. Il y aurait eu des photos, si c'était calqué. Peut-être pas d'un tour du monde, mais…

— Non, c'est trop gros pour n'être qu'une simple coïncidence.

— Quel serait l'intérêt ?

— C'est ce que je cherche à comprendre. Il faudrait déjà savoir qui est allé voir le film.

Valentine esquisse un geste impuissant.

— Probablement tout le monde, observe-t-elle en déverrouillant les portières de sa voiture. Les parents s'y sont rendus la veille de ton arrivée, et une partie du Vallenot Social Club était présente ce soir-là. Tu connais les gens du coin : pour eux, c'est l'occasion de se retrouver.

— Dans l'immédiat, ça ne m'aide pas trop. Mais étant donné qu'Albane a prévu de voir Mathieu demain matin, je pourrais peut-être leur en parler.

Sans cesser de cogiter, je m'installe du côté passager et laisse ma sœur démarrer. Les notes joyeuses de *Let It Snow* envahissent l'habitacle, et Valentine se met à fredonner. Amusée, je remarque qu'elle a accroché un petit Père Noël en peluche au bas du rétroviseur.

— Tu es pire que Maman, dis-je en riant. On ne ferait pas plus heureuses que vous deux si on pouvait fêter Noël toute l'année.

— La tradition, c'est la tradition ! Jules m'a même offert un calendrier de l'Avent de cosmétiques, n'est-ce pas adorable ?

— Alors là, chapeau ! Il s'est passé quoi ?

En effet, deux ans plus tôt, lors de ma dernière visite, mon neveu était farouchement opposé à tout le folklore de Noël, pur gâchis écologique selon lui. Ce qui, de façon tout à fait paradoxale, ne l'a jamais empêché d'être un geek total de l'univers Marvel.

— Sa belle-mère l'a mis au défi de nettoyer les couches lavables qu'il lui a offertes à la naissance de sa petite sœur, me répond Valentine. Ça l'a vacciné.

Je glousse en imaginant sa tête dégoûtée. Puis, tandis que Valentine aborde la montée pour me déposer à la maison, je reprends d'un air plus sérieux :

— Comment ça va, d'ailleurs, avec ton ex ?

Leur séparation a été douloureuse puisque Valentine a été quittée pour une autre femme avant d'apprendre que celle-ci était enceinte. Jules étant tombé amoureux d'un garçon hétéro durant cette même période, ils ont vécu quelques semaines compliquées.

— Franchement, plutôt bien, me répond-elle sans hésitation. Philippe s'investit comme jamais dans son rôle de père. La petite Ambre est très éveillée, tu devrais voir comme Jules l'idolâtre et adore s'occuper d'elle ! C'est… très encourageant pour la suite.

Se garant dans l'allée, elle termine en m'adressant un clin d'œil complice. Si Valentine et Rémi n'ont pas l'intention de donner naissance à un bébé, ils aimeraient en revanche adopter un enfant. C'est en partie pour cela qu'ils ont décidé d'avancer la date de leur union, le Code civil exigeant un minimum de deux ans de mariage. Savoir que Jules a réussi à trouver sa place de grand frère, et ce malgré une importante différence d'âge, doit être un grand soulagement pour ma sœur.

— La loi pourrait bientôt changer pour faciliter les adoptions, m'apprend-elle, les yeux brillants. Un an de vie commune serait suffisant. Ce serait tellement fantastique !

Je détache ma ceinture pour l'étreindre de toutes mes forces.

— Je suis heureuse pour vous trois, Valou. C'est un merveilleux projet. L'enfant que vous accueillerez sera le plus chanceux de l'univers. C'est le monde entier que vous allez lui offrir, avec tout votre amour.

Émue, Valentine essuie une larme.

— Ce n'est pas très sympa de faire chialer ta vieille sœur ! Regarde, tu es attendue de pied ferme, ajoute-t-elle en désignant la maison.

Planté derrière la baie vitrée, Merlin me regarde avec un petit air de chien battu. C'est qu'il me ferait culpabiliser, le bougre !

— Quoi qu'il prétende, sache que je l'ai promené avant d'aller au cinéma.

— Il déteste être seul, le pauvre.

— Je vais rester avec lui demain soir, ça lui fera de la compagnie.

— Emmène-le faire une bonne balade dans les bois, il adore ça ! Allez, j'y vais, ajoute-t-elle en redémarrant sa voiture. Essaie de ne pas trop cogiter au sujet des nains, Miss Détective !

— Pour ça, rien n'est moins sûr !

— Alors pense à Théo, tu feras de beaux rêves !

— C'est ça, oui ! dis-je entre mes dents.

☆

Le lendemain matin, Albane et moi venons à peine d'ouvrir la boutique quand les éclats d'une dispute nous parviennent depuis la rue. Intriguée, je m'avance sur le seuil pour voir ce qui se passe.

— Merde, alors ! lâche Albane en me rejoignant. On dirait bien que ça chauffe.

Stupéfaite, j'observe le spectacle qui se déroule à quelques mètres de nous : devant la boucherie, un Lulu furibond fait face à une octogénaire aux cheveux bleutés et au regard courroucé.

— Tu la connais ? je demande à ma sœur.

— C'est Micheline, leur voisine, acquiesce-t-elle.

Oups… La dame à qui Albane et Mathieu ont justement prévu de rendre visite dans la matinée.

— Non, mais tu te fous de moi, Lucien ? s'emporte tout à coup celle-ci. Tes nains, je m'en cogne comme de ma première culotte !

— Menteuse ! rugit le vieil homme. Tu crois que je ne t'ai pas vue les scruter, avec tes yeux de fouine ?

— Mais je les regardais parce qu'ils sont moches, mon vieux ! Pourquoi diable irais-je dérober de telles horreurs ?

Scandalisé, Lulu brandit sa canne d'un air menaçant. Sa main ridée tremble à peine.

— Essaie donc de me frapper, vieux brigand, tu vas voir ! le défie son interlocutrice. S'il faut qu'une dame d'un mètre cinquante t'apprenne la vie…

— Nom de Dieu, ils vont se battre ! dis-je en me souvenant avoir entendu Valentine vanter les talents de Micheline en matière d'autodéfense.

Albane et moi échangeons un regard entendu, puis nous élançons instantanément pour nous interposer.

— Stop ! je m'écrie en me plaçant entre eux. Personne ne va frapper personne.

*Tu vas te faire dégommer par Mamie Ninja, ma fille, tu ne vas rien comprendre.*

— Non, mais enfin, tout le monde vous regarde ! leur fait remarquer Albane.

En effet, un petit attroupement interloqué n'a pas manqué de se former. Par chance, la moyenne d'âge des curieux étant proche des soixante-quinze ans, personne n'a le réflexe de filmer la scène pour la diffuser sur les réseaux sociaux.

— Cet homme m'accuse d'avoir volé ses nains de jardin ! s'offusque Micheline. Ma parole, il a complètement perdu la tête !

— Va te faire voir ! lui assène Lulu.

Albane se charge d'éloigner Micheline avant que la situation ne dégénère.

— Rentrez chez vous, lui suggère-t-elle. Je passerai vous voir tout à l'heure.

Fort heureusement, la vieille dame ne lui oppose aucune résistance. La silhouette du père Xavier, fils aîné de Jacotte et curé du village, se détache alors du groupe de badauds, qui se disperse peu à peu maintenant que le spectacle est terminé.

— Lulu ! commence-t-il sur un ton de reproche. Le boucher vient de m'appeler, affolé, parce que tu aurais agressé une femme. C'est vrai ?

— T'occupe pas de ça, rétorque le vieil homme, toujours bougon.

Le prêtre se tourne vers moi, un peu perdu. En quelques mots, je lui résume l'altercation qui vient d'avoir lieu.

— Ce n'est pas possible, souffle-t-il, navré. Tu devrais laisser les gendarmes effectuer leur travail, Lulu.

— Les gendarmes ! grogne-t-il. Ils ne font rien du tout.

— Comment ça, on ne fait rien du tout ? questionne une voix faussement vexée, derrière nous.

Le visage de ma sœur s'illumine aussitôt comme celui d'une petite fille devant son gâteau d'anniversaire.

— Ah, Mathieu ! Tu arrives après la bataille, minaude-t-elle.

*Regardez-moi cet air béat !*

À son tour, Mathieu se fait raconter les frasques de Lulu. Le vieil homme admet être sorti de ses gonds lorsque Micheline lui a tenu la porte de la boucherie d'un air suffisant. Sa fierté en a pris un coup et il a vu rouge en pensant qu'elle le narguait.

— Il ne faut pas vous mettre en colère comme ça, lui dit gentiment Mathieu. Je passais justement chercher Albane pour aller interroger votre voisine. Vous voyez bien que je fais mon boulot.

Lulu marmonne de vagues excuses, puis il repart avec le père Xavier. Attendant qu'ils se soient suffisamment éloignés, je m'autorise enfin à en rire.

— La vache ! L'espace d'un instant, je me suis demandé lequel des deux allait dégainer le premier un crochet du droit.

— C'était si tendu ? s'enquiert Mathieu tout en couvant ma sœur du regard.

Oubliant probablement son propre esclandre à *L'Edelweiss*, il y a quelques jours, Albane opine du chef, amusée.

— Ils s'injuriaient comme des chiffonniers !

Mathieu sourit, puis il répond avec un bref hochement de la tête :

— Nous ferions mieux d'aller parler à Micheline avant que notre Lulu national ne fasse encore des siennes. Tu es prête, Albane ?

— Je te suis !

Je passe l'heure suivante à m'affairer, pour ne pas trop penser. Je colle d'abord une affiche sur la porte afin d'informer les passants que les enfants pourront se faire photographier la semaine prochaine avec « Jules Chérichou, chef des lutins du Père Noël », puis j'ingurgite trois cafés insipides tout en recadrant le facteur qui veut encore nous chiper des chocolats. J'interroge également les cinq ou six clients venus effectuer quelques emplettes : auraient-ils fréquenté le cinéma durant ces sept derniers jours, à tout hasard ? Bien entendu, je fais chou blanc. La seule à me confirmer s'y être rendue est Odette, la vieille dame au bouledogue, qui a vu *Matrix* juste pour se rincer l'œil devant « Kinou Rivze ». Bref, je n'avance pas d'un pouce.

Je suis en train de disposer des boules à neige sur une étagère, lorsque Albane et Mathieu réapparaissent enfin.

— Alors, ça a donné quoi ? je m'enquiers, sitôt la porte refermée.

— *Statu quo,* m'annonce Albane en accrochant son manteau. Micheline n'est pas dans le coup.

— Oh. Retour à la case départ, donc.

— On dirait bien, soupire Mathieu. En définitive, je me demande si ce ne serait pas l'œuvre de quelqu'un de passage, puisqu'il n'y a eu aucun autre vol après le week-end.

Moi qui espérais tant que Lulu puisse retrouver au plus vite ses nains dérobés, je suis déçue. Malgré tout, je me sens obligée d'insister :

— Vous êtes sûrs que la voisine n'y est pour rien ?

— Micheline n'est pas une voleuse, affirme Albane, catégorique. Comme elle l'a bien fait comprendre tout à l'heure à Lulu, elle déteste ses nains ; elle redoute qu'ils gâchent ses chances de remporter le concours du plus beau jardin en étant trop près du sien.

Les bras croisés, je réfléchis. Si Micheline craint de perdre ce concours...

— Ça me paraît suffisant pour avoir envie de faire disparaître les nains, non ?

Albane me fait signe que non.

— Elle les aurait tous volés, dans ce cas, elle ne se serait pas contentée de deux.

Sa logique imparable est agaçante. Le regard approbateur de Mathieu aussi. Il est peut-être temps de leur exposer ma théorie « Amélie Poulain ».

— Bon, j'ai pensé à autre chose.

Tous deux m'écoutent sans m'interrompre, tandis que je m'efforce de les convaincre que le coupable de ces vols s'est inspiré du film.

— Amélie Poulain... C'est intéressant, me dit Mathieu en hochant la tête. Je dois bien reconnaître que je n'ai pas eu le temps de me pencher sur la programmation du ciné.

— Est-ce que tu aurais le moyen de te procurer une liste de toutes les personnes qui ont...

Il met fin à ma vocation de détective en secouant la tête.

— Impossible. Les noms des spectateurs ne sont pas consignés.

Évidemment. J'aurais dû me faire la réflexion.

— Tu vas classer l'affaire ? s'enquiert Albane, l'expression peinée.

Je devine qu'elle aussi est triste pour Lulu.

— C'est plus que probable, déplore Mathieu. Ça m'étonnerait que notre voleur réitère, et on ne peut pas débarquer chez chacun des habitants du village pour leur demander s'ils n'auraient pas kidnappé des nains de jardin.

— Toi non, mais nous…

Le regard qu'il me lance vaut toutes les mises en garde.

— Il vaudrait mieux éviter, Chloé, juge-t-il toutefois utile de me préciser, comme si je n'avais pas bien compris. Les gens pourraient mal le prendre.

— C'est bon, je plaisantais !

*Enfin, à moitié.*

— Ma sœur regarde trop de séries policières, me dénonce Albane. Ne fais pas attention à elle.

Un sourire danse sur le visage de Mathieu lorsqu'il pose à nouveau les yeux sur ma sœur.

— Je dois déjà me sauver, on m'attend à la gendarmerie. Si tu es disponible ces prochains…

Je tourne les talons avant la fin de sa phrase, et m'éloigne vers le fond de la boutique. Un peu d'intimité ne leur fera pas de mal. Albane ne s'en rend manifestement pas compte, mais chaque mot que Mathieu lui destine ressemble à une déclaration. Je réprime un soupir en songeant que je donnerais n'importe quoi pour qu'un homme me regarde à nouveau comme Mathieu le fait avec elle.

# 11

*Vendredi 17 décembre*

— Comment ça, tu veux enquêter, Chloé ? Tu es devenue dingue, ou quoi ?

Assise face à moi, Valentine me scrute comme si j'avais bel et bien perdu la boule. Nos parents rentrant ce soir de leur parenthèse autrichienne, nous sommes convenus de profiter d'un ultime moment entre sœurs en prenant notre pause déjeuner à *L'Edelweiss.* Emeline et Jérôme assurent le service, sous l'œil attentif de Rémi. Albane vient d'expliquer à Valentine que l'affaire des nains de jardin semble hélas sans issue. Je n'allais quand même pas rester sans réagir !

— Je n'ai pas dit que j'allais enquêter, Valentine. Mais poser quelques questions ici et là, l'air de rien, ça pourrait peut-être faire avancer les choses.

J'ai eu tout le loisir d'y réfléchir, hier soir : on doit aider Lulu à retrouver ses nains, quitte à coller des affiches partout.

— On pourrait lui en acheter d'autres pour les remplacer ? suggère Albane.

— Je ne pense pas que ce soit suffisant, dis-je en secouant la tête. Lulu mérite d'avoir l'esprit tranquille, de ne plus craindre qu'on puisse les lui piquer. S'il faut interroger tout le monde, je le ferai.

Le front soucieux, Valentine tente de me tempérer :

— C'est très louable de ta part, mais imagine que tu tombes sur un tordu ? Ou sur des marginaux ? On ne sait pas trop ce qui traîne dans le coin, parfois.

Je glousse.

— Toi, tu mates à nouveau les documentaires sur les psychopathes quand Rémi a le dos tourné !

— Je suis sérieuse, Chloé. Tu n'es pas à l'abri d'une mauvaise rencontre. Je n'ai pas envie de retrouver ton corps en décomposition dans la forêt.

— Si elle n'a pas été mangée avant par un ours, ajoute Rémi, ironique, en apportant lui-même nos assiettes.

Je lui flanque un coup de serviette sur le bras.

— Merci de remuer le couteau dans la plaie ! Ce n'est pas parce que Pierrot s'est abstenu de crier mon aventure sur tous les toits que tu dois prendre le relais.

— Ça fait un bail qu'on ne l'a pas vu par ici, me répond-il, tandis qu'Emeline nous dépose une corbeille de pain sur la table. J'ai l'impression qu'il picole beaucoup moins depuis qu'il s'est lancé dans les motoneiges.

— Encore heureux !

Une lueur un peu bizarre passe dans le regard d'Emeline, mais cela ne dure qu'une fraction de seconde. La pauvre, elle doit se demander où elle est tombée !

— Bon appétit, nous glisse-t-elle.

L'air préoccupée, Valentine plisse un peu les yeux tandis que la jeune femme s'éloigne avec Rémi. Je ne vais évidemment pas lui demander si elle est jalouse, d'autant plus que la porte du restaurant s'ouvre sur Jacotte et Léna. Une table étant disponible près de la nôtre, nous leur faisons signe.

— Alors, comment va ce bébé ? s'enquiert Albane, se retenant pour ne pas poser ses mains sur le ventre proéminent de Léna.

— Je pense qu'il est assis sur ma vessie, souffle celle-ci en se laissant tomber sur une chaise. Vivement la délivrance !

Jérôme s'avance alors pour prendre leur commande. Élégant, dans sa chemise cintrée et son gilet de costume qui arbore le logo de *L'Edelweiss*, Jacotte le reluque sans aucune retenue.

— Doux Jésus, je vais manquer d'air ! s'exclame-t-elle. Ton mari est splendide en serveur, Albane !

Ma frangine pique un fard, ne sachant plus où se mettre. À l'inverse, Jérôme paraît très à l'aise. Le sourire charmeur, il se penche vers son admiratrice :

— Quelle dragueuse !

— Juste avec les hommes qui valent le coup d'œil.

— C'est mon jour de chance, alors. Je suppose que vous allez me demander mon numéro.

— Dis donc, tu pourrais être mon petit-fils ! s'indigne-t-elle joyeusement.

— Vous me brisez le cœur.

Il note ce que Léna et Jacotte souhaitent manger, puis coule un regard vers Albane, qui n'a pas levé les yeux de son assiette.

— Tout va bien ? lui demande-t-il avec gentillesse.

— Oh, euh… Oui, merci, répond-elle, un peu crispée. Et toi ?

— Super. Je ne pensais pas dire ça un jour, mais je crois que ce boulot me plaît. Même si mes pieds vont sûrement tomber en morceaux, j'adore ce que je fais.

— D'accord, c'est cool.

— Je me disais, continue-t-il, que je pourrais peut-être prendre les enfants, demain soir. Vu que le restaurant est fermé dimanche…

Albane hoche la tête en s'efforçant de sourire.

— Pourquoi pas ? Je comptais les emmener à la soirée karaoké, ils pourront rentrer avec toi.

Au terme de leur échange, Jérôme s'éloigne, l'air content. Laissant Jacotte et Léna discuter layette, Valentine interroge alors ma jumelle :

— Vous avez pu éclaircir la situation, tous les deux ?

— Non, reconnaît Albane. Il a changé, c'est indéniable, mais ça ne veut pas dire que j'ai envie de me remettre avec lui. Est-ce que ça fait de moi une garce ?

Je souris pour la rassurer.

— Pas du tout ! Cela signifie que tu as tourné la page… Même si un beau gendarme t'y a aidée.

— Arrête, il n'y a rien d'autre que de la complicité entre nous.

— Et un gros béguin ! je m'esclaffe bruyamment.

Vu l'embarras dans lequel elle m'a mise, avant-hier, à prétendre devant tout le monde que je flirtais avec Théo, c'est de bonne guerre.

— Chloé ! siffle-t-elle entre ses dents. Mets un encart dans les journaux, pendant que tu y es !

Je me mordille les lèvres pour m'empêcher de rire.

— C'est bon. Je me tais.

Avec son habituelle discrétion, Jacotte tourne la tête vers notre table et considère Albane, un petit rictus guilleret au coin des lèvres.

— Ne t'en fais pas, ma belle, on ne sait même pas de qui vous parlez. Des gendarmes, il y en a plein.

— Cela dit, ajoute Léna, le seul beau gosse que je connaisse parmi eux a une légère tendance à squatter mon mec pour des soirées foot. Si tu pouvais le distraire un peu, Albane…

Ma sœur fait mine d'être exaspérée :

— Vous êtes épuisantes, les filles !

Puis elle termine son croque-monsieur avant de reprendre :

— Il n'empêche que j'ignore quelle est la meilleure attitude à adopter ; je fais quoi, si Jérôme ne veut plus divorcer ?

— Le seul moyen de connaître ses intentions, c'est de lui poser la question, déclare Valentine.

— Mais j'ai peur qu'il prenne ça pour un encouragement ! se récrie-t-elle. Tu m'imagines, avec mes gros sabots ? « Au fait, tu as envie qu'on se remette ensemble, ou pas ? »

— C'est sûr que si tu me le demandes sur ce ton, ça risque de porter à confusion.

La bouche arrondie d'horreur, ma sœur manque de défaillir. Je n'ai pas besoin de me retourner pour comprendre que Jérôme, qui passait pile derrière nous, a tout entendu. Un long silence gêné tombe sur notre groupe. Je n'avais encore jamais vu Albane si mortifiée.

— Jérôme, je…

— Non, pas ici, l'interrompt-il d'un ton ferme. Je travaille, et je ne tiens pas à me faire virer. Nous discuterons dimanche, quand je te ramènerai les enfants.

Bon… Même si dans l'immédiat elle paraît vouloir disparaître dans un trou de souris, elle sera au moins fixée.

☆

De délicieux effluves de lard croustillant embaument toute la maison lorsque mes parents poussent la porte d'entrée.

— C'est nous ! claironne Maman de sa voix chantante.

Satisfaite, je baisse le feu juste ce qu'il faut pour tout maintenir au chaud. Oui, je sais : moi derrière les fourneaux, c'est antinomique. Mais j'ai pensé qu'après plusieurs heures d'avion et de voiture, mes parents seraient contents d'être accueillis avec un bon petit plat.

Je sors de la cuisine pour les embrasser. Dressé sur ses deux pattes arrière, Merlin est déjà en train de leur faire la fête.

— Mmmmh, ça sent bon ! salive mon père pendant que ma mère répète pour la troisième fois au chien qu'il lui a manqué.

— J'ai préparé des pâtes à la carbonara pour le dîner.

L'une des rares recettes que je maîtrise : cuire des tagliatelles, faire frire de la pancetta et ajouter des jaunes d'œufs, rien de très compliqué.

— Ça tombe bien, j'ai une faim de loup ! déclare Maman en me serrant dans ses bras.

Durant le repas, mes parents ne tarissent pas d'éloges sur Vienne, qu'ils ont adoré. Des balades le long du Danube aux richesses architecturales de la ville, ils en ont pris plein les mirettes. Sans surprise, le moment préféré de ma mère a été celui où elle a visité le château de Schönbrunn.

— Je n'ai qu'une envie, à présent, c'est de revoir les *Sissi* !

— Encore ? réagit mon père. Tu les as vus au moins mille fois.

Ce qui ne nous empêche pas de convenir que le programme de la soirée est tout trouvé. Mes parents veulent ensuite savoir ce qu'ils ont raté durant leur absence. Ils rient à s'en tenir les côtes en apprenant mes exploits à motoneige, puis se rembrunissent quand j'évoque les vols dont Lulu a été victime.

— C'est d'une méchanceté sans nom, déplore ma mère.

Pour finir, j'aborde le chapitre Albane. Sans entrer dans les détails, je leur révèle que Jérôme et elle vont enfin avoir une discussion sérieuse à propos de leur avenir.

— Il serait temps, concède Papa. Albane va finir par exploser, à force de tout intérioriser.

L'émotion me serre la gorge en songeant une nouvelle fois que, sans ce drame qui nous a autrefois éloignées, Albane ne se comporterait pas de la sorte. Maman, à qui mon changement d'humeur n'a pas échappé, me presse la main.

— Oh, ma puce... Ne me dis pas que tu culpabilises encore, depuis tout ce temps. Ce n'était pas ta faute.

— Je le sais, ne t'inquiète pas. Mais ça me fait mal au cœur de voir qu'Albane ne parvient pas à se défaire de son armure.

— Vous avez su vous retrouver, c'est l'essentiel. Albane n'est plus seule sur le pont, maintenant. Laisse-lui du temps.

Je déglutis et caresse distraitement les oreilles de Merlin pour ne pas céder aux larmes.

— À ton avis, est-ce que Jérôme attend une seconde chance ? enchaîne mon père.

Je lui adresse un sourire reconnaissant. Je sais que la réponse lui importe peu, il cherche seulement à m'empêcher de gamberger.

— Eh bien, je le trouve plus sûr de lui, comparé au dernier Noël que nous avons passé tous ensemble.

À l'époque, Jérôme était discret, presque effacé, par rapport à Albane. Le genre de type qui n'aurait fait de vagues pour rien au monde.

Je poursuis, choisissant mes mots avec soin :

— Quand je l'ai vu, tout à l'heure, il m'a donné l'impression d'être épanoui. Mais de là à dire qu'il attend une seconde chance... Sa façon de regarder Albane était juste bienveillante. Enfin, je peux me tromper.

Après tout, je ne serais pas célibataire si j'étais experte en sentiments amoureux.

Ma mère me demande alors si j'ai fait part de mon constat à Albane. Sa question ne manque pas de me faire rire.

— Maman, enfin ! Tu me vois sincèrement lui sortir que son ex semble beaucoup plus heureux depuis leur séparation ? Bonjour, le scandale diplomatique !

Éreinté, mon père monte se coucher sitôt le dîner terminé. Ma mère et moi nous affalons sur le canapé devant *Sissi*, une boîte de cookies posée entre nous. Les guirlandes lumineuses du sapin confèrent au salon une atmosphère douce et intimiste. Maman en soupire d'aise.

— Voilà ce que j'appelle une soirée parfaite ! dit-elle en enroulant un plaid blanc à flocons rouges autour de nous. Dommage que je doive me lever aux aurores, demain. J'aurais dû demander à Jacotte de prendre le nécessaire pour l'atelier pâtisserie.

— Ah, oui ! J'ai oublié de te le dire : tu pourras dormir une heure de plus. Albane a tout déposé au restaurant pour te faire gagner du temps.

— Oh, c'est gentil ! Est-ce que tu viendras ? La recette du pain d'épice est simple, tu devrais t'en sortir.

*Oui, ma mère croit encore aux miracles.*

— Je tiendrai le magasin, ce sera plus sûr.

Quelques minutes plus tard, nous sommes plongées dans le film, nous extasiant sur les robes de bal des jeunes duchesses de Bavière. Merlin, lui, s'extasie sur les cookies, dont il guette éperdument un don occasionnel.

— Ce n'est pas bon pour toi, mon bébé ! lui susurre ma mère.

Ce qui ne l'empêche pas de lui en refiler un morceau – « mais juste un seul, alors ! » –, puis deux, puis finalement la moitié d'un biscuit.

— Ce chien va finir diabétique, Maman.

— C'est exceptionnel, ne t'inquiète pas.

Repu de gourmandise, Merlin m'observe du coin de l'œil. Je crois qu'il ricane.

Sur l'écran de la télé, la sœur de Sissi est en train de se prendre un râteau mémorable de la part de Franz, quand mon portable m'annonce une notification Instagram. La bouche pleine de cookie, je manque de m'étouffer : Matthew vient de laisser un « j'aime » sur le selfie pris avec mes sœurs lors de notre sortie à motoneige.

— Non, mais on aura tout vu !

J'ai passé la semaine à m'investir à la boutique pour le tenir éloigné de mes pensées, veillant scrupuleusement à être trop occupée pour avoir le temps de réfléchir. Je me suis même interdit de scruter ses réseaux sociaux, c'est dire. Et voilà le travail ! Il sabote tout en une photo.

Maman détourne son attention de la télé.

— Une mauvaise nouvelle ? veut-elle savoir.

— Non… C'est Matthew, je souffle, sans quitter mon téléphone du regard. Je ne comprends pas à quoi il joue.

Elle met le film en pause et je me retrouve à lui déballer tous les sentiments contradictoires que je ressens. La tristesse qui me perfore le cœur chaque fois que je pense à notre histoire avortée, ma colère quant à la façon dont il a agi, l'incompréhension.

— Le pire, c'est quand il m'a appelée, l'autre soir ; j'ai tout fait pour rester distante alors qu'au fond j'étais contente d'entendre sa voix. Je suis débile de naissance ou bien ça m'est venu récemment ?

Maman pose une main réconfortante sur mon épaule, m'invitant à me blottir contre elle.

— Le véritable amour ne peut pas disparaître d'un coup, Chloé, m'assure-t-elle tout en me caressant les cheveux.

— J'ai trente-quatre ans, Maman. À mon âge, c'est grave de ne pas réussir à tourner la page.

— Votre rupture est encore trop récente pour ça, mais tu trouveras la force de la surmonter. Je trouve ça positif qu'il veuille te voir, c'est sûrement pour te donner une explication. S'il est intelligent, c'est ce qu'il fera, en tout cas.

— Il est intelligent, oui, fais-je pensivement. Attentionné, aussi, et parfois impertinent.

— Je n'en doute pas.

— Je t'ai déjà raconté, le jour où il a aidé une petite fille perdue dans la rue à retrouver ses parents ? La gosse pleurait au milieu de Times Square, les gens passaient sans s'en soucier. Matthew s'est arrêté et lui a parlé doucement pour la rassurer, pendant que j'étais tétanisée et incapable d'agir.

— Vous avez retrouvé ses parents ?

— Oui, la scène n'a même pas duré trois minutes. Ils étaient entrés dans une boutique, pensant que la petite les suivait. Ils sont ressortis affolés, le père hurlait le prénom de sa fille, la mère pleurait. Alors, Matthew leur a souri et tout le monde s'est calmé. Il a ce pouvoir-là. C'est ce que je préfère, chez lui, son sourire, il est à la fois éclatant et mélancolique. Ça le rend plus fort et… unique.

*Merde, je suis censée le traiter de connard, pas vanter ses mérites !*

— C'était un très beau geste de sa part, de prendre soin de cette fillette, mais, à moins que tout ne soit pas terminé entre vous, je suis certaine qu'un tas d'autres hommes forts et uniques te tendront bientôt les bras, ma chérie.

Le visage de Théo s'impose à moi. Je ne peux pas nier l'attirance entre nous, et peut-être que je devrais lui filer un rencard dans l'espoir d'oublier Matthew une bonne fois pour toutes, mais c'est encore si confus dans mon cerveau ! Savoir que Matthew regarde mes photos ne risque pas de m'aider. Il me suffirait pourtant de bloquer son profil pour qu'il n'ait plus accès au mien, cependant je ne parviens pas à m'y résoudre, ce qui n'a aucun sens. C'est l'histoire de ma vie, ça, souhaiter tout et son contraire.

Plus tragique encore, je viens de terminer la boîte de cookies. Merlin pousse un gros soupir.

# 12

Incapable de trouver le sommeil, je me relève pour enfiler mes bottes fourrées et un bonnet bien chaud. Le film est terminé depuis une heure, et ça ronflote sévère dans la chambre de mes parents. Ce qui est loin d'être mon cas. Je n'arrête pas de me demander si Matthew a délibérément *liké* ma photo en se disant qu'après tout on peut rester amis ou si, comme moi lundi soir, il ne l'a pas fait exprès. J'ignore laquelle de ces deux explications me vexerait le plus. J'ignore laquelle de ces deux explications me réconforterait le plus. Une petite marche m'aidera sans doute à apaiser mon esprit.

Merlin me suivant dans les escaliers, j'attrape sa laisse au passage et nous sortons dans la nuit glaciale. La sensation de froid est saisissante, un épais manteau blanc recouvre le paysage, des branches des arbres jusqu'aux toits des maisons. Je n'avais pas l'intention de m'éloigner, mais Merlin m'entraîne en direction du bourg, où le clocher sonne minuit. Le marché a fermé ses portes depuis plusieurs heures, les rues sont à présent sombres et endormies. Seules les décorations accrochées aux lampadaires apportent un semblant de lumière. La lune projette une lueur pâle, c'est l'un de ces rares instants où la vie s'arrête, où le temps se suspend pour laisser place au silence et sonder son cœur, sous le murmure des étoiles.

Bien que, pour le moment, mon cœur ne me dise pas grand-chose.

Tout à coup, des bruits de voix étouffées me parviennent depuis la place de la mairie. Un gloussement, suivi d'un « Mais chuuuuut ! » hurlé en chuchotant. On dirait des jeunes en train de chahuter, mais s'il s'agissait des voleurs de Lulu ? Merlin tire sur sa laisse, désirant visiblement aller vers eux.

— Pas question ! je murmure.

Ce chien est décidément bien trop sociable. Moi aussi, j'ai très envie de surprendre les petits cons qui ont joué ce mauvais tour à Lulu, mais je ne pense pas que leur tomber dessus à l'improviste soit une bonne idée, surtout s'ils sont bourrés. En revanche, je peux essayer de les identifier, et prévenir Mathieu demain matin. Ayant gardé les clés du magasin dans la poche de mon manteau, j'ouvre discrètement la porte, puis me faufile derrière Rudolph afin d'espionner mes potentiels suspects. Toutefois, il y a une telle accumulation de décorations dans la vitrine que je dois plisser les yeux pour voir à travers. Et encore, je n'aperçois qu'une vague silhouette.

*Bon, c'est mal engagé.*

Dans l'espoir d'y voir un peu mieux, je m'accroupis entre la vitre et le renne. Prenant ça pour une incitation à jouer, Merlin rapplique illico. Sa queue vole dans tous les sens, manquant de balayer des bibelots. Je sens que ça va mal se terminer !

— Arrête, Merlin, tu vas faire une bêtise !

Évidemment, il s'en contrefiche. Pire, mes mots paraissent l'encourager dans son quart d'heure de folie. Horrifiée, je le vois faire demi-tour, puis prendre son élan pour foncer droit sur Rudolph ! Je n'ai pas le temps de m'interposer que les faux paquets cadeaux disposés sous le renne sont projetés dans le décor, renversant les figurines de *Casse-Noisette.*

— MERLIN ! STOP !

Interloqué par mon haussement de ton, il m'obéit à contrecœur, non sans me couler un regard destiné à me faire culpabiliser. Je replace le tout à tâtons. Heureusement, à première vue, il n'a rien cassé, mais le temps que je répare ses dégâts, il n'y a plus personne dehors.

— Tu es un peu crétin, comme chien, quand tu t'y mets ! je rouspète. Allez, on rentre !

Contrariée par la tournure de la soirée, et pressée de me mettre au chaud, je referme la boutique, luttant contre la bise désagréable qui me cingle le visage. Mon cœur fait un saut périlleux lorsque j'entends des pas se rapprocher de moi. Trop près de moi. Me remémorant les paroles de Valentine au sujet de potentiels marginaux, j'avale ma salive, priant pour que Merlin ait au moins le réflexe de nous défendre si besoin.

— Il me semblait bien avoir vu remuer dans la vitrine !

Il ne me faut qu'une seconde pour reconnaître le timbre de Mister Sourire. Encore à moitié tremblante, je me retourne pour l'engueuler :

— Ça ne va pas bien, de surgir comme ça ? Vous avez failli me provoquer une crise cardiaque !

— Je m'en serais voulu, dit-il en souriant.

*Ah, d'accord. Manifestement, ça le fait rire.*

— Une bande de redoutables cambrioleurs rôdent dans les parages, figurez-vous. Il n'y a pas de quoi se marrer.

*Ai-je conscience d'en faire des tonnes ? Oui. Est-ce suffisant pour que je m'arrête là ? Non.*

— Je les tenais presque, en plus.

Théo fronce aussitôt les sourcils.

— Attendez, vous voulez dire qu'ils se sont introduits dans le magasin ?

— Non, je les ai surpris sur la place de la mairie, enfin, je présume que c'était eux. C'est pour ça que je me suis planquée dans la vitrine.

— Pas terrible comme cachette, se moque-t-il. Je vous ai aperçue en passant.

*Il m'énerve, mais il m'énerve !*

— Le chien de ma mère a décidé de détruire la déco, il fallait bien que je range ses âneries. D'ailleurs, qu'est-ce que vous fichez dehors à cette heure-ci ?

Je n'aurais jamais soupçonné Théo d'être notre voleur, mais à bien y réfléchir, sa présence ici à cette heure incongrue est plutôt louche. Si ça se trouve, sous ses airs de gendre idéal, il est un fervent collectionneur de nains de jardin prêt à tout pour obtenir de nouvelles pièces.

— Je pourrais vous retourner la question, me lance-t-il, un brin espiègle.

Je croise les bras sur ma poitrine.

— Vous d'abord.

— OK, capitule-t-il. J'étais en train de travailler et j'ai eu envie de prendre quelques photos à la belle étoile. Ça vous va, comme réponse ?

Pour le cas où j'en douterais, il me montre le sac qui contient son appareil photo.

— Vous avez de drôles d'horaires pour travailler.

Il hausse les épaules.

— Je suis un oiseau de nuit, c'est comme ça. L'inspiration me vient plus facilement quand le reste du monde est endormi.

*Damned !* Matthew m'a dit exactement la même chose, un jour.

— On peut faire quelques pas ensemble, si vous voulez, reprend Théo. Ce serait bête que vous tombiez sur ces terribles cambrioleurs…

Ignorant son sourire enjôleur, je proteste :

— Hé, je ne plaisantais pas, pour les voleurs !

Je lui explique la situation alors que nous commençons à marcher.

— C'est pour ça que vous êtes sortie ? me demande-t-il, une fois que j'ai terminé. Vous espériez choper les coupables en pleine action ?

— Non, j'avais juste besoin de me changer les idées.

— En général, quand une femme dit ça, c'est qu'un homme lui a brisé le cœur.

Théo m'observe attentivement tandis que nous continuons de marcher. Gênée d'avoir été percée à jour, je réponds d'un ton que j'espère détaché :

— On a rompu il y a un mois et demi. C'est de l'histoire ancienne.

— Il est bien bête d'avoir laissé filer une fille comme toi.

Je note le passage au tutoiement et sa voix qui devient plus profonde.

*Ça sent la drague, là, non ?*

— Tu n'en sais rien, fais-je en souriant. Peut-être que je suis invivable ou folle à lier.

— Folle à lier… Ça expliquerait pourquoi tu as cru voir un ours, l'autre jour.

— Un ours, un chamois… C'est du pareil au même.

Il éclate de rire, un joli rire franc qui me trouble et me fait rosir les joues.

*On se calme, Chloé.*

— Et sinon, ton article ? Ça avance ?

Théo opine du chef.

— Il prend forme. J'écrivais justement sur l'atelier pâtisserie avant de m'aérer les neurones. Est-ce que tu penses que ta mère accepterait de publier une de ses recettes ?

— Tu pourras toujours le lui demander demain matin. Tu participes au cours, non ?

Il acquiesce à nouveau.

— J'espère être à nouveau en binôme avec toi, ajoute-t-il en clignant de l'œil.

Je secoue la tête, flattée et amusée.

— Aucun risque, puisque je ne viendrai pas.

— Oh. C'est dommage, fait-il, visiblement déçu.

— Je n'ai pas été fichue de donner une forme correcte à mes biscuits, alors une maison en pain d'épice… Je laisse ça aux pro.

Je m'arrête, lui désignant la rue pentue qui monte jusque chez mes parents.

— Je vais rentrer, la maison est juste en haut. Merci de m'avoir raccompagnée, James Bond.

Sa voix me retient :

— Euh… Chloé, attends.

— Oui ?

En deux pas, Théo comble la distance que j'ai pris grand soin de maintenir entre nous. L'odeur de son parfum boisé m'attire, me donne envie de découvrir sa peau. Il tend alors la main pour replacer une mèche qui s'est échappée de mon bonnet, puis, délicatement, il tire sur mon manteau pour m'amener à lui.

— J'aimerais beaucoup te revoir avant mon départ.

*Ouh là là ! Bouffée de chaleur en vue !*

Il vrille ses beaux yeux bleus sur les miens, et je fais de mon mieux pour garder une expression neutre, même si là, tout de suite, mon cœur bat de façon anarchique.

— Eh bien, je... Oui, on se recroisera sans doute.

— Tu as déjà dit ça la dernière fois... Et ce n'est pas tout à fait ce à quoi je pense.

— Ah bon ?

Sans me laisser le temps de comprendre ce qui m'arrive, Théo prend mon visage entre ses mains et m'embrasse avec ferveur. Nos souffles s'emmêlent, il est à la fois tendre et vorace, mes jambes flageolent, mes émotions s'entrechoquent. Mon corps a envie de lui.

— Tu es belle, chuchote-t-il sur mes lèvres.

Son murmure est un électrochoc. J'ai la vision fugace de Matthew et de ses bras rassurants, de sa peau foncée et de ses yeux si pénétrants. Oui, j'ai envie d'entendre ces mots qui me font frémir le bas-ventre, mais pas de la bouche de Théo. Lentement, je le repousse.

— Quelque chose ne va pas ? me demande-t-il.

Je secoue la tête.

— Désolée, Théo, je me suis laissée emporter. Je n'avais pas l'intention de...

— Oh, d'accord. Je vois.

Incapable de le regarder dans les yeux, je fais mine d'être fascinée par Merlin, qui pousse un gémissement indigné. En langage labrador, ça doit signifier quelque chose comme : « Grouille-toi un peu, je me gèle les coussinets ! »

— Je suppose que c'est à cause de ton ex, reprend Théo.

— Je ne suis pas prête pour une nouvelle histoire.

Il se rapproche davantage de moi. L'étincelle de désir qui dilate ses pupilles est pleine de promesses. Il ne lui en faudrait pas beaucoup pour venir à bout de ma volonté.

— Détends-toi, Chloé, je n'allais pas te demander en mariage ! J'ai juste envie…

*D'un plan cul ?*

— D'une relation sans conséquence ?

— On peut voir les choses comme ça, oui. Je ne cherche pas à me caser, ce n'est pas compatible avec mon mode de vie, de toute façon.

Sa franchise me cloue le bec. Je souris nerveusement. Bien sûr que je devrais en profiter et m'éclater. Je suis jeune, vivante, en pleine santé. Mais ce n'est pas ce que je veux.

— Je préfère que nous en restions là. Je… Vraiment désolée.

À quoi bon lui expliquer que, depuis qu'un putain de pervers a tenté de me violer, je suis en quête incessante d'une relation solide et rassurante, et que j'ai du mal à accorder ma confiance ? Que les coups d'un soir m'effraient et me répugnent parce que je revois d'office ce mec malsain qui espérait se taper ma jumelle et moi en même temps ? Que j'ai besoin de romantisme pour atténuer les blessures d'un passé encore trop sensible ? Ce n'est pas le genre de choses que l'on balance à un type qui souhaite juste prendre du bon temps. Même si celui-ci est gentil et charmant.

Ignorant tout des angoisses qui me hantent, Théo hausse les épaules, désinvolte.

— Pas grave. Tu sais où me trouver si jamais tu changes d'avis !

Le cœur trop plein de mes fêlures, je lui adresse un dernier signe de la main et me sauve fissa.

# 13

*Samedi 18 décembre*

— Il faut que j'aille ouvrir la boutique, ta mère est intraitable sur les horaires.

En disant cela, mon père se relève pour débarrasser son bol. Je le regarde en hochant la tête, consciente que je serai à la bourre puisque je viens seulement d'émerger. La nuit a été courte, je ressemble à un vrai zombie.

— Je te rejoins dès que j'ai terminé mon petit déjeuner.

À ce moment-là, Albane fait irruption dans la cuisine. Impeccablement coiffée et maquillée, perchée sur des talons hauts et flanquée de ses enfants, elle a l'air bien plus dynamique que moi. Ce qui est un euphémisme.

— Hello, vous deux ! nous lance-t-elle. Je viens chercher Maman.

Comment fait-elle pour être aussi énergique de bon matin, alors que moi, il me faut environ trois cafés et les pires menaces pour me faire décoller ? C'est un mystère.

— Salut, ma tornade, l'embrasse Papa. Ta mère est sous la douche, elle n'en a plus pour longtemps. Je te laisse avec ta sœur, je dois filer.

Une Victoria débordante d'enthousiasme se hisse sur mes genoux.

— Tatie Chloé ! C'est tout blanc dehors, tu as vu ?

*Oui, ma chérie. Tatie a pu le constater cette nuit en se promenant avec James Bond. Juste avant qu'il ne lui roule un gros palot.*

— Oui, ma puce. On va pouvoir faire un bonhomme de neige !

— On peut commencer maintenant ? me demande Axel.

— Allez donc dans le jardin, acquiesce Albane. Mais pas longtemps, et vous gardez vos gants.

Pendant que les enfants se précipitent dehors, ma sœur attrape une tasse de café et m'examine d'un air suspicieux. Je parie que notre lien magique de jumelles a encore frappé !

— Papa est parti, tu peux cracher le morceau, me dit-elle sans cérémonie.

*Et voilà !*

—Je ne vois pas de quoi tu parles, Albane.

— De ta tête. On dirait que tu n'as pas fermé l'œil de la nuit. Aurais-tu fait des folies de ton corps avec un beau journaliste qui traînait dans le coin ?

Franchement, je me demande parfois pourquoi tant de gens adoreraient avoir un jumeau. Ils ne se rendent pas compte à quel point cette complicité innée qui les fait rêver laisse en réalité peu de place à un jardin secret.

Je me frotte nerveusement le front avant de répondre :

— Hum... J'ai vu Théo hier soir, si c'est le sens de ta question. On ne s'est pas envoyés en l'air, mais nous nous sommes embrassés.

Albane manque de recracher son café.

— Flûte, je ne disais pas ça sérieusement, en plus ! dit-elle en s'essuyant le coin de la bouche. Enfin, je me doutais que ça finirait par arriver, mais je ne m'attendais pas à une annonce si rapide !

— Ne t'emballe pas, nous ne sommes pas ensemble, non plus.

— C'est une bonne ou une mauvaise nouvelle ?

Je hausse les épaules d'un air las.

— Il voulait une aventure sans lendemain, ça ne m'intéresse pas. Fin de l'histoire.

— On dirait que ça t'ennuie, pourtant, observe-t-elle.

— Non, c'est le fait de ne pas réussir à m'ouvrir à de nouvelles perspectives qui m'agace. Je ne vais pas te mentir, c'était très agréable de flirter avec Théo… et ça m'aurait peut-être libérée de Matthew si j'étais allée au bout. Les gens normaux ne se comportent pas comme moi, n'est-ce pas ?

Ma tirade terminée, ma sœur se penche vers moi, le regard compréhensif.

— Les gens normaux ont besoin d'un certain temps pour aller de l'avant. Je ne suis pas sûre que coucher avec Théo t'aurait libérée de quoi que ce soit. Bien que tu aurais eu la chance de le voir nu, complète-t-elle avec un sourire coquin.

Je la considère un instant, interloquée.

— Je ne peux pas croire que tu viens de dire ça ! Il va être temps que tu songes à sortir avec un homme, Albane.

Elle n'a pas le temps de répliquer, puisque Maman fait son entrée dans la cuisine, ses fiches recettes entre les mains.

— Je suis prête, on peut se mettre en route ! Tu es sûre que tu ne veux pas venir avec nous, Chloé ?

— Non, c'est bon. Je suis certaine que Victoria et Axel se débrouillent bien mieux que moi en pâtisserie.

D'ordinaire, je ne me serais déjà pas précipitée pour confectionner des maisons en pain d'épice, alors savoir qu'en plus Théo y sera, non merci. Je préfère encore aller vendre des bougies parfumées à Odette et son chien péteur, ce sera beaucoup moins embarrassant.

☆

— Il te va super bien, ce bonnet, Chloé !

Je me retourne pour sourire à Léna, qui vient de s'arrêter à ma hauteur. Autour de nous, la foule se presse, les enfants sont surexcités. Les visages radieux des familles compensent largement le froid mordant qui règne sur le marché de Noël.

Quelques heures plus tôt, Valentine a débarqué à la boutique pour me demander de la remplacer cet après-midi auprès de Rémi et Jules, qui endosseront respectivement les rôles du Père Noël et de son lutin. Mon beau-frère ayant remporté un vif succès lorsqu'il s'était ainsi grimé pour l'école, le maire a tenu à ce qu'il rempile pour l'occasion. Ma mission est de m'assurer que le panier de bonbons est constamment rempli. Valentine aurait dû s'y coller, mais Clément avait besoin de bras supplémentaires pour transformer la salle de restaurant en karaoké et elle a accepté de le dépanner. Dieu merci, je n'ai pas besoin de déguisement ; le bonnet rouge à pompon blanc dont ma mère m'a affublée fera parfaitement l'affaire.

— Tiens, je t'ai apporté du lait de poule, ajoute Léna.

— Merci, tu es un amour !

Quelqu'un nous bouscule par inadvertance si bien que Léna laisse tomber les flyers de la soirée karaoké qu'elle tenait entre ses mains.

— Mais quelle gourde ! rouspète-t-elle. Est-ce que ça t'ennuierait de me les ramasser, Chloé ? Si je m'accroupis, j'accouche ici.

Elle n'a pas terminé sa phrase que je m'exécute déjà.

— Rassure-moi, tu n'es quand même pas venue travailler sur le stand ?

— Non, ma belle-mère me tuerait ! s'esclaffe-t-elle. Mais je vais devenir dingo si je reste enfermée à la maison. Le docteur ne voit pas d'inconvénient à ce que je marche un peu, autant en profiter pour distribuer ces flyers.

— Tant que tu restes prudente ! Des nouvelles, pour les nains de jardin ?

Je m'en voudrais terriblement si elle m'annonçait qu'il y a eu un autre vol cette nuit.

— Toujours rien, me répond-elle, à mon grand soulagement. C'était sûrement un acte isolé, mais par principe ça fait ch… Oups, j'avais dit que je ne prononcerais plus de gros mots. Je ne veux pas d'un bébé mal embouché.

— Bonne chance ! dis-je en riant.

La file d'attente pour voir le Père Noël est à présent si importante que nous distinguons à peine les stands du marché.

— Bon, je vais rentrer me reposer, reprend Léna. Tu viens au karaoké ce soir ?

— Quelle question ! Valentine a réservé pour toute la famille.

— Alors on se voit là-bas ! À ce soir ! me dit-elle en s'éloignant.

Je me rapproche de l'estrade, où a été installé le fauteuil rouge entouré de deux sucres d'orge géants.

Derrière, un décor en carton évoque le pôle Nord et il y a même une boîte aux lettres pour les enfants qui voudraient glisser leur liste dedans. À quinze heures pile, Rémi et Jules font leur entrée au son de *We Wish You a Merry Christmas.* Les plus petits écarquillent les yeux, ébahis. Mon neveu porte un costume vert et rouge, agrémenté d'un bonnet à grelot. Je dois me faire violence pour ne pas être prise d'un fou rire quand nos regards se croisent. Rémi, lui, est méconnaissable, sous sa barbe blanche et le faux ventre ajouté par souci de crédibilité.

— Ho ! Ho ! Ho ! fait-il d'un ton tonitruant. Il y en a du monde, ici ! Vous êtes tous venus pour me voir ?

— Ouiiiiiiii ! se mettent aussitôt à brailler des dizaines de voix.

Je tends à Jules un premier panier de bonbons, et c'est parti pour deux heures de photos ! Les adultes qui me connaissent depuis petite me saluent avec chaleur, gratifiant également Rémi de clins d'œil. L'ambiance est parfaite. Je souris en repérant Albane et les enfants dans la foule. Lorsque son tour arrive, Victoria, sourcils froncés, me souffle à l'oreille :

— Le vrai Père Noël est trop occupé ? Parce que lui, il ressemble drôlement à tonton Rémi.

— Ah bon ? Tu trouves ?

Son regard rusé ne laisse place à aucun doute. On ne la lui fait pas.

— Ne t'inquiète pas, je ne dirai rien, me promet-elle, ravie d'être la détentrice d'un si grand secret.

— C'est toi tout craché au même âge, fais-je remarquer à Albane, tandis que ma nièce s'avance vers Jules pour obtenir un bonbon. L'atelier pâtisserie s'est bien passé ?

Une mince hésitation passe dans les yeux de ma sœur.

— Très bien. Le pain d'épice était délicieux.

— Mais ?

— On en parlera ce soir, chuchote-t-elle. Pour la faire courte, c'est peut-être mieux que tu n'aies pas cédé aux avances de Théo. D'après Jacotte, il drague la nouvelle serveuse de *L'Edelweiss*.

Je déglutis. Je m'étais bien rendu compte que Mister Sourire était un véritable aimant à femmes, mais c'est vexant de savoir qu'il dégaine son numéro de charme plus vite que son ombre. Mon ego a plutôt apprécié de le voir flirter avec moi, alors j'aurais bien aimé être la seule sur la liste, tant qu'à faire.

— Tu ne m'en veux pas de te l'avoir dit, au moins ? reprend Albane face à ma mine déconfite.

— Bien sûr que non. Je commence seulement à désespérer du genre masculin.

— Ne te fais pas de mouron, ils n'en valent pas la peine.

Victoria descend des genoux de Rémi, Albane doit laisser la place aux personnes suivantes, mais nous nous retrouverons plus tard. La foule s'amenuise petit à petit. La séance photo a attiré plus de monde que prévu, il ne nous reste plus un seul bonbon. Je n'aurais pas pensé un seul instant à quel point cela pouvait être physique d'accueillir parents et enfants dans la bonne humeur, avec des chants de Noël en fond sonore.

— Je n'en peux plus ! soupire Jules en retirant son bonnet. Il était temps que ça se termine.

Rémi descend de l'estrade avec nous.

— Je dois remonter au restaurant pour préparer le service de ce soir, constate-t-il en consultant sa montre.

Pour le coup, il m'épate.

— Je ne sais pas comment tu fais, je suis vidée de mon énergie. Le bruit ambiant m'a abrutie.

— Le bruit, et sans doute un léger excès de lait de poule, aussi, se marre mon neveu, faisant référence à la mère de Rémi qui m'en a apporté un deuxième durant ma distribution de bonbons.

Je lève la main pour lui coller une claque sur la tête, et me fige dans mon élan. Plus loin, à une trentaine de mètres de nous, un homme passe en poussant un fauteuil roulant. Grand, la peau foncée et le crâne rasé, il ressemble à Matthew comme deux gouttes d'eau. La scène est furtive, car il y a encore du monde autour des mini-chalets, et le temps que je cligne des yeux, il a disparu. Ça craint franchement, si je me mets à avoir des hallucinations !

— Ça va, Chloé ? s'inquiète Rémi.

— Oh, euh oui. J'ai cru voir…

— Un ours ? fait-il avec humour.

Finalement, la tape sur la tête est pour lui.

— Parfois, je me demande ce que Valentine peut bien te trouver ! Enfin, peu importe, Jules a raison, j'ai dû un peu trop abuser du lait de poule. Je le prendrai sans rhum, la prochaine fois.

Jules ayant un petit creux, Rémi nous laisse à côté du stand de ses parents. Il a à peine tourné les talons qu'une Jacotte particulièrement agitée se fraye un chemin jusqu'à nous. Je redoute aussitôt qu'il ne soit arrivé quelque chose à Lulu, d'autant plus que son fils, le père Xavier, se trouve avec elle.

— Albane n'est pas là par hasard ? me demande la vieille dame. J'aurais besoin de voir Mathieu au plus vite, mais il ne répond pas au téléphone.

— Ma sœur est rentrée chez elle, vous l'avez ratée de peu. Que se passe-t-il ?

Voyant son arrière-grand-mère, Violette sort du stand de lait de poule. Une expression soucieuse voile ses jolis yeux clairs.

— Mamie ? Ça va ?

Jacotte secoue la tête, puis elle tire une feuille de son sac à main et nous la tend.

— Nadia, qui s'occupe du compte Facebook du Vallenot Social Club, vient de me l'imprimer. Ça lui a été envoyé par courrier électronique.

Intriguée, je jette un coup d'œil au papier sur lequel figure une photo de deux nains de jardin vêtus de pulls de Noël. Le cliché a été pris de nuit. En arrière-plan, je reconnais les guirlandes qui décorent la place de la mairie.

— D'après le message qui accompagnait la photo, c'est pour le concours du pull de Noël, nous précise le père Xavier.

— C'est une blague ? dis-je en rendant la feuille à Jacotte.

Inévitablement, je repense aux individus qui chahutaient à plus de minuit. Dans mon esprit, il ne fait aucun doute qu'ils sont les auteurs de cette farce. Merde, et dire que je me trouvais si près d'eux !

— L'adresse e-mail ne permet pas de les identifier ? intervient Jules.

Le père Xavier lui répond par la négative.

— Ils ont pris soin d'en créer une fausse. J'ai voulu leur écrire pour les raisonner, mais l'adresse n'existe déjà plus.

Des nains de jardin qui disparaissent. Des photos loufoques. Ma théorie « Amélie Poulain » revient au grand galop, mais je ne parviens pas à cerner le but de la manœuvre. Se servir des nains pour espérer remporter le concours me paraît si improbable ! D'une part, la personne va forcément rester anonyme par peur de se faire prendre, d'autre part… eh bien, ça n'a aucun sens, bon sang ! À moins que… Après tout, je n'ai pas vérifié le sac de Théo, hier soir, quand il m'a dit qu'il transportait son appareil photo. Mais là encore, quel serait son intérêt ? Publier dans son magazine des photos de nains déguisés avec des pulls de Noël ? Je n'y crois pas une seconde. Il n'aurait pas envoyé ce stupide e-mail.

— Qu'est-ce que tu vas faire ? demande Violette à Jacotte.

— Déposer la copie du message à la gendarmerie, même si ça ne servira sûrement pas à grand-chose. Je ne sais même pas si je dois en parler à Lulu ; à quoi bon le tourmenter en lui montrant ces photos ?

J'ai beau être d'accord avec elle sur ce point, je ne m'en sens pas moins coupable de ne pas avoir tenté le maximum hier soir.

— Je crois que j'étais là, quand ils ont fait le coup.

Voilà, c'est sorti tout seul.

— Ah bon ? réagit Violette.

— Je peux me tromper, mais en général, les passants sont rares la nuit, ici.

Éludant la partie où Théo a déboulé (il y a certaines choses qu'on ne déballe pas devant un curé), je me mets à leur relater la scène à laquelle j'ai plus ou moins assisté.

— Je me suis cachée à la boutique en espérant voir leurs visages, dis-je en conclusion, mais Merlin a mis un tel boxon que j'ai dû renoncer. Je suis désolée.

— Tu n'as pas à l'être, Chloé, réplique le père Xavier. Je ne suis pas certain que j'aurais fait mieux, à ta place.

— Tu n'as vraiment rien vu ? m'interroge Jules.

— Non, il faisait trop sombre.

— C'est dommage… Je pourrais peut-être organiser des rondes avec mes potes, on ne sait jamais.

Je lui souris, touchée qu'il prenne cette histoire à cœur.

— Ce ne sera pas nécessaire. Les gendarmes vont probablement suivre l'affaire de près.

— Ils ont intérêt, déclare Jacotte dans un élan de colère. Parce que s'ils ne finissent pas par choper ces petits cons, c'est moi qui vais m'en charger !

# 14

Valentine n'a pas réservé juste une table, mais toute une partie du restaurant, au fond de la salle. Albane est assise à côté d'elle. Toutes deux font face à Jules, qui est entouré d'Axel et Victoria. Léna, Violette et Lucas sont également présents. Mes parents et moi arrivons les derniers puisque Maman a fermé la boutique à dix-neuf heures, après quoi nous sommes repassées par la maison pour nous changer. J'ai enfilé un joli pull vert émeraude et lâché mes cheveux roux pour les laisser onduler librement sur mes épaules. Ce soir, un seul mot d'ordre : décompresser et me vider la tête.

Ma mère affiche une expression de ravissement dès que nous passons la porte.

— Regarde, Théo est ici !

Bien entendu, elle entreprend de se diriger vers lui afin de lui présenter mon père. Assis au bar, Mister Sourire est occupé à raconter je ne sais quoi à la serveuse. Et ce doit être très drôle, à en juger par la vue imprenable qu'elle nous offre sur ses amygdales.

— Bonsoir, Théo ! s'exclame Maman.

— Sophie, quelle bonne surprise ! fait-il en se retournant. Bonsoir, Chloé.

S'il n'avait pas été en train de draguer Emeline deux secondes plus tôt, j'aurais presque pu rougir sous le regard plein de sous-entendus qu'il me lance.

— Il me semble que vous n'avez pas encore rencontré mon mari, poursuit Maman. Sylvain, voici le meilleur élément de mon atelier pâtisserie. Il nous a réalisé une très belle maison en pain d'épice, ce matin.

Mon père lui serre la main avec un intérêt poli.

— Ravi de faire votre connaissance. Ma femme ne fait que parler de vous, ça me rassure de voir que vous êtes plutôt dans les âges de mes filles, plaisante-t-il.

*Ne jamais sortir avec ses parents un samedi soir. Jamais. C'est la honte assurée.*

Théo émet un petit rire à la remarque de mon père. Comme il n'a pas non plus les manières d'un beauf, il s'abstient de toute réplique lourdingue et reprend simplement :

— Alors, vous venez pousser la chansonnette ?

— On laisse ça aux filles, répond Maman. Elles adorent chanter et connaissent le répertoire de Céline Dion sur le bout des doigts.

*Oui, alors ça, ce n'était pas obligé.*

— Je te rappelle que tu nous as tatoué ses chansons dans les neurones dès la naissance, Maman.

— Il me tarde d'entendre ça, déclare Théo en me fixant à nouveau de son air taquin.

*Tu peux rêver.*

Je maintiens mon masque d'indifférence, mais je n'en pense pas moins. Par chance, Valentine coupe court à la conversation en nous faisant signe, et nous traversons la salle pour rejoindre le reste de la famille. Le restaurant est bondé, je ne sais même pas comment ils ont réussi à dégager un espace pour le karaoké. Les tables décorées de nappes festives sont pleines de familles venues profiter de la soirée, des bouquets de gui ont été suspendus un peu partout au-dessus des têtes. L'ambiance est digne d'une fête ! Les délicieuses odeurs épicées qui s'échappent de la cuisine me mettent en appétit.

— Ça sent bon ! dis-je en m'asseyant à côté de Léna. J'ignore ce que c'est, mais j'en veux.

— Clément réitère son menu mexicain, me révèle-t-elle. Il a toujours beaucoup de succès.

Deux plats de nachos au guacamole et au cheddar fondant se matérialisent sur notre table, et nous commandons des fajitas aux poivrons et au poulet pour compléter.

— Je vous préviens, après tout ça il faudra une corde et une poulie pour me remettre debout, ironise Léna.

— Ça me rappelle l'époque où j'attendais les jumelles, dit pensivement Maman. M'extirper de mon lit était déjà une épreuve en soi, j'avais l'impression d'avoir un veau dans le ventre.

— Vous me donnez super envie d'être enceinte, là ! ne puis-je m'empêcher de grimacer.

— Ce n'est pas parce que j'ai la grâce d'une huître que ce sera pareil pour toi, me prédit Léna.

— Arrête, tu es superbe.

— Je suis moche. J'ai plein de boutons et vingt kilos en plus. Toi, même accoutrée d'un jogging, tu resterais assez élégante pour mener une réunion professionnelle. Je ne sais pas comment tu fais.

— Euh... Eh bien, je ne suis pas enceinte, ça doit aider.

Une voix pâteuse aux accents railleurs retentit alors derrière nous :

— Elle était moins élégante quand elle s'est mise à courir comme une folle à cause d'un ours !

Oh, non… Non seulement Pierrot est là, mais en plus il semble éméché. Je tente un petit sourire pour faire bonne mesure en espérant qu'il va s'arrêter là. Au lieu de quoi, il continue :

— On aurait dû te filmer, Chloé. Tu aurais fait le buzz sur Internet. Un ours ! Non mais, quelle idée ! ricane-t-il.

Rectification : il n'a pas juste un coup dans le nez, il est complètement pété.

— On a compris, Pierrot, c'est bon, le recadre Albane.

— C'était ridicule, s'entête-t-il. Vous, les citadins…

Estimant que la situation a assez duré, mon père se lève et lui pose une main amicale, mais ferme, sur le dos.

— Pierrot… Tu as l'air fatigué, mon vieux. Tu devrais rentrer et te reposer.

— Oh, bah non, je viens juste d'arriver ! proteste celui-ci. Je boirais bien une bière, d'ailleurs.

— Je parierais que tu en as déjà avalé quelques-unes de trop.

— Fallait bien les finir, elles allaient se périmer ! Tiens, ils ont une nouvelle serveuse, elle nous regarde bizarrement, fait-il en se grattant le haut du crâne.

En effet, au bar, Emeline nous observe avec un curieux mélange d'angoisse et de fascination. La jeune femme semble avoir zappé la présence de Théo et des autres clients. On dirait qu'elle vient de se prendre un coup de massue. Son regard flanche en croisant le mien, et elle baisse aussitôt la tête, comme si je l'avais prise en faute. Puis elle s'empare d'un torchon et se met à frotter le zinc avec une énergie qui me paraît forcée. Étrange.

— Tout va bien ? intervient Rémi, les bras chargés d'un plateau de nachos.

Tout en enfilant son manteau, Papa lui désigne Pierrot du menton.

— Je connais un gars qui a besoin d'aller dormir. Je le raccompagne, j'en ai pour cinq minutes.

Pierrot bougonne encore un peu, mais il se laisse finalement entraîner.

— Mince ! lâche Rémi lorsque la porte du restaurant se referme derrière eux. Ça faisait pourtant un moment qu'il n'avait plus picolé.

L'expression qu'arbore Albane en dit long sur son opinion.

— S'il replonge, il pourra dire adieu à son activité. Je n'ose même pas l'imaginer sur une motoneige dans cet état, frémit-elle.

— Il n'a jamais été ivre au travail, lui rappelle Valentine. Il a pu apprendre une mauvaise nouvelle et se consoler dans la bouteille. Être sans famille, en période des fêtes...

— Le pauvre ! soupire Maman. Il a beau être entouré de copains, il doit ressentir une immense solitude. On devrait peut-être lui proposer de se joindre à nous pour Noël.

Quelques secondes méditatives s'écoulent, puis Rémi retourne à son service. L'œil piqué de curiosité, Violette se penche vers moi :

— C'est quoi, cette histoire d'ours ?

— Rien du tout. En plus, ce n'était pas un ours, c'était un chamois.

— Pierrot raconte vraiment n'importe quoi, quand il est bourré, renchérit Valentine.

Je la bénis intérieurement. Albane me sourit, puis elle se tourne vers notre mère et enchaîne, l'air de rien :

— Parle-nous de ce séjour en Autriche ! C'était comment ?

Trente minutes plus tard, la soirée bat son plein. Papa est vite revenu après avoir déposé Pierrot chez lui, et Jérôme lui a apporté des fajitas encore chaudes. Axel et Victoria dansent en compagnie d'autres enfants au rythme des morceaux choisis par les clients qui s'éclatent au karaoké. Le directeur de l'école réussit à faire reprendre à toute la salle le refrain d'une chanson de Pierre Bachelet, *Les Corons,* tandis que Clémentine, la coiffeuse, et une de ses amies, nous offrent une interprétation endiablée du *Banana-split* de Lio. Peu avant le dessert, Violette et Jules se lancent en duo sur *Comme des enfants,* de Cœur de pirate. Je me dis qu'ils formeraient un beau couple si Violette n'était pas amoureuse de Lucas et si Jules ne préférait pas les garçons. Puis Lucas rejoint Violette pour entonner *Ti amo.* C'est très touchant, et je me dis que je devrais ralentir sur le vin parce que je crois que j'ai les yeux pleins de pluie.

Du côté du bar, Emeline s'est remise à rire avec Théo, qui ne va sans doute pas tarder à lui chanter *Voulez-vous coucher avec moi ce soir.* Je me dis que si j'ai du flair pour les affaires, en revanche je suis une vraie truffe en matière d'hommes, parce que hier soir, j'avais l'impression d'être unique à ses yeux. Mais ce n'est pas grave, ça m'aura au moins permis de comprendre que, pour l'instant, je n'ai pas l'esprit à rencontrer quelqu'un.

— Il est charmant, n'est-ce pas ? me souffle ma mère, qui se méprend sur mon regard.

— Ne va pas m'imaginer dans une robe blanche, il veut juste s'envoyer en l'air, dis-je de but en blanc. En tout cas, c'est ce qu'il m'a proposé hier soir.

— Oh.

Maman lui jette un coup d'œil déçu, comme s'il venait de torturer un bébé panda.

— Et tu n'as pas eu la curiosité d'accepter ? rebondit Valentine.

La bouche pleine de moelleux au chocolat, Léna renchérit :

— C'est clair que si j'avais été célibataire et beaucoup moins enceinte, je n'aurais pas hésité une seconde à découvrir ce qui se cache sous ses vêtements.

Jules repose vivement son verre sur la table.

— Mon Dieu, vous êtes gênantes. Je vais prendre l'air avec Violette et Lucas.

Jérôme s'approche alors de nous. Je sens Albane se raidir légèrement. C'est vrai qu'ils doivent avoir leur grande discussion, demain.

— Mon service est terminé, lui annonce-t-il. Je vais récupérer les enfants, si ça ne t'ennuie pas.

— Non, tu as raison. Il est plus de vingt-deux heures, ils sont fatigués.

Fatigués, eux ? Le terme « déchaînés » me paraîtrait davantage approprié, puisque mes neveux dansent avec cette énergie propre aux enfants sur une reprise des *Démons de minuit.* Jérôme attend la fin du morceau pour rassembler les troupes, puis les petits viennent nous embrasser. Lorsqu'ils sont tous les trois partis, Léna demande gentiment à Albane :

— Ce n'est pas trop difficile, ce nouveau quotidien ?

Ma sœur repousse un morceau de son dessert du bout de sa cuillère.

— Ça m'a un peu bousculée de voir Jérôme débarquer, mais je dois bien admettre que ce n'est peut-être pas plus mal, au bout du compte. Les enfants sont moins déboussolés. D'ailleurs, j'ai décidé de les emmener deux jours à Nice, lundi et mardi, ça nous fera du bien à tous les trois.

Est-ce que ma sœur vient réellement de prononcer ces mots ?

— Je leur ai promis un tour de grande roue, ajoute-t-elle, elle est immense.

Apparemment, oui, elle les a bien prononcés. Il va neiger ! À travers la fenêtre, j'aperçois que c'est d'ailleurs le cas. La vision des légers flocons qui descendent du ciel m'apporte un étonnant réconfort et, l'espace d'un instant, je me perds dans la contemplation de la fine couche blanche qui recouvre à nouveau le sol, interceptant seulement quelques bribes de la conversation au sujet de la location de dernière minute qu'a dénichée Albane. Ma sœur, qui prépare toujours tout des mois à l'avance comme si elle avait peur de se brûler face à l'imprévu… Voilà un sacré progrès !

— C'est quand même dommage que personne ne reprenne une chanson de Noël, regrette soudain ma mère, tandis qu'Alan, un Anglais qui avait dragué Valentine avant de lui avouer être marié, s'égosille sur un titre de Queen.

— Tu n'as qu'à te lancer ! la défie Papa.

— Ah non ! lui oppose Léna. Je vous jure que si j'entends encore une seule chanson de Mariah Carey, je zigouille quelqu'un. Ils la passent en boucle au marché de Noël, je n'en peux plus.

— Je pensais plutôt à Céline Dion, précise Maman en coulant un sourire sirupeux vers nous.

Un ange passe. Je sais où elle veut en venir, avec ses battements de cils supposément innocents. Et je pense que je ne vais pas tarder à me carapater dehors avec Jules et ses amis.

— OK, Chloé et moi, on va le faire, lâche tout à coup Albane.

Je redresse brusquement la tête. Celle-là, je ne l'avais pas vue venir.

— Tu n'es pas sérieuse, Albane ?

— Tu voulais que je sois plus spontanée, j'ai envie de m'amuser, alors c'est le moment, déclare-t-elle d'un ton qui ne tolère aucune objection.

— Il est hors de question que je chante un truc de Noël.

— De toute façon, il n'y en a pas, m'informe Valentine en étudiant les titres disponibles. Pour Céline Dion, vous avez le choix entre *Pour que tu m'aimes encore* et la chanson de *Titanic*.

— Va pour la première ! se décide Albane. Tu te souviens, Chloé, on adorait la chanter ensemble, à l'époque où on était persuadées de devenir des grandes stars.

— Oui, enfin, on avait huit ans.

— C'est comme le vélo, ça ne s'oublie pas.

Oh, et puis zut, elle a raison ! Inutile de jouer les timides puisque la plupart des gens présents ce soir ont dû nous voir au moins une fois chanter à la kermesse de l'école.

Rémi nous accueille avec un grand sourire aux lèvres et annonce à l'assemblée :

— Surprise ! Les jumelles les plus célèbres du village ont décidé de mettre le feu, ce soir !

Des cris retentissent aussitôt pour nous encourager. Ils proviennent en grande partie de Jules, Violette et Lucas, qui viennent de rentrer.

— Prête ? me sonde Albane.

Je lui fais signe que oui. Dès que la musique emplit la salle, les paroles me reviennent sans que j'aie besoin de les lire sur l'écran. Ma sœur et moi faisons un bond dans le temps, assurant le spectacle comme si vingt-cinq ans ne s'étaient pas écoulés depuis l'été où nous passions des heures à fredonner ce morceau devant le miroir de notre chambre, le déodorant *Eau Jeune* de Valentine en guise de micro.

— *J'irai chercher ton cœur, si tu l'emportes ailleurs...*

*— Même si dans tes danses, d'autres dansent tes heures…*

Du coin de l'œil, j'aperçois Maman en train de nous filmer, Théo en train de me reluquer et les ados en train d'esquisser des mouvements exagérés de va-et-vient avec leurs bras pour ajouter à l'ambiance. Peu importe, nous sommes à fond et, même si nous chantons faux, plus rien d'autre n'existe.

*— Je trouverai des langages, pour chanter tes louanges…*

*— Je ferai nos bagages pour d'infinies vendanges…*

Les paroles résonnent en moi comme jamais. Émue, je songe à ces non-dits qui nous ont trop longtemps séparées, Albane et moi. À ses yeux brillants, je devine qu'elle y pense aussi. Nos mains s'entrelacent et là, debout face à des gens qui n'entendent qu'une simple chanson, nous rattrapons à notre manière un bout de ces instants perdus, plus soudées que jamais.

La chanson monte en intensité, et, sans crier gare, l'échec de ma relation avec Matthew me revient en pleine poire. J'en ai la trachée qui se serre, le sentiment est si violent que je ferme les paupières pour refouler mes larmes. Ma voix manque de se briser.

*— Plus brillante et plus belle, pour une autre étincelle…*

*— Je me changerai en or, pour que tu m'aimes encooooooooore… Pour que tu m'aimes encore…*

La chanson est terminée, tout le restaurant résonne d'applaudissements, je suis vidée.

— C'était génial, les filles ! nous complimente Rémi.

Albane me serre dans ses bras. Je savoure deux ou trois secondes cette sensation apaisante, quand mes yeux tombent sur… Non, ce n'est pas possible !

Matthew. Est. Là.

Mon pouls s'affole, le sol se dérobe sous mes pieds. Puis ma température interne dégringole à un niveau polaire. Le tout en l'espace d'une seule seconde.

Alertée par mon inertie soudaine, Albane me secoue le poignet.

— Chloé ? Serais-tu en train de faire un AVC ?

— Je ne sais pas, c'est possible, lui répond ma bouche.

Suivant la direction de mon regard, ma sœur saisit alors toute l'ampleur de la situation.

— Putain de merde ! lâche-t-elle malgré elle. Il s'agit bien de qui je pense ?

Mes pensées se bousculent au point de me rendre incohérente :

— Oui. Est-ce que tu crois qu'il est possible de me suicider avec un micro sans trop souffrir ?

Quelques rires s'élèvent.

— Justement, il n'est pas coupé, me souffle Rémi.

Génial. Absolument génial. Non seulement mon ex se pointe pile au moment où je braille, les larmes aux yeux, *Pour que tu m'aimes encore* (j'ai eu la très mauvaise idée de lui apprendre quelques rudiments de français), et en plus, toute la salle est témoin de mon incapacité à réagir avec sang-froid. Pourquoi est-ce que c'est ça, ma vie ?

# 15

En totale panique, j'attrape mon manteau et m'enfuis hors du restaurant, sous le regard éberlué de mes parents. Une fois dehors, j'inspire une grande bouffée d'air glacial pour reprendre mes esprits. J'ai du mal à croire à ce qui vient de se passer. La bonne nouvelle, c'est que je n'avais donc pas halluciné, tout à l'heure, sur le marché de Noël. Cependant, un point me turlupine : poussait-il vraiment un fauteuil roulant ?

La porte de *L'Edelweiss* s'ouvre, me faisant sursauter.

— Ce n'est que moi, me rassure Albane en apparaissant sous la guirlande lumineuse qui orne la façade en bois. Je viens juste vérifier que tu vas bien.

— Il… Il est toujours à l'intérieur ?

Question rhétorique, étant donné que je l'aurais vu, s'il était sorti.

— Il est installé au bar. Juste à côté de Théo.

Je grimace. Il ne manquerait plus qu'ils deviennent les meilleurs amis du monde.

— Est-ce que tu veux que j'aille le chercher ? me propose ma sœur.

— Non ! Je préfère rentrer.

Je suis bien trop sonnée pour affronter Matthew ce soir. Albane me jette un regard perplexe, mais elle n'insiste pas. Tirant son portable de son sac à main, elle tape un texto pour prévenir nos parents qu'elle me ramène à la maison, puis m'entraîne vers sa voiture.

— À présent qu'il est là, tu ne vas pas pouvoir l'éviter éternellement, me dit-elle en se glissant derrière le volant.

— Je ne l'évite pas, j'ai juste besoin d'avoir les idées claires. Ce n'est pas en me prenant au dépourvu qu'il va arranger les choses. Et puis de quel droit se pointe-t-il ici, d'abord ? Il ne peut pas surgir comme ça, pas après le mal qu'il m'a fait !

Ma sœur laisse échapper un drôle de rire.

— Maintenant, tu comprends ce que j'ai ressenti en voyant Jérôme débouler.

— Ce n'est pas pareil. Jérôme avait une bonne raison de venir : les enfants. Matthew, lui, n'en a aucune.

— À moins qu'il ne te propose de fonder un club de tricot avec lui, je ne sais pas, je dirais qu'il veut peut-être simplement discuter ?

— Tu connais beaucoup de monde qui serait prêt à parcourir plus de six mille kilomètres pour « simplement discuter » ? dis-je en mimant des guillemets avec mes doigts.

Albane fait mine de réfléchir.

— Hugh Grant ou Ryan Gosling, dans une comédie romantique.

Exaspérée, je secoue la tête.

— Non, vraiment, je ne vois pas ce qu'il y a de si urgent qui ne puisse attendre mon retour à New York. Tu imagines, si j'avais été en train de bécoter un beau mec ?

— Je ne connais qu'un seul beau mec qui a voulu te bécoter, et tu lui as mis un râteau, me rétorque-t-elle avec malice. Si ça se trouve, ce sont les dieux de Noël qui t'envoient Matthew.

*Bah voyons.*

Nous arrivons à destination. Je souffle un bon coup avant de descendre de la voiture.

— Je suppose que Maman va me poser une centaine de questions en rentrant. J'en suis découragée d'avance.

Albane me donne une tape affectueuse sur le genou.

— Je vais lui dire de te laisser tranquille pour ce soir. Profites-en pour prendre un bon bain chaud avant de dormir. Ça te détendra.

J'esquisse une moue peu convaincue.

— La seule chose qui me détendrait, ce serait d'apprendre que Matthew est dans un avion en partance pour les États-Unis.

— Oui, mais ce n'est pas le cas pour l'instant, alors tu ferais mieux d'en prendre ton parti.

En prendre mon parti. Les dieux de Noël vont surtout voir de quel bois je me chauffe, oui !

☆

*Le lendemain*

J'ai l'impression que je viens à peine de poser ma tête sur l'oreiller lorsqu'une truffe humide vient me chatouiller la main.

Je me retourne en grognant :

— Fiche-moi la paix, Merlin.

Bien entendu, le labrador comprend l'exact opposé de ce que je lui ordonne, et entreprend de poser ses trente kilos sur le lit, en dépit de mes récriminations. Quel pot de colle, quand il s'y met ! Ouvrant un œil, je constate qu'il n'est que huit heures. Mon mal de tête est atroce, j'ai passé une très mauvaise nuit, à me répéter mille fois le discours bien senti que je réserve à Matthew si par malheur son chemin venait à nouveau à croiser le mien, alors j'aimerais bien me rendormir.

— Allez, debout, Chloé !

Je m'enfouis davantage sous la couette quand ma mère pénètre à son tour dans ma chambre. Bon sang, il n'y a pas moyen d'avoir la paix cinq minutes ? J'ai pourtant laissé un mot sur la table de la cuisine afin de les prévenir : je refuse de sortir de mon lit, au cas où de nouvelles idées suicidaires (comme participer à un karaoké) me viendraient en tête. Quoique, je pense être vaccinée à vie, là !

Sans crier gare, ma mère s'empresse d'ouvrir les volets et la fenêtre, laissant le froid vif pénétrer à l'intérieur de la pièce. C'était sa technique favorite pour nous faire lever le matin, à l'époque du collège. Je vois qu'elle n'a pas perdu la main.

— Maman, arrête ça ! je ronchonne.

— Ah ! Tu es en vie ! fait-elle, faussement soulagée. Je referme cette fenêtre, mais tu as intérêt à être en bas dans cinq minutes. Je te rappelle que nous ouvrons exceptionnellement la boutique aujourd'hui.

— Je ne vois pas en quoi ma présence est indispensable.

Ma mère m'accorde un sourire indulgent et s'assied doucement au bord du lit, comme si j'avais cinq ans et une fièvre carabinée.

— C'est vrai, il n'est pas nécessaire que tu viennes. Mais ce sera toujours mieux que de rester ici, à retourner le problème dans tous les sens.

— Tu ne redoutes pas que je fasse fuir les clients ? Je suis sans doute passée pour la folle de service, hier soir.

Mon Dieu. Rien que d'y repenser, je suis en PLS intérieure.

— Personne ne pense cela de toi, enfin ! Ce serait dommage que tu restes enfermée pour si peu, d'autant qu'on a prévu de faire la photo pour le concours de Noël. Ton père et moi avons rapporté des pulls d'Autriche exprès.

*De mieux en mieux…*

— Et tu me le dis seulement maintenant ?

— Si tu étais restée plus longtemps à la soirée, tu en aurais été informée en même temps que tes sœurs. Allez, on se secoue, je n'ai pas envie d'être en retard !

Je finis par capituler, sachant qu'il est inutile de résister.

— Tu ne savais vraiment pas qu'il allait venir ?

Une heure plus tard, je suis au bout de ma vie. Nous venons d'ouvrir la boutique et ma mère m'a déjà posé quinze mille questions. Scoop : toutes tournent autour de Matthew. Albane a bien été obligée d'expliquer pourquoi je me suis enfuie du restaurant.

Mettant la caisse en route, je pousse un gros soupir et relève la tête vers ma mère :

— Est-ce que tu insinues que ma surprise avait l'air feinte ?

— Non, évidemment. Mais qu'est-ce que tu comptes faire ? Parce que s'il fête Noël avec nous…

— Matthew ne sera pas avec nous pour Noël, je peux te le garantir. Est-ce qu'on peut passer à autre chose ?

— Bien. Comme tu veux.

Je regrette aussitôt mon mouvement d'humeur. Maman est certes parfois un peu envahissante, mais toujours bienveillante ; elle a enduré sans broncher nos mille disputes entre sœurs, MC Solaar et les Spice Girls à fond sur la chaîne hi-fi, les mauvaises notes en chimie, la frange coupée approximativement aux ciseaux à papier, les kermesses de l'école, les tonnes de crayon noir autour des yeux, les paquets de Miel Pops vides dans les placards, les cauchemars en pleine nuit, le *Club Dorothée* et *Beverly Hills 90210*, la première cuite en boîte de nuit pour fêter le bac, les pleurs façon chutes du Niagara pour le premier chagrin d'amour, les crises d'hystérie pour une araignée sous la douche, *Buffy contre les vampires* et *Friends*, les genoux écorchés, le jean hors de prix reçu pour Noël et taillé en short l'été suivant, *Freed from Desire* et *La Tribu de Dana*, la mode éphémère du mascara pour cheveux, le mur les vendredis soir. Deux de ses filles qui se sont évitées pendant douze ans. L'amour d'une mère est sans doute la chose la plus inconditionnelle au monde. Alors ça vaut bien la peine de supporter quelques questions.

Radoucie, je lui plante un baiser sur la joue.

— Désolée, Maman. C'est juste que je n'ai pas envie d'évoquer le sujet pour l'instant.

— Je comprends, mais tu as l'air si abattue ! Je m'inquiète pour toi, ma chérie.

— Il ne faut pas, vraiment. Je me sens juste dépassée par la situation. Je m'attendais à profiter d'un Noël tranquille, pas à des nains de jardin qui disparaissent ni à des ex qui réapparaissent.

Les pupilles de ma mère se mettent à pétiller de cette espièglerie qui la caractérise.

— Écoute-toi, on dirait Albane ! Je n'ai jamais entendu parler d'une vie où tout se passait comme prévu, tu sais.

— Ce serait pourtant bien plus reposant ! Je te prépare un café ?

— Je veux bien, oui.

Lorsque je reviens, Jules et Valentine sont arrivés et papotent avec ma mère. La discussion s'interrompt dès qu'ils me voient.

— Salut, vous deux ! Tout va bien ? dis-je en tendant son café à ma mère.

— Tout baigne, me répond ma sœur. Je viens déposer Jules pour sa journée lutin.

— Super ! Tu vas casser la baraque, mon Juju !

Oui, bon, mon enthousiasme est peut-être un poil exagéré. Après tout, il ne va pas manier les actions en Bourse, juste s'asseoir et sourire pour les photos.

Une lueur moqueuse dans le regard, il ne rate pas l'occasion de me chambrer :

— C'est bon, tes envies de te suicider avec un micro te sont passées ?

— Jules ! le reprend Valentine. Chloé était sous le choc, tu le sais très bien.

— Oui, bah c'était quand même la honte intersidérale, avouez-le. Vous auriez réagi comment, vous, si votre oncle s'était tapé l'affiche devant tous vos potes ?

Si le frère asocial de mon père m'avait fait un coup pareil, je l'aurais sûrement mal pris. Peut-être même que je l'aurais aidé à en finir. Mais plutôt mourir que de l'admettre. Et puis, je vois bien que Jules n'est pas vraiment fâché. C'est juste un grand ado, probablement en train de se jurer qu'il ne sera jamais comme nous à l'âge adulte.

— Je t'offrirai un lait de poule pour me faire pardonner, d'accord ?

— Si tu me prends par les sentiments !

— Espèce de voyou, va ! je m'esclaffe en lui ébouriffant les cheveux pour la peine.

Un premier client pousse la porte du magasin. Jules s'éclipse dans l'arrière-boutique afin de revêtir son costume de lutin. Profitant que Maman soit occupée avec le nouveau venu, Valentine s'approche de moi.

— Est-ce que tu gères ? me demande-t-elle à voix basse.

— Avec la fatigue, pas tellement.

— Je n'en croyais pas mes oreilles quand Albane m'a dit que Matthew était là. C'est dingue, quand même !

— En fait, j'aimerais croire que j'ai rêvé, mais il y a davantage de chances d'apprendre que le Père Noël existe, j'en ai peur.

— C'est plutôt bon signe, qu'il ait fait le déplacement, non ? Tout n'est peut-être pas fichu entre vous.

*Non, mais elle déconne, ou quoi ?*

Jules ressort de la réserve. Avec son bonnet à rayures et les fines taches de rousseur parsemées autour de son nez, il a tout du parfait lutin facétieux.

— Tu es super, Jules ! On va cartonner.

De fait, la boutique ne désemplit pas de la matinée. Ma mère doit presque mettre les derniers clients à la porte pour que nous puissions aller déjeuner sur le marché de Noël, où nous commandons des soupes épicées de butternut et patate douce, ainsi qu'une montagne de bretzels moelleux et de gaufres au sucre glace. Pour parfaire l'ambiance, la neige qui n'a pas encore fondu étincelle sous le beau ciel bleu et *Jingle Bell Rock* passe en fond sonore. On pourrait presque se croire dans un de ces téléfilms à la guimauve ! Excepté qu'à la place du beau bûcheron du coin, on a le journaliste canon en quête d'un plan cul, et l'écrivain briseur de cœurs qui surgit sans prévenir. Ma famille fait d'ailleurs preuve d'un tact exemplaire en évitant soigneusement de prononcer le prénom de Matthew. En revanche, impossible d'ignorer leurs regards pleins de sollicitude, qui me rendent un tant soit peu nerveuse.

— Je vais bien, c'est bon, dis-je en surprenant Albane, qui me détaille comme si j'étais susceptible de partir en vrille d'un instant à l'autre.

— Tu as des valises sous les yeux, me fait-elle remarquer. Est-ce que tu as une idée de l'endroit où il loge ?

— Tu sautes du coq à la licorne, là. Et non, je ne sais pas dans quel hôtel il est. À vrai dire, je m'en fiche.

Je me tourne ensuite vers mes parents pour lui faire comprendre que le sujet est clos. Ces derniers sont en train de parler de mon oncle.

— Non, il ne m'a toujours pas répondu, soupire mon père. Je lui repasserai un coup de fil demain.

— Quel emmerdeur, celui-là ! rouspète Maman. De toute façon, il nous fera encore faux bond.

La réflexion fait ricaner Papa :

— Tu dis ça tous les ans, mais à chaque fois tu insistes pour que je lui propose de se joindre à nous.

— Oh, tiens, en parlant de ça...

S'essuyant la bouche avec une serviette, Maman rebondit sur Pierrot et l'état d'ébriété avancé dans lequel il se trouvait hier soir.

— J'ai pensé qu'il pourrait venir à *L'Edelweiss* le jour de Noël, termine-t-elle.

— Cela lui ferait sans doute du bien, approuve mon père. Hier, c'était l'anniversaire de sa gamine, apparemment. Une période qu'il supporte mal.

— Ça se comprend, compatit Valentine. S'il ne l'a plus revue depuis la mort de son fils, c'est dur. Je ne me souviens pas d'elle, d'ailleurs. Elle ne devait pas être à l'école avec nous, si ?

— Non, elle est un peu plus jeune que vous, répond Maman. Une jolie blondinette... Émilie, ou quelque chose comme ça, si ma mémoire ne me fait pas défaut.

À l'issue de notre repas, nous filons sur la place de la mairie. Albane, Valentine et moi avons enfilé les horribles pulls verts ornés d'un bonhomme de neige que Maman nous a rapportés de Vienne, tandis que Papa et elle-même arborent un modèle à l'effigie d'un labrador coiffé d'un bonnet de Noël. Assis près de Maman, Merlin figure lui aussi sur la photo que Jules s'efforce de prendre tant bien que mal, étant donné qu'Albane gigote nerveusement, comme si on lui avait placé un pitbull entre les bras. C'est sportif, mais la cinquième prise est la bonne ! Jules consent à montrer les photos à ma mère, même s'il tient lui-même à les faire défiler sur l'écran.

— Tu as peur qu'elle tombe sur ton *TikTok* ? le charrie Valentine.

— N'importe quoi, marmonne-t-il. Je n'ai pas envie qu'elle efface les photos par erreur, c'est tout.

— Non mais, dis donc, je ne suis pas idiote à ce point ! fait mine de s'insurger ma mère. On voit que tu es tendue, Albane, mais la photo est parfaite. On ne peut que remporter le concours !

Tandis que nous marchons vers la boutique, elle nous précise cependant qu'elle compte faire poser Jules, Axel et Victoria ensemble dès demain, afin de doubler ses chances.

— Si les nains de Lulu ne raflent pas le gros lot, déclare Albane, perplexe.

Je ne masque pas mon étonnement :

— Tu penses vraiment qu'ils pourraient gagner ? Ce ne serait pas logique, ils ont été volés.

— Mathieu m'a laissé un message hier soir ; il se demande s'il ne s'agirait pas d'une petite magouille.

— Il ne soupçonne quand même pas Jacotte et Lulu ? s'enquiert Valentine, incrédule.

— Il a quelques doutes. Le fait qu'il n'y ait pas de témoins, les gens qui s'apitoient sur leur sort, et cette photo mystérieuse... Sans compter que Jacotte copréside le Vallenot Social Club. C'est un peu bizarre.

— Je n'y crois pas une seconde. Lulu est réellement bouleversé, il ne fait pas semblant. Et puis, soyons honnêtes, ce n'est pas leur genre de...

Valentine m'interrompt en me flanquant un grand coup de coude.

— Il est là ! me chuchote-t-elle si fort que toute ma famille se fige.

Pour la deuxième fois en moins de vingt-quatre heures, je manque de me décomposer : vêtu de son long manteau en cachemire, Matthew fait les cent pas devant la vitrine. Je doute qu'il attende l'ouverture dans le but d'acheter des boules à neige. Redressant la tête, il a un léger sursaut en me voyant.

— Vas-y, m'encourage Albane en me donnant une légère impulsion dans le dos. On t'attend.

Je m'avance vers lui, le cœur battant à tout rompre. Je savais qu'il y avait des risques de le croiser, mais je n'étais pas prête. Pas si vite.

— Bonjour, Chloé.

— Qu'est-ce que tu fais là, Matthew ? Tu es venu vendre tes romans en porte à porte ?

Je sais, c'est bas.

— Non, je suis en repérage pour *The Voice.* Tu n'es pas retenue.

Constatant que sa réplique ne m'amuse pas, il reprend :

— J'aimerais te parler, c'est important.

— Impossible, je dois rester à la boutique pour aider ma mère.

— Alors dis-moi à quel moment tu seras disponible, ça me conviendra.

Malgré mon expression ennuyée, il n'a visiblement pas l'intention de lâcher le morceau.

— Très bien, finis-je par céder. Demain, quinze heures, à *L'Edelweiss*.

— Je serai là.

Pour le coup, je n'en doute absolument pas.

# 16

*Lundi 20 décembre*

— EST-CE QUE TU SAIS comment ça s'est passé entre Albane et Jérôme ? m'interroge ma mère en étalant une généreuse couche de miel sur son pain grillé.

— Non, elle ne m'a rien dit. Elle a sans doute préféré se reposer, vu qu'elle partait à Nice ce matin avec les enfants.

À vrai dire, je suis un peu vexée que ma sœur ne m'ait pas téléphoné pour tout me raconter, alors que je n'attendais que ça. À la place, elle s'est contentée d'un texto plutôt succinct :

Je te dirai quand je serai rentrée. Et bien sûr, je veux tout savoir, pour Matthew. ☺

Quelque chose a dû la contrarier, elle aurait appelé sinon. Je ne la connais que trop bien. Au moins, elle n'a pas annulé son escapade improvisée, c'est déjà ça ! Les enfants vont adorer.

— Elle nous en parlera à son retour, suppose mon père. En tout cas, c'est vrai que Jérôme s'est métamorphosé, depuis qu'il est ici.

— J'ai l'impression que ce nouvel équilibre est ce dont ils avaient besoin tous les deux, approuve Maman.

J'acquiesce à mon tour tout en conservant une certaine prudence.

— Je ne pense pas qu'ils se remettent ensemble pour autant. Ce n'est pas ce que désirait Albane, aux dernières nouvelles.

À ce moment-là, la sonnerie du téléphone retentit dans l'entrée. Oui, mes parents font partie de cette génération qui possède encore une ligne fixe. Pendant que mon père se lève pour aller décrocher, ma mère se tourne vers moi.

— Je te trouve d'humeur maussade, ce matin, observe-t-elle. C'est ton rendez-vous avec Matthew qui t'angoisse ?

— Un peu, oui. Je ne suis pas certaine d'être prête à entendre ce qu'il tient tant à me dire.

Si j'ai d'abord refusé l'évidence, pour autant je ne suis pas née de la dernière pluie. Matthew n'a pas traversé une partie du monde juste pour faire un brin de causette ; il y a de fortes chances qu'il me demande de reprendre notre relation là où nous l'avons laissée. Or, je ne peux plus continuer comme ça, à attendre et espérer un avenir qui ne viendra pas, un avenir à nous cacher, à me contenter des petits bouts de lui qu'il veut bien m'accorder.

— C'est évident qu'il est toujours amoureux de toi, me répond ma mère. Ça se voit dans son regard.

— Ça ne fait pas tout. C'est quand même lui qui m'a larguée comme une malpropre.

— Tu y verras peut-être plus clair après lui avoir parlé. En tout cas, je ne l'imaginais pas comme ça, physiquement. Qu'est-ce qu'il est grand ! Et charismatique ! Si James Bond était afro-américain, Matthew serait parfait pour le rôle.

*Non mais, écoutez-la !*

Heureusement, mon père met fin à ses commentaires extatiques en revenant dans la cuisine.

— C'était Jacotte, au téléphone, nous annonce-t-il. Vous ne devinerez jamais !

— Ils ont trouvé le voleur ? je m'exclame, bondissant presque de ma chaise.

— Non, un des nains a été rendu !

Ma mère et moi arrondissons les yeux.

— Comment ça ?

Il nous explique alors que la veille, avant de se coucher, Jacotte a entendu du raffut provenant de son jardin. Redoutant un nouveau vol, elle est montée chercher son vieux fusil déchargé, pensant surprendre les responsables.

— Le temps qu'elle redescende, ils avaient filé. Mais le premier des nains à avoir disparu était de retour.

— Merde, alors ! lâche Maman. Mathieu est prévenu ?

— Il l'attend à la gendarmerie. Jacotte voulait savoir si l'un de nous pouvait l'accompagner, dans la matinée. Je lui ai répondu oui, bien sûr.

Je propose immédiatement de m'en charger.

— Je n'ai rien à faire ce matin, alors ça m'occupera.

D'une part, ça me changera un peu les idées, d'autre part, c'est l'occasion parfaite de faire comprendre à Mathieu que la disparition des nains de jardin n'est sûrement pas une mise en scène de Jacotte et Lulu.

Comment a-t-il pu émettre le moindre début de soupçon à leur égard ? Certes, Vallenot est un bourg tranquille où le taux de délinquance est l'un des moins élevés du pays, mais ce n'est pas une raison !

☆

— Si j'ai bien saisi, c'est le bruit dans votre jardin qui vous a alertée ?

Moins de deux heures plus tard, je suis assise à côté de Jacotte dans le bureau de Mathieu. Celui-ci m'ayant autorisée à rester avec la vieille dame, je compte m'assurer qu'il prendra sa déposition avec le plus grand sérieux.

— Affirmatif, lui répond-elle. Je me suis rendu compte plus tard que c'était le couvercle de la poubelle en métal. Ils ont dû le faire tomber en passant.

L'expression impassible, Mathieu tape quelque chose sur son ordinateur, puis revient à Jacotte.

— Je présume que personne d'autre n'a entendu ce bruit ?

— Lulu dormait, il a le sommeil lourd.

— Mmmmh… Et les voisins ?

— Les plus proches sont Judith, la mère de Léna, qui est absente en ce moment, et Micheline, qui n'a pas apprécié son altercation avec Lulu… Je ne suis pas allée frapper à sa porte pour le lui demander, tu penses bien.

— En somme, on se retrouve une fois encore sans témoins, souligne Mathieu.

Son regard pensif m'indique que les choses se bousculent dans son esprit. Quasi sûre qu'il doute de la sincérité de Jacotte, je me sens obligée d'intervenir :

— Tu sais bien qu'il n'y a pas grand monde dans les rues, le dimanche soir.

— Je n'ai pas prétendu le contraire, me rembarre-t-il avant de s'adresser à nouveau à la vieille dame : Comment expliquez-vous qu'on ne vous ait rapporté qu'un seul nain de jardin sur les deux ?

— Ma foi, qu'est-ce que j'en sais ? fait-elle, passablement agacée. C'est toi, le gendarme, pas moi ! Tu veux que je te fournisse un alibi, aussi ?

Je pose une main sur son épaule pour l'exhorter tacitement à se calmer. Vaine tentative, puisqu'elle arbore à présent une mine outrée.

— Quoi ? Tu crois que je ne le vois pas venir, avec ses questions tordues ? L'enquête piétine, alors on soupçonne les plaignants.

L'expression de Mathieu se radoucit.

— Je ne fais que poser des questions de routine, se défend-il. Je m'efforce de comprendre, c'est tout.

Les yeux au ciel, Jacotte lui rétorque :

— Oui, bah, tu pourrais le faire en souriant un peu, mon grand ! Tu es quand même plus agréable quand tu ne ressembles pas à Gollum.

J'en reste complètement interdite. Je ne sais pas ce qui me choque le plus, entre le fait que Jacotte se permette de parler sur ce ton à un gendarme ou qu'elle semble connaître *Le Seigneur des anneaux* !

Mathieu, lui, éclate de rire.

— Vous, alors ! On ne vous refera pas ! Bon, je vais faire des rondes ces prochains soirs, au cas où nos petits plaisantins vous rapporteraient le second nain. De votre côté, prévenez-moi s'il y a du nouveau.

Je me relève, prête à emboîter le pas à Jacotte, lorsque Mathieu me retient.

— Albane va bien ? s'enquiert-il.

— Oui, elle est à Nice jusqu'à demain, avec les enfants.

Il opine doucement du chef.

— C'est pour ça que je n'ai pas osé la déranger. Je sais qu'elle devait parler avec son ex, hier soir, j'espère que tout s'est bien passé.

C'est drôle de le voir tout à coup intimidé, lui qui, il y a encore cinq minutes, jouait le méchant flic.

— Ne t'en fais pas, ils ne remettront pas le couvert. Albane n'a plus aucun sentiment envers Jérôme.

Mathieu émet un petit rire gêné.

— Oh non, je… Enfin, je voulais juste m'assurer que ça allait.

*C'est ça, en rougissant comme un débutant !*

— Ma sœur n'a jamais été aussi heureuse de sa vie, dis-je en hochant la tête d'un air entendu. Celui qui voudra conquérir son cœur devra juste s'armer d'un peu de patience.

Avant qu'il ne prenne feu à force de rougir, je lui désigne Jacotte, qui m'attend dans le couloir.

— Dis, tu ne la crois pas réellement coupable ?

— L'idée m'a traversé l'esprit, mais je dois bien admettre que c'est peu plausible. Jacotte a le cœur sur la main, elle n'aurait aucun intérêt à faire souffrir son mari, même si ça partait d'une bonne intention.

Soulagée, je lui adresse un immense sourire.

— Merci de le reconnaître, Mathieu. Ça m'aurait vraiment embêtée que ma sœur jumelle s'entiche d'un crétin.

Puis, sans attendre sa réaction, je file rejoindre Jacotte. Albane va me tuer, mais tant pis.

☆

Dire que je suis nerveuse est un euphémisme. Alors que je roule en direction de *L'Edelweiss*, les mains crispées sur le volant, je n'ai de cesse de me repasser mentalement tous les prétextes qui me permettraient d'annuler mon rendez-vous avec Matthew : un pneu crevé, un ours tombé du ciel, une crise cardiaque. Bien sûr, aucun de ces événements ne se produit, et mon cœur bat si vite lorsque j'arrive au restaurant que je me demande s'il ne va pas jaillir hors de ma poitrine. J'ai beau me répéter que nous allons seulement discuter autour d'un café, dans un endroit rassurant, rien n'y fait. J'ai envie de renvoyer à Matthew une image de parfaite indifférence, de lui laisser sous-entendre que la rupture est consommée et que je suis passée à autre chose. Mais je redoute de ne pas réussir à maîtriser ma colère.

— Salut, Chloé ! me lance Rémi en me voyant pousser la porte.

D'un geste silencieux, mon beau-frère m'indique la banquette sur laquelle Matthew est déjà assis. Je m'arrête une seconde pour le détailler ; il porte un pull gris taupe, sa couleur fétiche, qui flatte son teint foncé, un pantalon chino, et il a posé près de lui le bonnet qu'il arbore en permanence durant l'hiver pour protéger du froid son crâne rasé. On ne voit que lui, dans la salle ; il faut dire qu'il est le seul à posséder la carrure imposante d'un joueur de football américain.

— Chloé ! fait-il en me voyant m'approcher. Je suis content que tu sois venue.

Je déglutis en réalisant à quel point son sourire m'émeut toujours autant. Toutefois pas au point d'en oublier la rudesse de notre rupture. Sans enlever mon manteau, je m'assois sur la chaise qui lui fait face.

— Tu voulais me parler, je suis là.

Jetant un coup d'œil à la ronde, je remarque la présence de deux ou trois copains de mon père. Ce n'est peut-être pas plus mal que nous ayons cette conversation en anglais, ça évitera les ragots.

— Je me suis permis de commander deux laits de poule, me précise Matthew tandis que Rémi nous les dépose sur la table. Tu m'en as dit tant de bien !

— Ce n'était pas la peine, je n'ai pas l'intention de m'éterniser. Alors, qu'avais-tu de si urgent à me dire ?

— Écoute, Chloé, je... J'ai conscience de m'être mal comporté. Je suis désolé.

Je rétorque un peu sèchement :

— Tu aurais pu attendre mon retour à New York.

— Non, je ne pouvais pas. Tu me manques terriblement.

— Sans blague, je te manque ! Il fallait y réfléchir avant de tout foutre en l'air, Matthew.

— Je sais. J'ai été le pire des imbéciles.

— Et donc, tu as parcouru six mille kilomètres pour me dire que tu es désolé ?

Je secoue la tête, consciente que cette conversation ne prendra aucun tour constructif. Matthew soutient mon regard sans répliquer. Le silence s'éternise dans la salle qui résonne pourtant d'un rock des Red Hot Chili Peppers. Cette absence de mots est une confrontation à elle seule. Si irritant que ce soit, l'électricité crépite toujours entre nous. Je refuse de rester davantage, alors que chaque cellule de mon corps me conjure de faire l'inverse.

— Bon, ça suffit, dis-je en m'emparant brusquement de mon sac à main. Je m'en vais.

— Non, attends, s'il te plaît !

Je prends une grande inspiration pour me contenir.

— Quoi ? Tu vas encore me dire que tu es désolé ?

— Je suis venu ici afin de t'expliquer pourquoi j'ai agi ainsi. Je ne prétends pas que ça excusera mon comportement, mais tu mérites de connaître la vérité.

La petite note de tristesse dans sa voix me convainc de me rasseoir.

— OK, je t'écoute.

Matthew boit une gorgée de lait de poule, puis inspire à son tour. Je sens que l'instant est déterminant, presque solennel.

— Ma grand-mère est décédée à la fin du mois d'octobre, commence-t-il d'un ton grave. C'est arrivé d'un coup, un infarctus au petit matin.

Les mots meurent dans sa gorge. Je vois bien qu'il est encore bouleversé par cette perte.

— Je suis navrée, Matthew.

Ma compassion est sincère. Ses grands yeux me transpercent par leur désarroi.

— Je savais que ça finirait par se produire, reprend-il, personne n'est éternel. Tout comme je savais aussi la responsabilité qui m'incomberait par la suite.

— De quoi est-ce que tu parles ?

Il semble hésiter un court moment, mais finit par se décider :

— Je parle de ma sœur, Kayla. C'est ma grand-mère qui nous a élevés, tous les deux. Avec mes premiers droits d'auteur, je lui ai offert une petite maison à Nantucket pour adoucir ses vieux jours. Elle n'a pas eu une existence facile... Ces vingt-cinq dernières années, elle les a consacrées à ma sœur. Kayla est paraplégique depuis ses sept ans, à la suite d'un accident de la route.

*Oh, mon Dieu... Pourquoi ne m'a-t-il jamais confié cela avant ?*

— Je ne sais pas quoi te dire, Matthew, c'est terrible. J'imagine que tu vas prendre le relais de ta grand-mère, à présent ?

Il acquiesce d'un hochement de tête.

— Kayla se débrouille, elle travaille à mi-temps dans un cabinet de mutuelle, mais elle a besoin de soutien au quotidien.

— Tu aurais pu m'en parler plus tôt, j'aurais compris…

— Non, c'était impossible, me coupe-t-il d'un ton catégorique. Tu étais ma directrice marketing, Chloé. Comment aurais-je pu t'avouer que mes parents étaient drogués et alcooliques au point de s'attirer les pires ennuis ? Que c'est mon père qui conduisait le jour de l'accident qui a coûté l'usage de ses jambes à ma sœur ? Il était tellement défoncé qu'il s'est pris un pont et la voiture a fait plusieurs tonneaux. Le pire, c'est que lui n'a rien eu, et il a engueulé Kayla parce qu'elle ne pouvait plus bouger.

Je détourne les yeux, luttant pour garder contenance. J'étais loin de me douter à quel point son enfance avait été dévastatrice.

— Quand mes parents étaient trop bourrés, ils se battaient, poursuit-il. Je ne pensais qu'à protéger Kayla, alors je l'emmenais loin du taudis qui nous servait d'appartement, et on se jurait qu'on finirait par s'en sortir. La plupart du temps, le frigo n'était rempli que de bières. Et puis, mon père est tombé pour trafic de drogue. Ma mère a foutu le camp sans plus jamais donner de nouvelles, et c'est ma grand-mère qui nous a récupérés. Elle nous a sauvé la vie en nous prodiguant plus d'amour que je ne pensais possible d'en recevoir de la part d'un adulte. Elle a fait de gros sacrifices pour que je puisse entrer à l'université. Elle nous a fait découvrir le sens du mot « famille ».

Il fait une pause. Son émotion est palpable. La mienne dévale le long de mes joues. Je prends une serviette pour m'essuyer, puis je lui réponds :

— Je n'étais pas seulement ta directrice marketing, Matthew. J'étais aussi ta petite amie. Tu aurais pu t'ouvrir à moi.

— Pour être érigé en parfait exemple du jeune Black issu des quartiers pauvres qui s'en est sorti grâce à la littérature ? Non, merci, je refuse de capitaliser sur ma couleur de peau. Je sais que c'est bien vu, en ce moment, mais cette tendance ne fait que se donner bonne conscience pendant que les vraies inégalités demeurent. Il n'est pas non plus question de jeter Kayla en pâture à la presse, à mes lecteurs. Or, si Damon ou toi aviez été au courant de tout cela, vous auriez insisté pour mettre en avant ce parcours comme l'Amérique les aime tant.

Le coup me fait mal à l'estomac. Je sais qu'il a en partie raison. Son histoire personnelle est un argument de vente à elle seule, Damon aurait sauté sur l'occasion, avec ou sans l'accord de Matthew. Mais pas moi.

— Je suis humaine. Mes sentiments pour toi l'auraient emporté sur tout le reste.

— Et tu aurais perdu ton poste.

Un ange passe. Il a beau m'avoir donné toutes les pièces du puzzle pour tenter de le comprendre, j'ai l'impression qu'il manque la plus importante d'entre toutes.

— J'ai rompu par manque de courage, déclare-t-il, devançant ainsi la question que je m'apprêtais à lui poser. Le courage de t'avouer tout ce que je t'avais caché, le courage de t'imposer le handicap de Kayla, le courage de continuer à écrire avec ce qui venait de me tomber dessus.

Il s'arrête un instant et rive à nouveau son regard au mien.

— Je te demande pardon, Chloé. Je regrette profondément.

Ses confidences me chamboulent. Et en même temps, je lui en veux de ne pas avoir eu suffisamment confiance en moi pour me révéler cela avant, alors qu'à l'inverse, il n'ignore rien de mon passé.

Mes yeux s'embuent à nouveau lorsque j'ouvre la bouche pour lui répondre :

— J'aspirais à une vraie relation, Matthew, et tu m'as blessée. Pourtant, tu connaissais mon besoin de stabilité, je ne te l'ai jamais dissimulé. Je croyais en nous deux, et je découvre que ce n'était pas réciproque.

— Je t'assure que ça l'était. Je n'ai pas triché sur mes sentiments, je t'ai toujours aimée.

— Je suis désolée pour tout ce que tu as vécu, mais j'ai besoin de digérer.

— Bien sûr, c'est normal, murmure-t-il. Si jamais tu… Enfin, sache que je repars dans huit jours. J'ai loué le premier des petits chalets, au bout de la rue principale. Je serais heureux de te présenter Kayla.

Comme je ne bronche pas, il ajoute :

— Merci de m'avoir écouté, en tout cas, c'était le plus important pour moi.

— Je t'en prie, fais-je, la gorge serrée. Prends soin de toi, Matthew. Et de ta sœur aussi.

# 17

J'ATTENDS QUE MATTHEW SOIT SORTI du restaurant pour souffler un bon coup. Je suis accablée par un tel mélange de tristesse et de colère que j'ai besoin de rester un peu seule pour réfléchir à notre conversation. À l'évidence, les épreuves sombres et lourdes qu'il a traversées ont laissé en lui une profonde cicatrice. Elles expliquent cette lumière troublée que j'ai parfois surprise dans ses prunelles, sa façon de se renfermer quand je lui posais des questions sur son enfance. Ses mystères et sa manière bien à lui d'éluder quand je projetais notre avenir. J'en veux à ses parents de lui avoir fait subir ces choses, je lui en veux à lui de ne pas avoir compris qu'il pouvait s'épancher sur mon épaule. Et maintenant, tout ce gâchis…

— Hé, ça va ? On dirait que tu ne passes pas la meilleure journée de ta vie !

Arrachée à mes pensées, je relève la tête pour découvrir Théo planté à côté de moi, me dévisageant d'un air interrogateur. Il ne manquait plus que lui ! Mon répit aura été de courte durée.

— Tiens donc, revoilà James Bond.

— Je peux m'asseoir ?

— Si tu veux... Mais je te préviens, ma patience ne fait pas d'extras. Si c'est pour me demander une nouvelle fois de coucher avec toi, la réponse est toujours non.

— Encore heureux ! s'esclaffe-t-il, me prenant totalement au dépourvu.

— J'aurais pu me vexer, dans d'autres circonstances. J'espère que tu t'y prends mieux avec les autres nanas.

— Tu me vois vraiment comme un tombeur, hein ?

— Je ne comprends pas ce qui te fait dire ça, Monsieur « je ne cherche pas à me caser ».

Il m'adresse l'un de ses merveilleux sourires qui, cette fois-ci, ne parvient pas à faire frétiller mes hormones.

— Ton opinion sur moi se fonde sur tes propres préjugés. Je parie qu'à aucun moment tu ne t'es demandé pourquoi je suis comme ça.

— Laisse-moi deviner : tu trouves que la vie est trop courte ? Ta femme t'a quitté pour ton meilleur copain ? Non, un peu trop cliché.

Merde, il grimace. On dirait bien que j'ai encore visé en plein dans le mille.

— On devait se marier en mai prochain, me confie-t-il, les yeux baissés sur ses mains. Elle est partie début septembre.

— Ah. Ça doit faire très mal, en effet.

Théo lève à nouveau son regard sur moi et opine doucement du chef.

— D'autant plus qu'elle n'a même pas laissé passer quinze jours avant de s'installer avec celui que je considérais comme mon meilleur pote. Car oui, la vie est un sacré cliché, quand elle s'y met.

*Oh, non. Décidément, je n'en rate pas une !*

— Je… Pardon, Théo. Je me sens très bête…

— Tu ne pouvais pas savoir. Ce qui m'a fait le plus mal, à vrai dire, c'est le moment où j'ai réalisé que leur histoire durait certainement depuis l'été. Alors, c'est compliqué d'être prêt à construire quelque chose, après ça. C'est difficile de me convaincre qu'un jour, je rencontrerai une femme qui m'acceptera tel que je suis.

Théo pousse le soupir profond et mélancolique de quelqu'un qui aimerait croire que son rêve contient une part de réalité, puis il déglutit. J'ai le sentiment qu'il ne me dit pas tout, mais je ne saurais l'en blâmer. Certaines blessures sont trop intimes pour être partagées avec des personnes que l'on connaît à peine.

— En attendant, reprend-il en souriant, je ne vais pas non plus vivre de façon monacale.

Je lui rends son sourire, touchée de le percevoir sous un autre jour.

— Merci pour ta confiance, Théo, mais tu n'as pas à te justifier. Pourquoi avoir choisi de m'en parler ?

— Parce que le mec qui était avec toi, là, il t'aime comme un fou, c'est indéniable. Tu aurais dû l'empêcher de partir.

*Et de quoi je me mêle ?*

— Matthew est mon ex, dis-je simplement.

Théo ne paraît pas étonné.

— Je parle couramment anglais, j'ai entendu votre conversation.

— Ah. Je me disais bien que ce n'était pas normal qu'il n'y ait personne pour tout écouter.

— Je ne t'espionnais pas ! se défend-il. J'étais intrigué de te voir avec Matthew Coopland, même de voir Matthew Coopland tout court.

J'arrondis aussitôt les yeux.

— Tu le connais ?

— Je lis ses romans, comme beaucoup de monde. J'ignorais que c'était lui, ton ex.

— Ce n'est pas le genre d'info que je crie sur tous les toits. On s'est rencontrés parce qu'on travaillait ensemble. Ça ne nous a pas vraiment réussi, au bout du compte.

— Vos sentiments l'un pour l'autre restent pourtant évidents, au point que c'en est ridicule que vous ne vous lanciez pas.

— C'est gentil de ta part, mais ce ne sont pas tes affaires. Quel est ton intérêt dans tout ça ?

— Je n'en ai pas, si ce n'est qu'on m'a élevé dans l'idée de ne pas hésiter à rendre service quand j'en ai la possibilité.

Dubitative, je l'observe, les bras croisés.

— Et ?

— Aucune femme ne m'attendra, ce soir, en se disant que notre histoire vaut bien plus que tous les obstacles.

— D'accord, je vois où tu veux en venir avec ton analogie, mais c'est différent.

— L'amour n'est différent pour personne, m'oppose-t-il. Quand on a la chance de rencontrer le grand amour, c'est trop bête de le perdre pour des broutilles.

Ses paroles font mouche. Je ne sais pas pourquoi sa fiancée a décidé de le tromper, mais j'ai l'impression que c'est encore très douloureux. Je vide d'un trait le reste de mon lait de poule avant de lui lancer :

— Ton rédacteur en chef ferait bien de te promouvoir au courrier du cœur, James Bond.

— Tu es plutôt têtue, hein ? rétorque-t-il, amusé. Bon, je ne vais pas t'embêter plus longtemps, il recommence à neiger.

Un coup d'œil à travers les vitres du restaurant m'indique qu'un rideau de flocons s'abat en effet sur le paysage. Encore vingt minutes comme ça et les routes ne tarderont pas à être entièrement recouvertes. Même si la voiture de ma mère est équipée de pneus neige, je ne tiens pas à m'engager sur ce terrain-là.

— Je vais y aller aussi, dis-je en me levant. Si on ne se recroise pas d'ici là, bon retour à Paris. Et…

— Oui ?

— J'espère qu'un jour tu rencontreras la perle rare, Théo. Il y a forcément une femme faite pour toi, quelque part sur cette Terre.

— Merci, Chloé, me répond-il avec humilité. J'enverrai le magazine à ta mère quand l'article sera paru. Et je reviendrai dans le coin, c'est sûr. À bientôt !

— Au revoir, à bientôt ! Rémi, combien est-ce que je te dois pour le lait de poule ?

Mon beau-frère secoue la tête.

— Matthew a déjà réglé, m'indique-t-il. Il m'a dit que c'était la tradition.

Un nœud m'étreint la gorge, sans crier gare. L'année dernière, après que je l'avais mis au défi de me faire goûter un meilleur lait de poule que celui servi ici, à *L'Edelweiss*, Matthew m'avait emmenée à Union Square pour me prouver que je ne pourrais plus me passer de l'*eggnog* au whisky servi dans l'un des nombreux chalets du marché de Noël. Nous l'avions ensuite dégusté blottis l'un contre l'autre tout en longeant la High Line sous un ciel si étoilé que ce moment est resté gravé dans ma mémoire comme l'un des plus romantiques de ma vie. Ce soir-là, j'ai décrété que ce premier lait de poule de l'année serait notre tradition, à tous les deux. Je reconnais bien là son côté attentionné.

☆

Finalement, la neige n'est pas tombée durant très longtemps. L'averse de flocons était déjà passée lorsque je suis arrivée à la boutique, où Valentine m'attendait de pied ferme. J'ai à peine eu le temps de passer la porte que ma sœur aînée m'a entraînée derechef sur le marché de Noël, sous prétexte de choisir un bracelet pour Albane. En réalité, elle brûlait surtout d'envie de savoir comment s'était passé mon rendez-vous avec Matthew. Je viens donc de lui résumer la situation.

— Tu ne vas quand même pas le laisser mariner jusqu'à ton retour à Manhattan ! me lance-t-elle, interdite, en s'arrêtant au beau milieu d'une allée.

— Mets-toi à ma place, Valentine. Bien sûr que ce qu'il a vécu par le passé est terrible et que je devrais m'estimer chanceuse de savoir qu'il n'y a aucune autre femme, mais la confiance… Oh, regarde !

Le bras posé sur le poignet de ma sœur, je lui désigne Emeline, la serveuse de *L'Edelweiss*. Un bonnet bleu enfoncé sur ses longs cheveux blonds, la jeune femme fend la foule plus qu'elle ne marche. Sa tête oblique toutes les deux secondes par-dessus son épaule, comme si elle craignait d'être suivie.

— Elle est plutôt bizarre, cette fille. Et si c'était elle, pour les nains de jardin ?

Ma sœur reste silencieuse un instant, semblant chercher quelqu'un du regard.

— Non, elle veut juste se cacher de Pierrot, me répond-elle enfin en esquissant un mouvement du menton vers l'ancien collègue de notre père, en train de flâner près du stand de santons provençaux.

Je fronce les sourcils, perplexe. Cela n'a ni queue ni tête ! Pierrot est peut-être un peu grande gueule quand il a trop bu, mais il n'a rien d'effrayant. Un élément me revient toutefois en mémoire.

— Maintenant que tu le dis, c'est vrai qu'elle avait l'air complètement paniquée, quand il s'est pointé bourré au karaoké… C'est quand même étrange, non ?

Valentine me retourne un sourire moqueur.

— Qu'est-ce qui te fait rire ? fais-je, sur la défensive.

— Toi. Tu n'as toujours pas compris ?

— Euh… Manifestement, non. Qu'est-ce que j'aurais dû comprendre ?

— Emeline est la fille de Pierrot, Chloé ! Elle est revenue.

— Quoi ?

Mes yeux passent compulsivement de Pierrot à Emeline, qui s'éloigne en direction du parking. Sa fille ? Purée, j'en reste comme deux ronds de flan ! Cependant, le doute subsiste en moi. Reportant mon attention sur Valentine, je lui demande :

— Mais tu es sûre ? Vous en avez discuté ensemble ?

Valentine a beau être très sociable, je la vois mal arracher de telles confidences à une employée de son fiancé, qui plus est une saisonnière.

— J'en suis certaine ! Et je l'ai deviné toute seule, comme une grande.

— Explique-moi, alors, car à première vue, c'est loin d'être évident.

— Je sais, il m'a fallu un petit moment avant de percuter. En fait, dès le jour de son arrivée, elle m'a vaguement rappelé quelqu'un, sans que je parvienne à mettre le doigt sur qui.

J'acquiesce, resituant la scène sans mal, puisque c'était après notre aventure à motoneige.

— Tu la dévisageais d'une drôle de façon et je me souviens de m'être fait la réflexion que tu étais peut-être jalouse parce qu'elle allait travailler avec Rémi.

Valentine s'esclaffe sans retenue.

— Avec un mec qui est pompier, mieux vaut ne pas être de nature jalouse ! Bref, pour en revenir à Emeline, ça m'a fait tilt en croisant le regard de Pierrot, lors de ce fameux karaoké : il est similaire au sien, le même bleu, les mêmes paupières un peu tombantes.

Alors là, elle m'épate ! Pour ma part, jamais je n'aurais fait le rapprochement, en dépit du comportement singulier de la jeune femme.

— C'est pour ça que tu as évoqué le sujet avec Maman, hier, pendant qu'on mangeait ?

— Oui. Je voulais vérifier… Maman m'a dit que la fille de Pierrot s'appelait Émilie ou, je cite, « quelque chose comme ça ». Ça m'a confirmé ce que je pensais.

— Waouh, bien vu ! Mais, il y a encore une chose qui m'échappe… Si Emeline est de retour au bercail, pourquoi fuit-elle Pierrot ? Elle devait bien se douter qu'elle allait le croiser dans un si petit village.

Valentine hoche doucement la tête.

— C'est aussi la question que je me pose. La logique voudrait qu'elle soit revenue pour renouer avec son père, mais ça ne semble pas être le cas… Je sais qu'elle sera de service mercredi matin, est-ce que ça te dirait qu'on prenne le petit déjeuner au restaurant ?

— Ne me dis pas que tu envisages de lui tirer les vers du nez ? fais-je, les yeux écarquillés.

— Pas de manière frontale, non, mais on peut tâter le terrain en commençant par lui demander pourquoi elle a choisi de travailler dans la région.

Je réfléchis un instant. Si on y va en douceur, ça peut passer.

— Albane sera rentrée, mercredi. Je lui propose de se joindre à nous ?

— Très bonne idée, approuve-t-elle. Je présume qu'elle ne t'a toujours pas dit comment ça s'est passé avec Jérôme ?

— Non, mais on ne peut pas lui en vouloir, elle profite avec les enfants. On va le lui choisir, ce bracelet ?

Valentine et moi craquons rapidement pour le même modèle, un fin bracelet en argent agrémenté de trois breloques en forme d'étoile. Nous décidons aussitôt de le prendre en trois exemplaires, comme un symbole de nos liens profonds et éternels de sœurs, pour célébrer cette complicité que nous sommes parvenues à tisser et à réinventer malgré les épreuves et les éloignements. Une belle façon de nous dire « je t'aime ».

# 18

*Mercredi 22 décembre*

Il est tout juste neuf heures lorsque je me gare sur le parking réservé aux clients de *L'Edelweiss.* Albane s'extirpe de la voiture avec un manque d'entrain évident.

— Tu étais vraiment obligée de me traîner dehors, Chloé ? soupire-t-elle. Ce fichu temps me donne envie de rester sur mon canapé avec un bon polar.

Je lève le nez vers le ciel. Les averses de neige ont repris de plus belle durant la nuit, mais ce matin les nuages n'ont plus rien de menaçant. Je suis prête à parier qu'ils n'y sont pour rien, si Albane a le moral dans les chaussettes.

— Attends d'avoir entendu l'énorme potin dont Valentine et moi voulons te parler, dis-je dans l'espoir de la dérider un peu. Tu ne vas pas en croire tes oreilles.

— Ça a intérêt à en valoir la peine, puisque selon ton dernier message tu ne te remets pas avec Matthew…

Donc, tu as eu le fin mot de l'histoire ? Il est marié ? Affilié à un cartel mexicain ?

Ses suppositions m'arrachent un éclat de rire.

— J'ai prévu de t'en parler, mais pas sur ce parking. Et toi aussi, tu as des choses à me raconter, je te signale, alors on y va ?

Albane n'est en effet pas venue dîner chez nos parents à son retour, hier soir. Pourtant, j'étais si impatiente de partager un verre de vin avec elle et de papoter au coin du feu jusqu'à une heure avancée de la nuit ! Ma discussion avec Matthew m'a déboussolée au point que j'ai préféré travailler toute la journée afin de me maintenir l'esprit occupé. Seule ma sœur jumelle aurait été à même de comprendre les émotions contradictoires que je ressens, or il faisait déjà nuit noire quand elle est arrivée de Nice. Le temps de déposer les enfants chez Jérôme, elle est ensuite rentrée chez elle, me promettant qu'on se verrait aujourd'hui.

— Je n'ai pas grand-chose à dire, m'affirme-t-elle tout en gravissant les marches qui mènent au restaurant.

N'ayant d'autre choix que de la suivre, je pénètre dans la salle. Installée sur le canapé du fond, Valentine nous attend en consultant distraitement son portable.

— Ah, vous voilà ! s'exclame-t-elle en relevant la tête. C'était bien, ton séjour à Nice, Albane ?

— On s'est amusés comme des fous ! acquiesce celle-ci en ôtant son manteau. Les enfants ont adoré la grande roue et les repas improvisés dans la chambre d'hôtel… J'avoue que ce n'était pas si mal.

Un sourire flotte sur les lèvres de Valentine. Elle s'abstient néanmoins de tout commentaire.

— Je nous ai commandé du chocolat chaud et de la brioche perdue, déclare-t-elle à la place. Ça vous convient ?

J'opine avec vigueur avant de prendre place autour de la table. S'étant avisée de notre présence, Emeline nous apporte aussitôt nos tasses fumantes. J'en profite pour la détailler d'un peu plus près. Valentine ne s'est pas trompée en affirmant que la jeune femme a hérité du regard de Pierrot. Bien sûr, elle pourrait être une parente éloignée, mais après avoir observé son manège sur le marché de Noël, c'est peu probable.

— Et voilà pour vous ! lance-t-elle d'un ton enjoué en disposant les assiettes de brioche devant nous. Bon appétit !

Albane la remercie. Prise d'une impulsion, je lui demande :

— Alors, vous vous plaisez ici ?

Emeline se raidit un peu. C'est du moins mon impression.

— Oh, oui... C'est plutôt sympa.

La réponse est des plus évasives. Je n'ose plus ouvrir la bouche, de peur de la braquer. De son côté, Valentine ne se prive pas de la fixer. La pauvre, elle va finir par nous trouver très louches !

— Vous pensez rester de façon définitive ? la questionne ma sœur.

— Euh...

La serveuse jette des petits coups d'œil nerveux autour d'elle, cherchant vraisemblablement une échappatoire.

— Excusez-moi, je dois vous laisser, répond-elle, soulagée de voir un client s'asseoir au bar.

Intriguée par notre petit numéro, Albane se penche alors vers nous.

— Est-ce que je pourrais savoir pourquoi vous jouez les inquisitrices, toutes les deux ? C'était gênant.

À voix basse, Valentine lui explique ce qu'elle a découvert au sujet d'Emeline. À la fin, la réaction d'Albane ne se fait pas attendre : comme moi, deux jours plus tôt, elle tombe des nues.

— Ça alors, je n'en reviens pas ! Est-ce que Pierrot sait qu'elle est ici ?

Je secoue la tête.

— Ça m'étonnerait. Il l'aurait déjà abordée.

— Je me demande ce qu'on peut faire pour les aider, murmure Valentine. Emeline n'est pas très loquace.

Albane avale une gorgée de chocolat chaud avant de rétorquer :

— Sans vouloir casser l'ambiance, ce n'est pas à nous d'intervenir dans leurs histoires. Ce serait déplacé.

Je reporte les yeux sur Emeline, qui est en train de préparer du café. Pour que la présence de Pierrot ébranle autant la jeune femme, c'est qu'ils ont encore des choses à régler, c'est indubitable. Malgré moi, je ne peux m'empêcher d'établir un parallèle avec ce qu'Albane et moi avons vécu. Combien de fois, durant ces douze ans de silence entre nous, ai-je espéré que quelqu'un me donnerait un coup de pouce pour renouer avec ma sœur ? S'il est parfois dur de couper les ponts, il est encore plus difficile de trouver le chemin du pardon et de la réconciliation. Cela requiert un certain courage, un cœur assez grand et fort.

— Quinze ans sans voir son père, ce n'est pas rien ! je soupire. Peut-être qu'elle ne sait pas comment s'y prendre.

Remarquant que je la regarde avec insistance, Emeline quitte le bar et s'approche à nouveau de nous.

*Flûte de flûte ! Pour la discrétion, on repassera !*

— Vous avez besoin d'autre chose ? s'enquiert-elle, professionnelle.

Valentine et Albane répondent un peu trop promptement :

— Non, ça va, merci !

Leur manque de naturel est si flagrant qu'Emeline hausse un sourcil. Aucun doute, nous devons avoir l'air complètement cinglées ! Bon, cette comédie a assez duré, il est temps d'agir. Sans plus réfléchir, je me lance :

— Vous êtes la fille de Pierrot, n'est-ce pas ?

La jeune femme devient livide. Je me lève pour lui proposer de prendre ma place, mais elle décline d'un geste sec de la main. Confuse, je m'excuse pour ma maladresse :

— Pardon, je ne voulais pas être indiscrète.

L'espace d'une seconde, Emeline paraît soupeser mes paroles. Puis, vérifiant qu'aucun nouveau client n'entre dans la salle, elle nous interroge, inquiète :

— C'est lui qui vous envoie ?

Je m'empresse de la détromper :

— Non, nous n'avons pas parlé avec Pierrot. Ma sœur a compris qui vous étiez, j'ajoute en désignant Valentine.

— D'accord. Je vois. Ça allait forcément arriver.

Elle paraît si lasse, tout à coup... Je m'attends à la voir tourner les talons, quand elle reprend d'un ton affermi :

— J'ai été malade, je suis en rémission depuis un an. Je ne vais pas épiloguer sur le sujet, mais ça m'a fait prendre conscience que... Enfin bref, j'ai eu l'envie soudaine de voir ce que mon père était devenu, après toutes ces années. C'est sûrement très bête.

— Il n'y a rien de bête, lui dit Valentine. Pierrot reste votre père, quoi qu'il ait pu se passer entre vos parents.

Embarrassée, Emeline se mord la lèvre inférieure.

— Vous devez penser que ma mère est un monstre, de m'avoir emmenée si loin de lui. C'était loin d'être facile, à l'époque. Avec mon frère qui venait de mourir...

Albane écarte les mains en signe d'apaisement.

— Nous ne sommes là pour juger personne, déclare-t-elle. La seule chose qui compte, c'est que vous ayez retrouvé votre père, non ?

La jeune femme ne semble pas convaincue.

— J'imaginais que ce serait simple d'aller sonner à sa porte et de lui dire que je voulais reprendre contact… Et puis, en le voyant ivre, l'autre soir, j'ai réalisé qu'il n'avait pas changé. Je ne suis pas sûre d'être capable d'affronter cela.

Je lui adresse un sourire d'encouragement.

— Je sais que c'est difficile à croire, mais Pierrot ne boit plus. Sauf samedi dernier, parce que c'était votre anniversaire. Ça a remué pas mal de choses en lui, c'est du moins ce qu'il a confié à notre père.

La jeune femme me considère, stupéfaite.

— C'est vrai ? Mon père pense encore à moi ?

— Je n'ai aucune raison de vous mentir. Vous savoir ici lui ferait du bien.

La porte du restaurant s'ouvre sur un groupe de touristes. Emeline se ressaisit en moins de deux.

— Merci, souffle-t-elle. Je vais y réfléchir.

Sans un mot, nous la regardons s'éloigner, jusqu'à ce que Valentine rompe le silence en étouffant un rire.

— Qu'est-ce qui te prend ? je lui demande, interloquée.

— Oh, rien ! C'est juste que… Toi qui craignais que je manque de tact… Tu as fait très fort, sur ce coup-là !

— Oui, bon. J'ai peut-être été un peu trop directe. Mais elle ne nous a pas envoyées sur les roses.

— Ta spontanéité a tendance à faire tomber les barrières, me congratule Albane.

Je hausse les épaules.

— Ma spontanéité n'a rien à voir là-dedans. Emeline avait besoin de parler, malgré son apparente réticence.

Valentine approuve d'un battement de paupières.

— J'ignorais qu'elle avait été malade, elle n'a pas dû le mentionner à Rémi.

— Tu ne vas pas le lui dire ? je m'affole.

— Bien sûr que non ! Je voulais seulement souligner que c'est courageux de sa part, de travailler au restaurant. Le rythme est très soutenu.

— Dans tous les cas, retrouver sa fille serait un merveilleux cadeau de Noël pour Pierrot, intervient Albane. J'espère qu'ils y parviendront.

Le portable de Valentine se met alors à sonner dans son sac.

— Oh, je vais devoir m'éclipser, nous annonce-t-elle après avoir lu le SMS. Jules a oublié son bonnet de lutin à la maison, je vais le récupérer et le lui apporter à la boutique. On se voit plus tard !

Une fois notre sœur partie, Albane fait dévier la conversation sur l'affaire des nains de jardin :

— Mathieu m'a envoyé un message pour me dire que l'un des deux a été rendu. C'est dingue, non ?

Je souris en songeant à ma dernière discussion avec le gendarme. Je suis ravie qu'il se soit finalement décidé à contacter Albane.

— C'est bien, qu'il t'ait tenue au courant.

— Il sait qu'on adore tous Jacotte et Lulu.

— Mmmmh… Mais je ne pense pas qu'il ait pris la peine d'informer chacun des habitants du bourg ! dis-je en ponctuant ma phrase d'un clin d'œil. Enfin, le mystère demeure toujours complet, aucune piste quant à la personne qui…

Je me tais en voyant Albane écarquiller soudainement les yeux.

— Matthew ! lâche-t-elle dans un murmure.

Je secoue la tête.

— Il n'a rien à voir avec ça, il n'était pas encore là quand…

— Mais non, patate ! Matthew est là ! Ne te retourne pas.

Bien entendu, je fais exactement le contraire. C'est même tout juste si je ne me démonte pas le cou en le localisant près de l'entrée. Attablé en compagnie de sa sœur, il est en train de napper minutieusement sa brioche perdue de sirop d'érable. La mine fatiguée, il me fait un sourire discret lorsque nos regards se rencontrent. Gênée, je pivote à nouveau vers Albane.

— Merde, qu'est-ce qu'il fiche ici ?

— À première vue, je dirais qu'il prend son petit déjeuner. Ça va ? Tu sembles sonnée.

Je hausse les épaules.

— C'est bizarre de le voir ici.

Albane esquisse un sourire entendu.

— Dis donc, en plus d'écrire de bons thrillers, il est tout de même scandaleusement beau ! Tu sais qui est la fille avec lui ?

— Je suppose qu'il s'agit de sa sœur, Kayla.

— Elle a un lien avec votre rupture ? m'interroge-t-elle, l'air soucieux.

— Non, bien sûr que non… Enfin, c'est complexe.

— Et si tu te décidais à tout me raconter ?

Repoussant ma tasse vide, je récupère mon manteau posé sur l'un des accoudoirs du canapé.

— Pas ici. Allons marcher.

Albane me suit sans protester tandis que je traverse la salle pour sortir. Matthew est occupé à ramasser la fourchette que sa sœur vient de laisser glisser au sol par inadvertance.

— Je vais t'en chercher une autre, lui dit-il. Tu veux un supplément de brioche, Kay ?

Je n'entends pas sa réponse, mais la jeune femme me dévisage avec curiosité quand je passe à côté d'elle. Par politesse, je la salue d'un signe de la tête. Ses yeux sont d'un marron presque noir, aussi profonds que ceux de Matthew. Visiblement, elle sait qui je suis. Ce qui signifie que son frère lui a parlé de moi. Ce constat me laisse avec un étrange sentiment de joie entaché d'amertume.

# 19

— On va où ? me demande Albane en me rejoignant.

Dehors, le soleil a enfin réussi à percer à travers les nuages. Ses rayons devraient nous réchauffer. Je lui désigne le sentier qui part à l'arrière du restaurant.

— En grimpant un peu, la vue est jolie. Tu viens ?

Tout en m'engageant sur le chemin, je répète à Albane la discussion que Matthew et moi avons eue lundi. Les confidences sur son enfance, le récent décès de sa grand-mère, son dévouement envers sa sœur. Je sais que mes paroles resteront entre nous.

— Waouh ! siffle-t-elle une fois que j'ai terminé. Ce mec mérite carrément une demande en mariage. Il est formidable.

*Pincez-moi, je rêve !*

— Formidable ? Il l'aurait été s'il avait su me faire confiance. C'est quand même lui qui m'a larguée en se retrouvant au pied du mur.

Ma sœur esquisse une moue pour nuancer un peu mes propos.

— Il a paniqué, ça peut se comprendre. Tu ne vas quand même pas le lui reprocher à vie ?

Je lâche un rire dépité.

— À croire que Maman et Valentine t'ont passé le mot ! Elles sont convaincues que j'ai commis une terrible erreur en ne lui retombant pas dans les bras sur-le-champ. Je n'ai plus une seule minute de paix.

— C'est parce que Matthew est dingue de toi comme tu l'es de lui. Personne n'est dupe.

J'expire longuement en atteignant le haut du sentier.

— De toute façon, je n'ai pris aucune décision, encore. Je compte laisser passer les fêtes... Et toi, avec Jérôme ?

Albane s'arrête un instant à l'orée du plateau qui surplombe une partie du village, et pousse du pied quelques brindilles mortes. Sur la neige encore fraîche, je distingue de fines traces de pas attestant le récent passage d'un lièvre. Notre père nous emmenait souvent les observer entre octobre et décembre, car c'est à cette période que leur fourrure devient blanche pour l'hiver. Albane l'intrépide adorait ce genre de sorties ! Aujourd'hui, ma sœur semble hélas à mille lieues de tout cela. Les mains enfoncées dans les poches de sa doudoune, elle se retourne vers moi.

— Nous allons divorcer, c'est décidé.

Son ton égal me laisse perplexe.

— C'est ce que tu voulais, non ?

— Oui, me dit-elle d'une voix hésitante. Il m'a confié être parvenu à la même conclusion que moi : notre histoire était terminée bien avant que nous n'en ayons conscience. Il se sent libéré, lui aussi. Et je devrais en être soulagée, mais prendre la responsabilité d'un avenir que je ne peux pas prévoir me terrifie.

Je lui presse délicatement le bras.

— Je sais que ça n'a pas été simple pour toi cette année, mais tu n'es pas seule, Albane. Ça va très bien se passer.

Cependant, mes mots ne parviennent pas à la rassurer. Se dégageant de mon étreinte, ma sœur se met à faire les cent pas.

— Et si Jérôme rencontre quelqu'un d'autre ? Comment je saurai si cette personne est assez bien pour pouvoir entrer dans la vie des enfants ? Comment je pourrai être certaine qu'ils sont vraiment heureux ?

Je me mords la lèvre face à l'angoisse qui traverse son regard. Ce besoin si profond et absolu de maîtriser chaque détail gouverne son existence depuis tant d'années ! Je suis attristée qu'elle soit incapable de se réjouir de ce nouveau départ qui lui tend les bras. Je dois lui parler. Tant pis si c'est difficile, tant pis si ça brasse les mauvais souvenirs.

Je m'éclaircis la gorge en m'approchant d'elle.

— Albane... Tenter de contrôler des choses qui ne sont pas encore arrivées ne changera rien au passé. Ce qui est fait est fait.

— Je ne...

— Ce n'est pas ta faute si ce type a essayé de me violer, tu sais.

Elle ferme les yeux, comme pour encaisser ce que je viens de dire, puis les rouvre.

— Je m'en veux tellement de n'avoir pas su te protéger, à l'époque...

— Tu n'étais qu'une gamine.

— J'avais vingt ans, merde ! réagit-elle, les dents serrées.

— C'est ce que je dis, une gamine. Comment voulais-tu prévoir que ton mec était un pervers ? C'était impossible.

— Peut-être, admet-elle. Il n'empêche que ça me rassure, de tout gérer. Si j'anticipe les problèmes, il ne pourra rien arriver de mal, tu comprends ? C'est ma seule façon de protéger ceux que j'aime.

Sa voix se brise et me bouleverse. Au prix d'un effort de volonté, je parviens à ne pas pleurer. J'imagine combien cette conversation doit être difficile pour elle et j'ai conscience qu'il ne suffira pas de lui répéter que ce n'est pas elle la coupable pour tout effacer, mais les choses doivent être dites, sans quoi nous ne pourrons jamais avancer. Comment la libérer de cet accablant sentiment de responsabilité ?

Prenant une lente inspiration, je décide simplement de laisser enfin sortir ce que j'ai sur le cœur :

— Tu ne peux pas tout garder sous contrôle, Albane. Au cas où tu ne l'aurais pas remarqué, on n'a aucune garantie sur rien, dans la vie. Tu es une nana si extraordinaire, ça me fait mal que tu sois convaincue du contraire à cause d'un sale tordu ! Je suis fière d'être ta sœur jumelle. Je t'aime avec tes failles et tes manies un peu spéciales, et je t'aimerai toujours si tu redeviens comme avant. Et même si tu n'y arrives pas, d'ailleurs... Mais ne te laisse pas enchaîner par le passé, tu mérites mieux que ça, bon sang !

À ces mots, les larmes jaillissent de ses yeux. Elle penche la tête en arrière, se laissant aller à cette douleur qui la retient prisonnière depuis l'été de nos vingt ans. Je passe un bras autour d'elle pour la soutenir, ses sanglots redoublent. Elle pleure, encore et encore durant de longues minutes. Son émotion menace de me submerger, moi aussi. Puis, d'un coup, le flot se calme.

— Pardon, Chloé.

Vidée de toute énergie, elle s'essuie les joues avec la manche de son manteau.

— Ce n'était pas juste de te mettre tant de poids sur les épaules, lui dis-je doucement. Tu n'as fait qu'étouffer ta plaie, au lieu de la laisser cicatriser.

— Je donnerais cher pour n'avoir personne de qui me soucier en dehors de moi-même ! Je suis fatiguée de ne plus retrouver en moi la Albane légère et joyeuse en toutes circonstances.

— Elle est là, pourtant. Moi, je la vois et je sais qu'elle est prête à vivre heureuse.

Elle se remet à pleurer, mais cette fois, ce n'est pas de chagrin. À la fin, elle m'offre un sourire las.

— Je crève d'envie de me laisser vivre, mais c'est dur. Je suis longue à la détente, hein ?

— Notre cœur a parfois besoin de temps pour accepter ce que notre cerveau sait déjà.

— Ça te va bien, de dire ça, lance-t-elle dans un petit rire tremblotant. J'espère au moins que tu appliqueras tes propres conseils auprès de Matthew.

J'ouvre la bouche pour protester :

— Albane, je...

— Si tu t'apprêtes à me dire « je serais stupide de tout gâcher entre lui et moi », oui, tu as entièrement raison. Matthew n'est ni un menteur ni un charmeur invétéré. Il ne profite pas de son statut pour sauter sur tout ce qui bouge, au contraire, il est fiable, protecteur et attentionné. Il suffit de le voir avec sa sœur, c'est un homme généreux. Tu tiens vraiment à le laisser filer ?

J'ignore si c'est lié à l'émotion de notre échange, mais son discours me percute et me touche en plein cœur.

— Je crois que je vais aller lui parler, finis-je par souffler après un silence.

Albane me serre dans ses bras.

— Moi aussi, je suis fière de la femme merveilleuse que tu es devenue, Chloé.

À mon tour d'essuyer une larme. Ma sœur passe son pouce au coin de ma paupière.

— On ferait bien de redescendre avant de se remettre à chialer toutes les deux.

Nous dévalons le sentier en sens inverse d'un pas plutôt rapide et nous nous quittons sur le parking de *L'Edelweiss.* Albane étant attendue à la boutique, c'est seule que je grimpe les marches du restaurant. Je tremble de tous mes membres en poussant la porte. Et si Matthew n'a pas envie de me voir ?

*Allons, ne sois pas ridicule !*

À l'intérieur de l'établissement, tout est paisible. Emeline essuie des assiettes en chantonnant. Elle s'interrompt en me découvrant sur le pas de la porte.

— Vous avez oublié quelque chose ?

Le cœur battant à vive allure, je fixe désespérément la table où Matthew était installé tout à l'heure. Il n'y a plus personne.

☆

Dix-huit heures, déjà ! Je me dépêche de rédiger un mail à Georgia avant de refermer mon ordinateur. Comment le temps a-t-il pu passer si vite ? J'ai l'impression qu'il ne s'est écoulé qu'une poignée de minutes, depuis que je me suis assise pour travailler !

Ce matin, en constatant mon désarroi face au départ de Matthew du restaurant, Emeline m'a appris que sa sœur et lui avaient l'intention de passer la journée à sillonner la région en voiture.

— Vous désirez que je lui transmette un message, s'il revient ?

— Non, je vous remercie.

Ne pouvant exiger que Matthew annule ses plans, juste pour parler avec moi, je me suis résolue à attendre demain. Après tout, nous ne sommes plus à vingt-quatre heures près. J'ai donc ensuite passé l'après-midi à travailler dans ma chambre. Au moins, mon associée sera heureuse de savoir que j'ai lu l'intégralité des manuscrits !

Fatiguée, j'enlève mon casque et coupe le jazz que j'aime écouter en travaillant. Je commence à m'étirer, quand des bruits de voix me parviennent du rez-de-chaussée. Albane est arrivée, elle a promis de nous concocter un bon petit plat pour ce soir. J'espère que notre discussion ne l'aura pas trop secouée. Elle m'a parue calme, lorsque je l'ai quittée, mais avec le recul, j'ai peut-être agi de façon abrupte en la confrontant de la sorte au passé. Ma sœur a beau être solide et jouer les dures, elle n'en reste pas moins sensible.

Je descends prestement les escaliers afin de vérifier comment elle va.

— Non mais, ce n'est pas possible, il aurait pu nous prévenir plus tôt ! rouspète ma mère au moment où j'entre dans la cuisine.

Elle s'adresse à Albane, qui est en train de hacher de la citronnelle pour les filets de saumon.

— Qu'y a-t-il ? je m'enquiers.

— Notre oncle fait encore des siennes, m'informe ma jumelle. Il vient de se décider pour Noël.

— Il était temps, dis-je en m'asseyant sur un tabouret. Je présume qu'il ne vient encore pas cette année ?

— Eh bien si, justement ! soupire Maman.

Une exclamation s'échappe de ma bouche :

— Oh ? C'est vrai ?

— Oui, et il est obligé de s'y prendre à la dernière minute pour nous le dire ! Il aime nous faire tourner en bourrique.

— La nouvelle doit faire plaisir à Papa, non ?

— Comme d'habitude, ça le fait rire, s'offusque ma mère. Il est parti acheter une bouteille de champagne... Non, mais je te jure !

Albane me lance un regard amusé.

— En fait, Christian ne sera pas seul, me révèle-t-elle en enroulant le saumon en papillote. Il a une petite amie, apparemment. Ça s'arrose, non ?

J'arrondis la bouche de surprise.

— Christian est en couple ? Punaise, ça, c'est du scoop !

— Moi non plus, je n'aurais jamais parié là-dessus, opine ma mère.

Il faut dire que, jusque-là, notre oncle ne nous avait jamais présenté qui que ce soit.

— Salut, tout le monde ! nous lance Valentine en pénétrant à son tour dans la pièce. Vous en faites, des drôles de têtes ! Une mauvaise nouvelle ?

— Tonton a une copine. Il va nous la présenter à Noël.

Le fait de prononcer ces mots me paraît si improbable ! Ma sœur se fige, incrédule.

— Tu déconnes ?

— Pas du tout, la détrompe Albane. Il vient de téléphoner pour nous l'annoncer. Je vais les récupérer demain après-midi.

Un silence médusé accueille cette déclaration. Puis Jules réagit le premier :

— Bon, bah, faut croire que les miracles existent.

— Que fait-elle, dans la vie ? questionne Valentine. Enfin, si elle a l'âge de Christian, elle doit être retraitée.

— Aucune idée, répond Albane. Il nous a seulement précisé que l'heureuse élue se prénomme Sandrine.

— Sandy, la reprend ma mère. Elle préfère qu'on l'appelle « Sèèèndy »... Comme dans le sketch de Franck Dubosc.

Son expression dépitée nous fait hurler de rire.

Le dîner se déroule dans une joyeuse atmosphère. Il est question des préparatifs du mariage de Valentine, si bien que Maman oublie très vite sa contrariété.

— J'ai hâte de voir Victoria vous donner les alliances ! s'extasie-t-elle. Tu as choisi la couleur des fleurs ?

— J'hésite. Rémi préférerait du jaune pour aller avec le blanc, je penche plutôt pour du rose.

— Je vote pour le jaune, intervient Jules. C'est plus printanier, ça évoque le soleil.

Ma mère désapprouve avec énergie :

— Le rose nous ira mieux au teint, si tu veux mon avis. Vous avez tranché, pour la pièce montée ? Il paraît que les macarons sont très tendance…

Je ris sous cape en songeant qu'elle donne franchement l'impression de préparer son propre mariage. Partageant sans doute ma pensée, Albane repousse ses mèches rousses en arrière et me lance :

— Changeons de sujet pendant que Maman est occupée ; as-tu prévenu Matthew que tu passerais le voir demain ?

— Non. Si je sais qu'il m'attend, je vais m'angoisser encore plus. Tu me connais…

— Tu ne vas quand même pas te débiner ?

Prétendre que l'idée ne m'a pas effleurée serait mentir. Après plusieurs heures de réflexion, les doutes et les regrets ont vite refait surface.

Je soupire lourdement.

— Matthew est vulnérable, en ce moment. Rien ne me prouve qu'il ne va pas changer d'avis et me larguer à nouveau au bout d'une semaine ou de trois mois.

— Ce n'est pas toi qui, ce matin encore, m'affirmais que rien n'est jamais garanti, dans la vie ?

Elle assortit sa phrase d'un clin d'œil malicieux. Je ne peux que capituler.

— OK, un point pour la jumelle aux cheveux courts. Je ferai un saut à son chalet demain après-midi.

Peu avant le dessert, Jules reçoit un message sur son téléphone. Si personne ne semble y prêter attention, je vois cependant ses sourcils se froncer à la lecture du SMS.

— Ça vous dérange si je passe un coup de fil ? demande-t-il. Je n'en ai pas pour longtemps.

— Bien sûr, vas-y, lui répond ma mère. Mais ne tarde pas trop, le gâteau se déguste frais.

Aidant notre père à débarrasser les assiettes, Albane fait remarquer qu'à l'âge de Jules, nous n'avions même pas le droit d'avoir notre téléphone à table.

— Parce que les portables existaient, à cette époque ? se moque-t-il gentiment avant de quitter la pièce.

— J'en connais un qui mériterait d'être privé de bûche ! crie Valentine.

— Déjà une bûche ? sourit Papa.

— Il fallait bien que je m'entraîne pour celle du réveillon, répond Maman en lui enlaçant les épaules. Je l'ai faite aux poires et au chocolat, je sais que c'est ta préférée, mon loup. Ce serait bien que Jules ne traîne pas.

Pourtant, près de dix minutes s'écoulent et mon neveu semble toujours pendu au téléphone. Ma mère commence à regarder le dessert avec inquiétude.

— Tant pis pour lui, je sers, décrète Valentine.

— Je vais le chercher, dis-je en me relevant.

Me laissant guider par sa voix, je me dirige jusqu'à la porte de la salle de bains. J'ignore avec qui il discute, mais il s'exprime avec un certain agacement.

— Ah bon, tu crois ? murmure-t-il, toutefois assez fort pour que je l'entende. Mmmmh… Non, je ne sais pas… Absolument de rien, on est tranquilles.

Mais de quoi parle-t-il ?

— Ouais, j'espère que tes parents n'iront pas répéter ça, reprend-il. Parce que sinon… oui, voilà, tu piges ? Je vais faire au mieux… Oui, enfin quand même, tu aurais pu mentir et y aller avec eux… Faut que je m'organise, pour ça, je suis un peu coincé, là. OK, salut !

Troublée par la conversation que je viens de surprendre, je retourne fissa dans le salon pour ne pas me faire griller. Jules ne met pas une minute pour nous rejoindre.

— Ah, quand même ! s'exclame Valentine. C'était Naël ?

Au jeu de sourcils malicieux de ma sœur, je devine qu'elle fait allusion au petit ami de Jules.

— Non, c'était juste une pote…, fait-il en esquissant un geste vague. Alors, je peux avoir une part de bûche, Mamie ?

Il peut bien se la jouer désinvolte, son air tracassé ne m'échappe pas.

« Faut que je m'organise, pour ça, je suis un peu coincé, là. » Son ton avait un je-ne-sais-quoi de paniqué, quand même. Pourvu qu'il ne soit pas victime de racket ou de quelque chose du genre ! Jules n'est pas du style à se laisser faire, mais parfois, les adolescents sont capables de se montrer si menaçants…

Papa me tire de mes pensées en ouvrant le champagne.

— Approchez vos coupes ! lance-t-il à la ronde.

À notre grand étonnement, Albane entreprend alors de porter un toast :

— J'ai quelque chose à vous dire et j'aimerais que vous m'écoutiez.

Elle s'arrête, le temps de s'assurer qu'elle a bien toute notre attention.

— Vous le savez, reprend-elle la voix chargée d'émotion, j'ai traversé une sacrée tempête, ces derniers mois.

Si j'ai réussi à l'affronter, c'est parce que chacun d'entre vous m'y a aidée. Aujourd'hui, j'ai compris une chose essentielle : nous avons cette chance de rester unis, quoi qu'il advienne. Je sais que ce n'est pas le cas dans toutes les familles. Chez nous, quand ça va mal, nous avons un véritable foyer dans lequel nous réfugier. Quand ça va bien, nous savourons cette joie d'être tous ensemble. Je ne connais aucun sentiment plus précieux.

Elle marque une pause et se tourne vers nos parents pour poursuivre :

— Tout ça, c'est grâce à vous, à ces belles valeurs que vous nous avez inculquées. Le partage, la générosité. L'amour. Je m'étais un peu perdue en chemin, mais je crois que je commence à me retrouver. En tout cas, je me sens prête à lâcher prise sur mes angoisses, ou du moins essayer. C'est pourquoi je tenais à vous annoncer une grande nouvelle : Maman, j'accepte de reprendre la boutique après ton départ à la retraite.

— Bravo ! l'applaudit Valentine.

Le cœur gonflé de bonheur, je l'étreins très fort et lui chuchote :

— Je t'ai déjà dit que j'étais fière de toi ?

Émue, Maman tamponne la larme solitaire qui roule doucement sur sa joue.

— Merci, ma chérie ! Tu ne pouvais pas me rendre plus heureuse ! dit-elle en l'étreignant à son tour.

Papa lève sa coupe et nous trinquons. À Albane, qui a enfin trouvé la force de se libérer du passé, à Valentine et son prochain mariage, à notre oncle et à « Sèèèndy », à ma future maison d'édition. Aux fêtes qui, cette année, auront sans aucun doute la plus douce des saveurs.

# 20

*Jeudi 23 décembre*

JE SUIS FLEUR BLEUE. Rêveuse, gaffeuse, parfois un peu trop optimiste. Au panthéon de mes films préférés (après les James Bond, il va sans dire), on retrouve *Nuits blanches à Seattle* et *Coup de foudre à Notting Hill*. Je pleure chaque fois que je les vois. C'est probablement à cause de ce tempérament d'héroïne de comédie romantique que j'ai foncé tête baissée dans mon histoire avec Matthew sans trop me poser de questions. Parce que j'avais un besoin viscéral de croire en l'amour fou, en l'amour toujours. Mais, à présent que j'ai compris que les contes de fées n'existent que dans les films avec Julia Roberts, je suis une véritable boule de nerfs. J'ai peur de ne pas trouver les mots face à Matthew. Peur d'avoir mal à nouveau. Peur de manquer de courage, à mon tour, quand le moment sera venu de frapper à sa porte.

— Tu t'en sors ? me demande mon père, alors que j'essaie tant bien que mal d'emballer une bougie parfumée.

En cette veille du réveillon, la boutique ne désemplit pas. Mes parents sont sur le pied de guerre, Jules, assis près de Rudolph le renne, assume à la perfection son rôle de lutin avec les gosses venus des villages voisins pour se faire photographier avec lui. Souriant, mon neveu semble bien moins préoccupé qu'il ne l'était hier soir. En fin de compte, ce mystérieux coup de fil ne devait rien cacher de grave, il faut que je cesse de trop réfléchir. Jules avait l'air un peu paniqué, et alors ? Les ados se font souvent une montagne d'un rien, c'est bien connu.

Appliquant un bout de Scotch sur le papier cadeau, je réponds à mon père :

— Je serai soulagée quand Valentine arrivera. Elle devrait déjà être là, non ?

Albane s'étant mise en route il y a près d'une heure pour aller récupérer notre oncle, Valentine a promis de venir à la rescousse au magasin. Or, pour l'instant, pas de nouvelles. J'espère qu'elle n'a pas oublié, je me sens comme un lion en cage, à guetter le moment où je pourrai enfin m'échapper ! En attendant, je tente de réaliser de jolis paquets, en dépit de mes doigts tremblants de hâte et d'appréhension.

Papa s'efforce de me tranquilliser :

— Il y a probablement du monde sur la route. Entre le marché de Noël et les courses de dernière minute…

Il n'a pas terminé sa phrase que la porte s'ouvre à toute volée sur ma sœur.

— Désolée pour le retard ! s'excuse-t-elle, essoufflée, en filant accrocher son manteau dans la réserve.

J'ai croisé Jacotte en chemin. Quand elle commence à bavarder, difficile de l'arrêter.

— Ils ont du nouveau, pour les nains ? je lui demande en terminant enfin mon paquet.

Valentine attend que le client prenne congé pour me répondre :

— Non, mais grâce à Violette, Jacotte va vérifier si ta théorie « Amélie Poulain » tient la route. Je te raconterai plus tard.

L'enthousiasme qui transpire de sa voix parvient à peine à me convaincre.

— Ce serait formidable de trouver les coupables, mais j'ai l'impression que ça tourne en rond.

— Comme souvent avec les enquêtes. Mais on en reparlera ce soir, tu ferais mieux d'y aller, maintenant.

— Tu es sûre ? Le travail ne manque pas, ça m'embête de vous planter…

— Tu as mieux à faire, Chloé, réplique-t-elle d'un ton implacable. Quant à moi, je suis parfaitement capable de gérer les emballages cadeaux.

Je souris et attrape mes affaires. Me voyant enfiler mon manteau, Maman s'approche de nous.

— Tu t'en vas, ma chérie ?

— Oui, mais si tu préfères que je reste…

— Pas question ! réagit-elle en me coulant un regard entendu. Je voulais seulement savoir si tu avais reçu un message d'Albane. Elle doit être arrivée chez votre oncle.

Extirpant mon portable de ma poche, je lui confirme que c'est bien le cas.

— J'ai eu un SMS, oui. Ils sont repartis de chez Christian il y a environ vingt minutes. Ils seront là dans une heure et demie, si ça ne roule pas trop mal.

Satisfaite, ma mère opine du chef.

— Ta sœur a les clés de la maison, elle pourra les déposer sans croiser Merlin puisqu'il est avec nous… Mais Dieu seul sait comment ça va se terminer, ajoute-t-elle en jetant un coup d'œil anxieux en direction de son chien.

En tournant la tête vers le labrador, je constate qu'en effet, nous sommes très proches d'une catastrophe ; un petit garçon le pourchasse, le prenant visiblement pour un poney. Ravi d'être ainsi le centre de l'attention, Merlin court dans tous les sens sans regarder où il va. Les yeux rivés avec inquiétude sur une petite mamie qui se déplace à l'aide d'une canne, ma mère rappelle son chien, qui l'ignore royalement.

— Je vais devoir l'enfermer dans la réserve, ce n'est pas possible !

Sa laisse étant posée non loin de là, je m'en empare, puis intercepte Merlin.

— Je vais l'emmener avec moi, une bonne balade lui fera du bien.

— Il ne va pas te déranger ?

C'est une possibilité, mais m'occuper de Merlin me donnera au moins un peu d'assurance puisque la mienne m'a abandonnée. Il ne faut jamais sous-estimer le pouvoir des labradors immatures et turbulents.

— Il sera mieux dehors avec moi qu'ici à faire des bêtises.

Aguiché par la perspective d'une promenade, le chien oublie séance tenante son nouveau copain, et nous quittons la boutique sans plus attendre.

Construite sur un ancien hameau il y a près de cinq ans, la station de ski est située à un kilomètre du bourg. Le ciel étant d'un bleu limpide, je profite de l'incroyable redoux des températures en m'y rendant à pied, ce que

Merlin apprécie. Truffe au vent, il trotte à bonne allure à mon côté. En plissant les yeux, je distingue les skieurs sur les flancs de la montagne, lointaines silhouettes qui s'élancent sur le long manteau neigeux après être montés en empruntant le téléphérique. Depuis combien d'années n'ai-je pas pratiqué ce genre d'activité ? La dernière fois, ce devait être avec Albane, qui n'aimait rien tant que les pistes bleues ou rouges alors que je restais sagement sur les vertes, beaucoup plus sûres. Tout en longeant la rue principale, bordée de petits immeubles et de sapins blancs, je ne peux m'empêcher de songer au nouveau virage de sa vie qu'elle s'apprête à aborder. Ce changement est digne d'un virage de piste bleue, la difficulté est somme toute moyenne, encore faut-il trouver le cran de se lancer. Je ressens un immense soulagement de voir Albane prête à lâcher prise et à renouer avec celle qu'elle était avant, même s'il y aura des moments de doute et de découragement, c'est inévitable.

— Si ça se trouve, un jour elle n'aura plus peur de toi, dis-je à Merlin en lui tapotant affectueusement le flanc.

Puis je m'immobilise en réalisant que je viens d'atteindre les confins de la station. Face à moi, se dressent les pittoresques chalets en bois prisés des touristes. Les mains moites, je m'avance près du premier, ainsi que me l'a indiqué Matthew. Est-ce que je n'aurais pas mieux fait de lui envoyer un message avant pour m'annoncer ? Non, trop formel. L'amour ne se réserve pas sur rendez-vous. Pourtant, je redoute tant de me planter que je suis à deux doigts de rebrousser chemin. Merlin incline la tête, l'air de se demander si je sais ce que je veux. Sans me laisser le temps de changer d'avis, je frappe trois coups à la porte, à laquelle est suspendue une épaisse couronne rouge. Le chalet est si calme que ma présence me paraît tout à coup absurde. Matthew est certainement sorti, par ce beau temps ! C'est alors que j'entends le bruit d'une clé tournant dans la serrure. Mon estomac fait une embardée. Deux secondes après, la porte s'ouvre et la sœur de Matthew apparaît dans l'entrebâillement. Vêtue d'un pull blanc à motifs hivernaux et d'un pantalon rouge, elle me dévisage tranquillement, à peine surprise de me voir ainsi sur le seuil.

— Oh, tiens ! Salut ! me lance-t-elle avec un sourire lumineux.

— Bonjour… Euh, tu dois être Kayla.

— C'est bien moi ! Matthew est absent, mais tu peux entrer, si tu veux.

Je marque une hésitation, incertaine de la marche à suivre. Kayla s'adresse à moi comme si nous étions de vieilles connaissances, c'est assez déstabilisant. Je lui désigne Merlin, assis à côté de moi.

— C'est-à-dire que j'ai le chien de ma mère avec moi… Je pensais voir Matthew à l'extérieur, je ne me serais pas permis de l'emmener, sinon.

Kayla se penche légèrement vers Merlin, qui enfouit aussitôt sa truffe dans sa main.

— Je crois qu'il m'aime bien, alors il peut entrer lui aussi ! décrète-t-elle avant de reculer son fauteuil pour nous laisser pénétrer dans le chalet. Je te laisse fermer derrière toi ? Je viens de préparer du thé et j'ai des biscuits à la cannelle.

Bon, je n'avais pas du tout prévu cela. Je la suis néanmoins dans la cuisine équipée du matériel dernier cri.

— Kayla, je ne sais pas si… Enfin, Matthew risque de faire une drôle de tête en rentrant, non ?

Elle fait pivoter son fauteuil pour me regarder à nouveau.

— Matthew est sorti faire des courses pour notre repas de Noël, déclare-t-elle d'un ton joyeux. Il va en avoir pour un moment, si tu veux mon avis.

— Dans ce cas, je ferais mieux de repasser plus tard.

Kayla cligne rapidement des paupières, comme si ce que je disais n'avait aucun sens.

— Pas la peine de paniquer, je ne compte pas t'empoisonner. J'aimerais juste discuter un peu avec toi. Est-ce que ça t'ennuierait d'attraper deux mugs ? Mon frangin les a encore rangés trop haut.

— Oh, oui, bien sûr.

— Merci. Et assieds-toi, tu me donnes le tournis à rester debout.

Vaincue, je m'exécute sans chercher à protester davantage.

*Ce n'est pas possible, dans quel pétrin suis-je encore en train de me fourrer ?*

À vrai dire, je ne sais plus quoi penser. Si Matthew est d'un naturel réservé, le caractère de sa sœur semble diamétralement opposé. N'est-ce pas étrange d'accueillir ainsi une étrangère à bras ouverts ? Peut-être cherche-t-elle seulement à être polie. Afin de dissiper mon embarras, je m'efforce de trouver un sujet de conversation :

— Alors, le vol s'est bien passé ?

— Ah ça, oui ! s'esclaffe Kayla. Matthew a séduit malgré lui une hôtesse et un steward. Le coup du beau mec qui s'occupe de sa sœur handicapée, ça plaît toujours. On a été chouchoutés.

Je ne suis guère étonnée. Matthew serait capable de séduire un poteau, s'il le voulait.

— Ça doit être étrange de passer Noël en France. Les traditions ne sont pas les mêmes qu'aux États-Unis…

Kayla me rejoint autour de la table, une assiette de sablés en équilibre sur ses genoux.

— La tarte aux airelles de ma grand-mère me manque, mais sinon c'est plutôt cool. Sers-toi, ajoute-t-elle en déposant les gâteaux sur la table.

Pendant qu'elle verse l'eau bouillante dans nos tasses, je prends un petit biscuit et commence à le retourner dans tous les sens.

— Matthew m'a appris pour votre grand-mère. Je suis désolée.

— C'est gentil. Je sais que mon frère n'a pas été totalement honnête envers toi. Et il en est malheureux, termine-t-elle dans un sourire triste.

— Tant mieux, ce ne serait pas normal que je sois la seule à en baver.

*Pour l'amour du ciel, Chloé, réfléchis avant de l'ouvrir ! Tu n'as pas vécu une enfance traumatisante, toi !*

Toutefois, Kayla ne semble pas m'en tenir rigueur. Elle m'observe, les yeux emplis d'espoir.

— Tu vas lui pardonner ?

Je serais bien tentée de rester muette sur le sujet, mais mon petit doigt me dit qu'elle n'est pas du genre à se contenter de si peu. Autant jouer la carte de la sincérité, je sens que je peux avoir confiance en elle.

— Peut-être, finis-je par concéder. J'ai essayé de rester en colère contre lui, mais il se trouve que j'éprouve pour Matthew des sentiments d'une intensité que je ne m'explique pas tout à fait. Mais, pour tout t'avouer, je crains de souffrir à nouveau en lui offrant une seconde chance.

La jeune femme se montre amusée par ma remarque.

— Crois-moi, après la soufflante que je lui ai passée, il n'est pas près de te refaire un coup pareil.

Je ris malgré moi.

— C'est vrai ?

Elle jette un coup d'œil furtif à son portable qui vient de vibrer, puis hoche la tête avec vigueur.

— Je voyais bien qu'il y avait autre chose que la mort de Grandma qui le rongeait. C'était insupportable de le voir se morfondre sans rien faire, alors je lui ai demandé de cracher le morceau.

— Je sais que c'est difficile de le faire parler.

— Je ne lui ai pas laissé le choix. C'est là qu'il m'a raconté, pour vous deux… Quel idiot ! Fou amoureux et incapable de te garder ! Fauteuil roulant ou pas, je ne me suis pas privée de lui botter le derrière. Je lui ai dit qu'il ferait mieux de se bouger, au lieu de rester dans son coin, à attendre que tu rencontres quelqu'un d'autre.

Elle secoue ses boucles brunes, visiblement irritée par ce souvenir.

— J'ai encore du mal à admettre qu'il m'ait dissimulé son passé, dis-je en soupirant. J'aimerais prétendre que je le comprends, mais ça me dépasse.

Kayla souffle sur son thé.

— Je suis de ton avis, c'est du grand n'importe quoi. Toute sa vie, il s'est évertué à dresser des barrières entre lui et le reste du monde dans le but de nous protéger. Le résultat, c'est qu'il vous a brisé le cœur à tous les deux alors qu'il t'aime plus qu'il ne saurait le dire.

Je déglutis, attristée par cette situation.

— Apparemment ça n'a pas été suffisant pour lui donner envie de croire en nous.

— Et pourquoi sommes-nous là, d'après toi ? s'insurge-t-elle en reposant vivement son mug. Tu ne peux pas imaginer combien il tient à toi et regrette son comportement.

— Vraiment ?

— Tu lui as donné envie de s'engager et de fonder une famille, Chloé ! Je ne sais pas si tu te rends compte, mais c'est la première fois. Tu es la seule à faire battre son cœur à ce point. Votre relation, c'est du sérieux. Certes, il a foiré, mais tout le monde a droit à l'erreur, non ?

Comme pour appuyer les paroles de Kayla, Merlin émet un gémissement. La jeune femme lui file un morceau de biscuit, j'en profite pour me tamponner discrètement les yeux. Ma parole, j'ai plus pleuré depuis deux mois que durant ma vie entière !

*Matthew a envie de fonder une famille avec moi. De s'engager.*

Ces mots, que j'ai si longtemps espérés, résonnent en moi comme la plus merveilleuse des mélodies. Si je doutais encore en venant ici, il faut bien reconnaître que le déplacement en valait la peine. Ce petit bout de femme au regard brillant d'une énergie communicative a su me redonner confiance en l'avenir. Confiance dans le seul homme que j'aie jamais vraiment aimé. Je n'ai qu'une évidence, c'est lui, Matthew Coopland.

— Kayla… Est-ce que tu sais si Matthew rentre bientôt ?

Je reconnais à peine cette voix fébrile, qui est pourtant la mienne. Kayla boit sa dernière gorgée de thé, puis elle esquisse le plus large sourire qu'il m'ait été donné de contempler.

— Selon son dernier texto, il envisageait de faire quelques emplettes sur le marché de Noël. En partant maintenant, tu peux arriver à temps.

# 21

C'EST PRESQUE EN COURANT que je redescends de la station de ski. Coupant à travers les petites rues que je connais par cœur, je fonce droit devant sans prendre la peine de saluer les quelques connaissances que je croise. Il me faut à tout prix rattraper Matthew, pas question de le laisser filer, cette fois-ci ! Je m'autorise à ralentir cette course effrénée uniquement lorsque le centre du bourg apparaît face à moi. Sur la place animée, l'ambiance est à la fête, les churros en train de frire embaument l'air de leurs délicieux effluves. Le cadre est parfait.

Sans crier gare, Merlin se met à tirer sur sa laisse, comme pour m'entraîner à l'opposé du marché.

— Pas maintenant ! je souffle. Je te ramène à la boutique après, promis.

Je dois d'abord retrouver l'homme de ma vie.

Ce qui, au milieu de tout ce monde, s'avère être une sacrée paire de manches ! Matthew a beau être très grand, la foule n'en est pas moins compacte. Tous les habitants des villages alentour semblent s'être donné rendez-vous ici pour profiter de ce dernier jour avant les préparatifs du réveillon. Tant bien que mal, j'essaie de me frayer un chemin à travers les allées étroites. Au bout de quelques mètres, je l'aperçois enfin, près du stand de lait de poule, où Rémi, sa mère et Violette font le service. Six personnes devant lui, au moins autant derrière. Je joue des coudes pour le rejoindre, m'excusant auprès des gens que je bouscule au passage.

— Vous ne pouvez pas faire la file d'attente comme tout le monde, non ? me reproche une mère de famille, outrée. C'est inadmissible !

Son mécontentement ne manque pas d'attirer l'attention de Matthew, qui se retourne pour savoir qui est la foldingue responsable de ce scandale.

— Chloé ? articule-t-il, désarçonné, en constatant que c'est moi.

— Il faut qu'on parle, Matthew !

En entendant mon ton déterminé, il a un léger mouvement de recul, comme si je m'apprêtais à lui mettre mon poing sur la figure.

— Quoi ? Maintenant ? bredouille-t-il.

L'expression à la fois douce et hébétée de son visage, la même qu'il arbore au réveil, vient à bout de mes dernières résistances. Je me rapproche davantage de lui et esquisse un sourire en coin quand nos yeux s'arriment l'un à l'autre. Comme il m'a manqué ! Je meurs d'envie qu'il me serre contre lui et m'embrasse à m'en faire oublier où je suis.

Ignorant Merlin qui tire à nouveau sur sa laisse en jappant, j'inspire un bon coup et me jette à l'eau :

— Je viens de voir ta sœur. Je… Nous avons discuté, et maintenant je suis là, parce qu'il fallait à tout prix que je te voie. Je ne veux plus attendre d'être à New York, je ne veux plus repousser mes sentiments par crainte de te perdre à nouveau. Alors si jamais tu as toujours cette petite place pour moi dans ton cœur... Dis quelque chose, je t'en prie.

— J'attendais que tu m'en laisses l'occasion, rétorque-t-il en me rendant mon sourire. Tu veux qu'on marche ? Je crois que mon envie de lait de poule peut attendre.

D'un geste naturel, ma main se glisse dans la sienne. Ses pupilles pétillent d'émotion et mon cœur joue du tambour lorsque nos doigts s'entrelacent. C'est alors qu'une soudaine agitation nous fait tourner la tête vers le stand, que Rémi quitte précipitamment.

— Une coulée de neige sur la route de Saint-Jacques ! explique-t-il vite fait à sa mère. Ils ont besoin de moi de toute urgence.

Clouée sur place, je le regarde piquer un sprint vers le parking tandis qu'une sensation désagréable me parcourt l'échine.

Une coulée de neige. Sur la route de Saint-Jacques.

Merlin gémit une nouvelle fois. Une terreur sans nom m'envahit. Albane ! Elle est en danger, je le sens.

— Chloé ? Ça va ? s'inquiète Matthew en remarquant mon changement d'attitude.

La bouche sèche, je réponds :

— Non, je... Je dois absolument y aller !

Matthew me dévisage comme si je venais de disjoncter.

— Je ne comprends pas, tu veux aller où ?

— Chercher ma sœur ! je m'écrie. Elle est coincée dans l'avalanche, j'en suis sûre ! C'est pour ça que Merlin se comporte si bizarrement, les animaux sentent ces choses-là...

— Je t'emmène, décide-t-il aussitôt en m'attrapant par le bras. Ma voiture est garée juste à côté.

Sitôt installés, Matthew démarre en trombe. Sortant mon téléphone portable, je compose le numéro d'Albane, en vain. La peur me coupe le souffle. Tandis que Matthew se concentre sur la route, je me fais violence afin de refouler les hypothèses les plus sombres.

*Pitié ! Pas ma sœur !*

Un premier camion de pompiers, conduit par Rémi, nous dépasse, suivi de près par deux ambulances et une voiture de gendarmerie. Les sirènes hurlent l'urgence de la situation.

— Pourquoi sont-ils si nombreux ? C'est mauvais signe !

— Pas forcément, déclare Matthew d'une voix très calme. Ils ignorent peut-être combien de personnes ils devront secourir, alors ils anticipent. La bonne nouvelle, c'est qu'ils seront arrivés avant nous.

— Albane…

— Je suis certain que ta sœur va bien.

— Non, elle ne va pas bien ! je rétorque, la mâchoire crispée. Elle passe obligatoirement par cette portion de route, et j'ai beau guetter les voitures que nous croisons, je n'ai pas vu la sienne. J'aurais dû l'empêcher de partir !

Je suis dans un état proche de l'hystérie. Mes jambes s'entrechoquent sans pouvoir s'arrêter et, à ce rythme-là, il ne restera bientôt plus grand-chose de l'ongle de mon pouce.

— Et si elle était déjà de retour chez vos parents ? Tu n'as pas moyen de le vérifier ?

Le ton monte à mesure que mon angoisse gagne du terrain :

— Si c'était possible, je ne serais pas en train de me ronger les sangs ! Il n'y a personne à la maison, ils sont tous à la boutique. Si jamais il lui est arrivé malheur…

Les mots meurent dans ma gorge. Perdre ma sœur, ma jumelle, celle qui m'aime et me comprend comme personne d'autre au monde, est inenvisageable. Cette seule pensée suffit à me faire un mal de chien.

Matthew tente quelques paroles apaisantes :

— On y est presque. Ça va aller, Chloé.

Il ralentit, car devant nous, plusieurs voitures sont immobilisées, signe que la route est coupée à quelques kilomètres. La déviation n'ayant pas encore été mise en place, nous risquons de ne plus pouvoir avancer. Je lâche un juron entre mes dents.

— Et merde, ce n'est pas possible !

— Qu'est-ce qu'on fait ? me demande Matthew.

— On double tout le monde, comme les pompiers.

Heureusement pour nous, Matthew est un conducteur aguerri. Il parvient à repartir à tombeau ouvert sur les routes sinueuses, si bien qu'il nous faut moins de quinze minutes pour atteindre le point touché par la coulée de neige.

— Ça n'a pas l'air trop catastrophique, commente-t-il en stoppant le moteur.

— Comment peux-tu en être sûr ? On ne distingue rien, à part de la neige.

Je déglutis, affolée à l'idée qu'Albane gise dessous, privée d'oxygène. De l'index, Matthew me désigne le groupe de secouristes.

— Ils ne sondent qu'à un endroit, le seul où la neige semble recouvrir autre chose que la route. Il n'y a donc qu'un véhicule pris au piège.

Regardant dans la direction qu'il m'indique, je constate qu'il a raison. Secondés par les gendarmes, Rémi et ses collègues s'activent du même côté pour localiser d'éventuelles victimes. Les aboiements de Merlin s'intensifient et il bondit hors de la voiture dès que j'ouvre la portière arrière. Le voyant débouler, un gendarme se retourne, surpris. Reconnaissant Mathieu, je me précipite vers lui en hurlant :

— Où est Albane ?

Il blêmit brusquement.

— Quoi ? Ta sœur se trouvait sur la route ?

À bout de nerfs, je fonds en larmes.

— Oui ! Elle a récupéré notre oncle et ils étaient sur le chemin du retour. On ne les a pas croisés, alors ils sont forcément là !

— On s'en occupe, Chloé, m'affirme-t-il en parvenant à se ressaisir.

— Albane est dedans…

— Retourne attendre dans la voiture, il n'y a rien d'autre à faire.

— Non, mais tu plaisantes ! Il faut la retrouver, maintenant ! Tu sais aussi bien que moi qu'une personne ensevelie ne…

La main chaude et solide de Matthew vient presser mon épaule.

— Tu devrais écouter ce monsieur, Chloé. Et puis, regarde, Merlin est déjà en action.

En effet, à une quinzaine de mètres de nous, le labrador creuse de façon frénétique pour désencombrer l'impressionnant amas de neige qui recouvre partiellement une voiture, ne laissant dépasser qu'une partie de l'avant. Le gendarme nous laisse afin d'aider ses collègues. Matthew me serre contre lui, mais je suis incapable de détacher mon regard de la scène. Je ne cesse d'imaginer l'intense frayeur que doit ressentir ma sœur, coincée là-dessous. Et mon oncle ? Pourvu qu'ils soient sains et saufs !

— Ça va aller, me répète Matthew.

Environ cinq minutes s'écoulent (une éternité !), lorsqu'un cri strident émane de la voiture, auprès de laquelle s'affaire Merlin :

— Ah ! Un chien !

Aucun doute possible, il ne peut s'agir que d'Albane !

— C'est bon ! s'écrie Rémi, soulagé, en sortant ma frangine de l'habitacle désormais assez dégagé.

Mathieu la réceptionne en lui enroulant une couverture de survie autour des épaules pendant que mon beau-frère évacue mon oncle et sa petite amie. Les yeux du gendarme sont embués de larmes quand ma sœur, la mine défaite, lui tombe dans les bras. Le voir si bouleversé me noue la gorge. Il lui chuchote quelque chose à l'oreille, elle lui sourit tendrement.

— Tu vois, qu'elle va bien, me murmure Matthew.

Je redresse la tête vers lui.

— C'est vrai. Je suis désolée de t'avoir crié dessus dans la voiture.

— Tu étais stressée, comment t'en vouloir ? Est-ce que tu veux que je te ramène, à présent que tu es rassurée sur le sort de ta sœur ?

— Non, je te remercie, mais je préfère repartir avec Albane. Je ne veux plus la lâcher d'une semelle.

— C'est normal, après une frayeur pareille.

Je le remercie.

— J'espère que nous pourrons nous revoir avant ton départ.

— J'y compte bien ! Allez, je file retrouver Kayla, me souffle-t-il avant de me déposer un baiser sur le front et de regagner sa voiture.

Submergée par un soudain sentiment de fatigue, je rejoins Albane, qui est à présent assise dans l'une des ambulances des pompiers. Mathieu s'éloigne afin de nous laisser seules. J'étreins longuement ma jumelle, de toutes mes forces.

— Comment as-tu su que j'étais là ? s'enquiert-elle d'une voix étranglée par l'émotion.

— Tu ne répondais pas au téléphone, et Rémi venait d'annoncer la coulée de neige…

Je m'interromps, secouée par un frisson d'horreur.

— J'ai prévenu les pompiers dès que j'ai compris ce qui se passait, me répond Albane, mais ensuite une grosse masse de neige a atterri sur le pare-brise… J'ai lâché mon portable dans la panique, je n'arrivais plus à mettre la main dessus.

Éreintée, elle pousse un gros soupir.

— J'ai eu si peur pour toi, Albane !

— Et moi donc ! s'exclame-t-elle, la figure enfouie dans mes cheveux. J'ai eu la frousse de ma vie. Encore plus en découvrant Merlin si près de moi !

J'émets un hoquet, entre rire et larmes. Décidément, elle est incorrigible !

— Non mais, tu te rends compte de ce que tu dis ? Merlin t'a sauvé la vie ! Il a compris bien avant tout le monde ce qui t'arrivait.

— Bon, d'accord, on lui doit une fière chandelle, admet-elle en glissant un coup d'œil en direction de notre oncle et Sandrine, tous les deux installés dans la seconde ambulance.

— Les pauvres, eux aussi ont dû paniquer.

Albane opine du chef.

— J'ai réussi à convaincre Sandy que les pompiers allaient vite nous tirer de là… En revanche, je ne te cache pas que j'ai envisagé d'assommer Tonton au moment où il s'est mis à réciter le *Notre Père.*

— Seigneur, j'aurais voulu voir ça. Enfin non, en fait. Je n'aurais pas du tout aimé être avec vous.

— En tout cas, toi qui voulais que je m'autorise plus d'aventures, tu dois être ravie !

Une intense bouffée d'amour me gonfle le cœur. Je la serre à nouveau dans mes bras.

— Ne me fais plus jamais ça, andouille !

# 22

NOTRE RETOUR AU VILLAGE n'est pas passé inaperçu. Un attroupement s'est formé sur la place dès que les ambulances se sont garées, et Maman a failli tourner de l'œil au moment où Merlin est descendu du camion avec les pompiers.

— Ton chien va très bien, l'ai-je aussitôt rassurée avant de lui raconter la mésaventure dont a été victime Albane.

— Pourquoi personne ne m'a prévenue ? s'est-elle exclamée, une fois mon récit terminé. Ça aurait pu être dramatique ! Albane, mon pauvre petit cœur, comment te sens-tu ? Les pompiers auraient dû te conduire à l'hôpital…

— Je suis vivante, Maman, l'a coupée ma sœur en souriant. Tu peux prendre mon pouls pour t'en assurer, si tu veux.

Ce qui n'a pas empêché notre mère d'insister pour qu'elle aille se mettre au lit tout de suite, dans notre ancienne chambre.

— Je serais plus tranquille de te savoir à la maison cette nuit.

Christian et Sandrine occupant la seule autre chambre disponible, les enfants d'Albane et moi avons donc atterri chez Valentine, ce dont je ne suis pas mécontente, en définitive. Après toutes ces émotions, je n'avais pas le courage d'affronter une réunion de famille ce soir.

Jules étant sorti avec ses amis, et nos neveux couchés, Valentine et moi profitons enfin du calme revenu autour d'un risotto aux champignons.

— Je crois qu'on a bien mérité un verre de vin, non ? me propose-t-elle en débouchant une bonne bouteille.

— Même deux. Quelle journée !

Je secoue la tête, encore à moitié sonnée par les événements. Valentine lève son verre pour trinquer.

— C'est sûr que notre oncle se souviendra longtemps de son premier Noël avec nous, glousse-t-elle.

— J'ai pris le temps de discuter un peu avec lui avant de venir ici. Aussi curieux que cela puisse paraître, il en rit, maintenant. Mais c'est dingue, ce qui s'est passé ; combien de chances y avait-il pour que la coulée de neige se produise à cet instant précis ?

Ma sœur repose son verre.

— Aucune idée. Rémi suppose que c'est lié au radoucissement des températures. Le manteau neigeux est devenu instable, et avec tous ces skieurs sur les pistes… C'est une véritable chance que la quantité de neige n'ait pas été plus importante.

Je réprime un frisson en songeant aux violentes conséquences qu'une grosse avalanche aurait pu entraîner.

— J'en frémis rien que d'y penser…

Émue, Valentine me prend la main par-dessus la table.

— C'est bien d'avoir écouté ton instinct et d'être allée sur place. Les liens entre Albane et toi s'en retrouvent encore plus resserrés.

— Pour être franche, je ne me suis pas posé la question. Elle avait besoin d'aide, c'était évident. Heureusement que Matthew était avec moi. Sans sa présence apaisante, je serais morte d'angoisse.

Elle me lance un regard espiègle.

— Dois-je en déduire que les choses vont mieux, entre vous ?

— Disons qu'elles suivent leur cours, dis-je en ponctuant ma phrase d'un clin d'œil serein.

Peu après notre arrivée en fanfare à Vallenot, j'ai envoyé un SMS à Matthew pour le remercier une nouvelle fois d'être un type loyal et fantastique.

— Vous avez prévu de vous revoir avant la fin de son séjour ?

J'acquiesce en me remémorant son dernier texto :

— Oui, probablement après Noël. Nous serons tous les deux bien occupés d'ici là.

— Depuis le temps que tu rêves d'un vrai Noël avec lui, tu aurais pu lui suggérer de se joindre à nous à *L'Edelweiss.*

Les yeux dans le vague, je souris à cette douce perspective. Nous deux, blottis l'un contre l'autre un matin de Noël… Je donnerais tant pour vivre un tel moment !

— Je ne sais pas. Nous serons déjà nombreux… Les parents ont officiellement invité Pierrot, et puis maintenant que notre oncle est là aussi, je ne veux pas encore ajouter du travail aux garçons.

Ma sœur esquisse un geste de dénégation.

— Jacotte se charge de préparer les entrées et Maman les bûches. Tu les connais, il risque d'y avoir à manger pour cinquante personnes.

— On verra. C'est leur premier Noël sans leur grand-mère, alors je ne veux rien leur imposer.

Puis, repoussant mon assiette vide, j'enchaîne, sur un tout autre registre :

— Puisque tu viens d'évoquer Jacotte, il me semble t'avoir vaguement entendue parler de ma théorie « Amélie Poulain », cet après-midi…

— Ah oui ! C'est vrai ! J'ai failli oublier, avec tout ça. On pourrait bientôt avoir une nouvelle piste, figure-toi.

— Formidable ! je m'enthousiasme entre deux gorgées de vin. Ce serait donc grâce à Jacotte ?

— Pas tout à fait. En réalité, tout le mérite reviendra à Violette, si ça se confirme. Elle a pu rencontrer le coupable sans le savoir, étant donné qu'elle s'est rendue à l'une des séances.

Manquant de lâcher mon verre, je m'exclame :

— Quoi ? Violette est allée voir le film ?

Surprise par ma réaction, ma sœur fronce les sourcils.

— C'est ce que je viens de te dire, oui, me confirme-t-elle. Jacotte ne l'a su qu'hier soir, parce que les parents de Violette ont proposé d'assister à la dernière projection. Elle n'avait pas très envie d'y retourner.

Je fixe la table, dans un effort de concentration. Les pensées défilent dans mon cerveau en un ballet désordonné. J'ai l'impression qu'un détail crucial m'échappe, mais lequel ? Et pourquoi Violette n'a-t-elle rien dit plus tôt ?

— Est-ce qu'elle se souvient des autres personnes présentes dans la salle ?

Valentine hausse les épaules.

— Je l'ignore, je n'ai pas revu Jacotte encore. Mais Violette lui a promis de dresser une liste, si des noms lui reviennent.

— Cette séance de cinéma, elle remonterait à quand ?

Ma sœur refoule un bâillement.

— Il faudrait demander à Jules, ils étaient sûrement ensemble.

— Ça pourrait être le soir de l'inauguration du marché de Noël... On a dîné au restaurant sans Jules, tu te souviens ?

— Possible, inspectrice Chloé, me répond-elle en riant. Est-ce que ça t'ennuie, si je monte me coucher ? Les enfants d'Albane sont adorables, mais ils m'ont épuisée.

— Non, va te reposer. Je vais débarrasser la table.

— Tu es sûre que ça ne t'embête pas ?

La fatigue se lit dans ses yeux. Il faut reconnaître que nos neveux nous ont donné du fil à retordre, ce soir, entre une dispute à gérer à l'heure du bain et les spaghettis à la bolognaise de Valentine jugés moins bons que ceux d'Albane. Le passage imminent du Père Noël les rend déjà très excités, mais le fait de savoir que leur mère a échappé au pire aujourd'hui n'a pas arrangé les choses.

— Tu tiens à peine debout, alors ouste ! je riposte, faisant mine de la chasser de la cuisine.

Pour ma part, je sais que je vais avoir du mal à trouver le sommeil. Je ne cesse de revivre le fil de l'après-midi, entre ma joie en retrouvant le sourire de Matthew, puis la panique, intense, lorsque j'ai cru perdre Albane. Et maintenant, cette histoire de film, que je ne parviens pas à chasser de mon esprit. C'est frustrant ; si au moins je pouvais comprendre à côté de quoi je passe ! Après avoir mis nos couverts dans le lave-vaisselle, je retourne m'asseoir sur le canapé et tombe sur une rediffusion de *Casino Royale* en allumant la télé. Sur l'écran, James Bond court dans tous les sens, saute d'une grue à une autre pour rattraper son adversaire. Le voir si déterminé dans sa traque me pousse à me demander de quelle façon il s'y serait pris, lui, pour débusquer notre voleur de nains de jardin.

En allant droit au but, sans prendre de gants.

Il n'est évidemment pas question que j'aille coller une rouste à qui que ce soit, mais je peux me contenter de poser les bonnes questions. Pour moi, il ne fait aucun doute que Violette est impliquée, d'une façon ou d'une autre. Je ne crois pas aux coïncidences. Que faire ? Aller la trouver demain sur le marché de Noël et lui poser franchement la question ? Elle niera en bloc.

Derrière moi, la porte d'entrée s'ouvre. Je me retourne, étonnée que Rémi rentre si tôt du travail. Ce n'est pas mon beau-frère, qui se tient dans l'entrée, mais Jules.

— Salut, Chloé ! Ma mère n'est pas avec toi ?

— Non, elle est montée dormir.

— Il fait un de ces froids, dehors ! déclare-t-il en accrochant son écharpe et sa doudoune au portemanteau. Tu regardes quoi ?

— Un James Bond. Tu as passé une bonne soirée ?

Trouvant que ma propre voix est bizarre, je m'éclaircis la gorge.

— Tu étais où, au fait ?

— Je suis allé manger une pizza avec Violette et Lucas. Ils sont nazes, avec le rythme infernal au stand de lait de poule.

Bon, c'est le moment de saisir l'occasion. Prenant mon air de la tante la plus cool de l'année, je lui propose d'un ton léger :

— J'allais préparer du chocolat chaud, ça te dit ?

— Non merci, je vais plutôt prendre une douche.

*Ah, non ! Je dois le retenir.*

— Euh… Jules ?

La main posée sur la rampe de l'escalier, il me considère, l'œil dubitatif.

— Tu n'es pas un peu chelou, ce soir ? relève-t-il tandis que je cherche encore comment amener le sujet sur la table. Je sais que tu as eu la trouille de ta vie, mais…

*Droit au but, comme James Bond.*

— À tout hasard, est-ce que Violette aurait piqué les nains de jardin ?

*Voilà, c'est sorti.*

Les yeux écarquillés, Jules s'offusque derechef :

— Hein ? Mais tu es dingue !

— On sait qu'elle est allée voir *Le Fabuleux Destin d'Amélie Poulain.* Si elle n'avait rien à se reprocher, elle l'aurait dit plus tôt.

— Et où voudrais-tu qu'elle les planque, étant donné qu'elle dort chez Jacotte ? plaide-t-il. Je peux disposer, maintenant, c'est bon ?

Dépitée, j'acquiesce sans grande conviction. Cet argument se tient, c'est indéniable. J'imagine mal la jeune fille commettre ce vol et dissimuler son larcin sous le propre toit de Jacotte et Lulu. Tout cela n'est pas logique, pourtant…

*Le film… Le soir de l'inauguration…*

Je me couvre la bouche pour étouffer un hoquet de stupeur. La conversation que Jules a eue au téléphone, chez mes parents, vient de me revenir à l'esprit.

« J'espère que tes parents n'iront pas répéter ça. » « Oui, enfin quand même, tu aurais pu mentir et y aller avec eux. »

*C'est ça, le lien ! Jules couvre Violette ! Et si ce n'est pas elle qui détient les nains, alors…*

*Bon sang, Jules !*

M'assurant que la douche est bien en train de couler, je grimpe les marches quatre à quatre et m'immobilise devant la chambre de mon neveu. La main sur la poignée, j'hésite toutefois à aller jusqu'au bout. L'idée de violer son intimité me répugne, d'autant plus qu'il est possible que je fasse fausse route. Mais je dois savoir.

Prenant garde à ne faire aucun bruit, j'ouvre la porte et la referme aussi vite. Éclairée par la lampe de chevet allumée près du lit, je jette un rapide coup d'œil autour de moi. Hormis quelques vêtements éparpillés par terre en un tas informe, la pièce est parfaitement ordonnée. L'ordinateur est à sa place, la couette rabattue sur l'oreiller, les livres et les jeux vidéo rangés dans la bibliothèque. Aucune trace de ce que je cherche. Quelle serait la planque idéale ? La penderie ! C'est là que je cachais mon journal intime, à l'adolescence. Un rapide examen des étagères m'indique néanmoins que je ne suis pas si maligne que ça. Il n'y a rien. Vraisemblablement, ce mystère est voué à rester insoluble !

Je m'apprête à rebrousser chemin, lorsque j'aperçois tout à coup un sac à dos posé dans un recoin, à même le sol. À en juger par sa forme, il contient quelque chose d'assez volumineux. Je ne pense pas qu'il s'agisse de cadeaux de Noël. Au bord de l'apoplexie, je fais glisser la fermeture Éclair et écarte les pans du sac. L'espace d'un instant, je demeure sans bouger, incapable de réagir. J'aurais préféré me tromper. Pourtant, je viens bel et bien de découvrir le fin mot de la saga des nains de jardin de Lulu.

*Nom de nom !*

La porte de la chambre s'ouvre brusquement. Prise en flagrant délit, je sursaute, manquant de renverser une étagère. Sur le seuil, Jules me dévisage sans comprendre.

— Chloé ? dit-il, hébété. Qu'est-ce que… ?

Il s'interrompt quand son regard tombe sur le sac que je tiens toujours entre mes mains.

— Oh ! lâche-t-il, simplement. Tu as deviné, alors.

Je me campe face à lui et avale ma salive pour ne pas lui hurler dessus.

— Explique-moi pourquoi vous avez fait ça.

Il secoue farouchement la tête.

— Tu ne comprendras pas.

— Essaie toujours.

Jules pousse un long soupir avant de s'asseoir sur son lit.

— Violette n'y est pour rien, commence-t-il. Elle était contre ce plan.

— Et c'était quoi, le plan en question ?

— Photographier les nains et les rendre. Je te jure que c'était tout.

Fatiguée, je me masse l'arête du nez et m'assieds près de lui.

— Mais pourquoi, Jules ? Dans quel intérêt ?

Il ne me répond pas tout de suite, se débattant sans doute avec sa conscience.

— Violette était triste de voir Lulu avec le moral en berne. Depuis qu'il est malade, il ne peut plus vivre comme avant, et ça le mine. Alors, le soir où on est allés au ciné, Lucas et moi on s'est dit qu'on pourrait peut-être essayer de lui redonner le sourire en faisant participer ses nains de jardin au concours du pull de Noël.

*Il n'est pas sérieux, ce n'est pas possible !*

— Vous auriez pu lui demander l'autorisation, il aurait sans doute été ravi de vous la donner.

— On préférait lui faire la surprise. On savait que s'il n'était pas au courant, le jury trouverait son histoire encore plus touchante.

— Non, mais je n'y crois pas ! Qu'est-ce qui vous est passé par la tête, bon sang ?

— Ce n'était pas méchant. On voulait juste… Je ne sais pas, enchanter un peu son quotidien, comme

Amélie Poulain. Violette était réticente, au départ, mais elle nous a laissés faire. On ne pensait pas que les choses prendraient une telle ampleur, on s'est mis à baliser sérieusement quand ils sont allés déposer plainte, me déballe-t-il d'un bloc sans reprendre sa respiration. Après, c'est devenu compliqué de rendre les nains, avec Lulu qui surveillait les abords de la maison sans arrêt.

— Tu as réussi à en remettre un, pourtant.

Penaud, il garde les yeux rivés sur ses pieds.

— Oui, mais j'ai fait tomber le couvercle de la poubelle, ce soir-là. J'ai dû me sauver avant de me faire choper. Je te promets que ça partait d'une bonne intention.

— Je n'en doute pas. Vous auriez au moins dû en parler à Jacotte, au lieu d'agir bêtement. Regarde la mouise dans laquelle vous êtes, à présent.

— Je sais. Violette n'a pas réfléchi en balançant à ses parents qu'elle avait déjà vu le film, je me doutais que ça mettrait la puce à l'oreille de quelqu'un.

— Oui, bah, tu as de la chance, car ce quelqu'un, c'est moi.

— J'imagine que tu vas tout raconter à ma mère ?

Je suppose que je le devrais. Pourtant, au fond de moi, je suis touchée par la générosité dont Jules et ses amis pensaient faire preuve. Ils ont agi avec le cœur, même si c'était très maladroit de leur part.

— Non, je resterai muette, dis-je en me relevant. Mais habille-toi, on va rendre le dernier nain discrètement.

— Maintenant ?

— Oui, et tu ferais bien de te grouiller avant que je change d'avis. Je t'attends en bas.

Pendant que Jules se prépare, je tape un texto afin d'assurer nos arrières. Moins de cinq minutes plus tard, nous sommes en voiture, roulant d'abord avec les phares éteints pour éviter de nous faire repérer. Il est plus de vingt-trois heures, et je redoute de croiser Rémi rentrant du restaurant ou Mathieu ayant entrepris d'effectuer une nouvelle ronde. Me faire coffrer pour trimballer un nain de jardin volé ne fait pas partie de mes plans immédiats.

— Merci de me sauver la mise, me murmure Jules, tandis que je me gare dans une rue adjacente à celle où vit Jacotte. Tu es vraiment géniale.

— Ça m'aurait un peu emmerdé que tu passes Noël en garde à vue. C'est un moment sacré, dans la famille.

— Tu dis ça pour plaisanter ou tu es sérieuse ?

— Un peu des deux, je réplique sans résister à la tentation de lui ébouriffer une fois de plus les cheveux.

Puis, regardant par la fenêtre pour vérifier qu'il n'y a personne, je lui fais signe que nous pouvons y aller, et nous gagnons la maison de Jacotte à pas de loup. Jules saute sans difficulté par-dessus la petite grille du jardin. En revanche, ma souplesse laisse à désirer, j'atterris de l'autre côté avec beaucoup moins de grâce. Durant une seconde, je regrette de ne pas fréquenter plus régulièrement la salle de sport.

— Je l'ai pris tout au bout du potager, m'indique-t-il à voix basse en sortant le nain de son sac.

— Vas-y, je fais le guet.

Il s'éloigne prestement, et je sors mon portable pour envoyer un deuxième SMS, un émoji représentant un pouce en l'air. Une lampe s'allume alors dans l'une des pièces du premier étage. Je suspends mon souffle. Vêtue d'une robe de chambre rose bonbon, Jacotte apparaît derrière le rideau et me localise aussitôt. La suite ne tient qu'à un fil, tout peut basculer. Lorsque nos regards se croisent, la vieille dame me fait un clin d'œil avant de disparaître en éteignant la lumière.

C'est avec le plus grand des soulagements que je constate qu'en plus de savoir lire les textos, Jacotte est aussi dotée d'un cœur en or.

# 23

*Vendredi 24 décembre*

Noël est là, déjà. Ma famille et moi remontons les petites rues en direction de l'église. Maman, Valentine et Sandy ouvrent la marche, Papa et son frère les suivent de près. Derrière eux, Albane et moi traînons un peu. L'haleine glacée de la nuit me mord les joues alors qu'autour de nous, les flocons virevoltent comme des confettis. Je pourrais détester notre oncle, d'avoir absolument tenu à nous faire sortir pour assister à la messe de minuit (qui a lieu à dix-neuf heures, afin que le curé puisse lui aussi profiter de son réveillon en famille), pourtant, en l'entendant rire avec notre père, j'éprouve un véritable sentiment de plénitude. Je crois que c'est ça, le bonheur : se sentir à sa place là où on est. Savoir que quelqu'un nous aime et tient à nous, partager de doux instants avec ses proches. Jouer les Amélie Poulain en mettant Jacotte dans la combine pour rendre un nain de jardin. Le bonheur, c'est la célébration de la vie malgré les soucis.

— À quoi penses-tu ? m'interroge Albane en passant son bras sous le mien.

— À rien de particulier. Je songeais que j'ai beaucoup de chance d'avoir une famille aussi fêlée que la nôtre.

— Tu dis ça parce que je n'ai pas piqué de crise quand Jérôme est passé prendre les enfants pour dîner ?

— Plutôt parce que c'est toi qui tiens la laisse de Merlin depuis tout à l'heure.

Albane laisse échapper un rire insouciant.

— Ce chien est peut-être complètement fou, quand il s'y met, mais je l'aime bien quand même.

J'émets un long sifflement.

— Waouh ! Tu avais raison, le soir où tu as prétendu que les dieux de Noël existent.

— Ah, tu fais référence au karaoké ? C'était pour que tu acceptes de laisser une chance à Matthew. Je savais qu'en m'adressant à ton côté romantique et un peu rêveur…

— Tu ne manques pas d'air ! dis-je en lui assenant une petite tape sur la main. J'ai bien vu la façon dont tu es tombée dans les bras de Mathieu, hier. Et n'essaie pas de me faire croire que ce n'était qu'une réaction naturelle à de longues minutes d'angoisse, je saurai que tu mens.

Ma sœur pousse un soupir théâtral.

— Pourquoi faut-il que nous soyons deux ? On ne peut même plus penser tranquillement !

— Sans moi, tu n'aurais pas réussi à remettre de l'ordre dans ta tête. Hâtons-nous, les autres sont déjà à l'intérieur.

En pénétrant dans l'église, je remarque que chaque travée est bondée. Les innombrables bougies disséminées de l'entrée jusqu'à l'autel créent une atmosphère accueillante et les conversations vont bon train.

— On vous a gardé des places ! crie Valentine en nous montrant les deux sièges vides à côté de notre oncle.

— Oh non, je suis sûre qu'il est du genre à chanter très fort et super faux, couine Albane en tirant sur la manche de mon manteau. Et je viens d'apercevoir Mathieu en compagnie de ses parents… Quel enfer ! On devrait faire demi-tour.

— Pas question, dis-je en m'écartant afin de libérer l'allée. On est là, on y reste. Et évite de prononcer le mot « enfer » ici.

Cela fait des lustres que je n'ai pas mis les pieds dans un édifice religieux, mais ce soir, j'ai envie de faire le plein de bons sentiments. Le père Xavier n'a pas son pareil pour capter l'attention de tout le monde sans exception, parsemant son homélie de beaux messages porteurs de paix. Que l'on soit croyant ou non, l'espoir et l'amour sont universels. Le rire aussi, d'ailleurs. Albane ne parvient pas à se contenir lorsque notre oncle entonne de tout son cœur les chants religieux célébrant la naissance de l'Enfant Jésus. Elle me pousse du coude et Maman arrondit les yeux en surprenant notre manque de sérieux.

Valentine se penche soudain vers moi et me chuchote :

— Matthew est près de la sortie, avec sa sœur. Tu devrais peut-être aller les retrouver, ils nous ont repérés.

*On se demande bien pourquoi.*

Je réponds sans me troubler :

— Nous sommes dans une église, Valentine. J'irai les voir après.

Des retrouvailles amoureuses en plein milieu d'une messe ne font pas à proprement parler partie de mes fantasmes.

À la fin de la cérémonie, personne ne semble pressé de quitter les lieux. Les conversations animées reprennent, comme si chacun avait toute la nuit devant soi. Je ravale une exclamation frustrée en comprenant que je vais devoir m'armer de patience pour m'approcher de Matthew. Lorsque j'y parviens enfin, toute ma famille rapplique. Pour l'intimité, on repassera ! La queue de Merlin frétille de joie quand il reconnaît Kayla.

— Bonsoir, toi ! lui lance-t-elle en lui tapotant gentiment la tête. Il paraît que tu as eu un comportement héroïque, hier.

Amusée, je glisse un coup d'œil vers Matthew.

— Les nouvelles vont vite.

Il me fait un grand sourire.

— Salut, Chloé. Je t'attendais.

— C'est vrai ? Je croyais que tu avais prévu un bon dîner avec ta sœur.

Durant deux secondes, Matthew fouille mon visage du regard. Kayla toussote de façon peu discrète, ce qui le décide à reprendre :

— En fait, je… Cela remonte à plusieurs mois, mais dans ta liste des choses à faire absolument en venant ici, tu avais évoqué une balade sous les étoiles. J'ai très envie de tester.

J'ouvre la bouche et la referme, trop émue pour répondre. Matthew se tourne alors vers mes parents et leur demande, dans un français quasi parfait :

— Est-ce que je peux vous emprunter Chloé un moment ?

— Prends tout le temps que tu veux, beau gosse ! lui balance Albane. On embarque ta sœur avec nous.

Sans avoir le temps de comprendre ce qui m'arrive, je me retrouve dehors, à guider Matthew à travers les ruelles qui nous mènent hors du bourg, sur un chemin bordé de chênes et de châtaigniers centenaires. Seule une lune gibbeuse nous éclaire. Cette scène est bien réelle, et pourtant l'atmosphère qui s'en dégage est presque onirique. La neige a cessé de tomber, le ciel, d'un bleu indigo profond, est constellé d'étoiles. Nous avançons main dans la main, sans rien dire. Il n'y a pas besoin de mots, je suis heureuse, cela me suffit. Après avoir remonté un sentier peu escarpé, nous nous arrêtons sur un petit promontoire. Plus bas, dans les jardins et les maisons, c'est une véritable débauche de lumières de Noël. Tous les toits semblent avoir été saupoudrés de sucre glace, et la route est également recouverte d'un manteau blanc. Cet endroit a quelque chose de magique.

Silencieusement, Matthew passe un bras autour de mon épaule pour me serrer contre lui. Mon cœur va éclater. Savoir que nous sommes seuls, tous les deux, sans personne à la ronde, me laisse tremblante d'espoir et de désir.

— Voilà le genre de spectacle qui fait réfléchir à la vie, affirme-t-il en contemplant la vue féerique sur le village.

Je redresse la tête pour le toiser.

— Pourquoi voudrais-tu réfléchir ? Ces étoiles au-dessus de nous ont des milliards d'années, elles se moquent bien de trouver un sens à tout cela. Tout ce qu'on a réellement, c'est le moment présent. Et celui-ci me plaît beaucoup.

Il sourit, et de fines rides apparaissent autour de ses yeux. Puis, sans prévenir, il prend mon visage entre ses mains et presse ses lèvres sur les miennes. J'aime cette sensation familière qui m'envahit, qui me fait me sentir bien et à ma place. C'est divin.

— Personne n'a jamais fait battre mon cœur comme toi, Chloé, murmure-t-il en se détachant lentement de mes lèvres. Je refuse d'imaginer une vie dont tu ne ferais pas partie.

Passant un doigt sur sa mâchoire lisse et volontaire, je hausse les sourcils.

— Attention, Matthew, tu es en train de devenir plus romantique que moi.

— Moi ? Tu sais bien que je ne suis qu'une brute épaisse qui zigouille les gens dans ses romans.

Son rire chaleureux me réchauffe le ventre.

— Avec toi, la vie me donne le sourire, continue-t-il. Elle est plus douce. Sans toi, elle perd toute sa saveur. Peut-être que c'est lorsque l'on perd l'amour de sa vie que l'on prend conscience de son importance.

L'atmosphère s'épaissit entre nous. Mon cœur bat à une vitesse complètement folle.

— Tu ne m'as pas perdue, Matthew. Je suis là.

— Et je suis conscient de le devoir à Kayla.

Je secoue la tête et plante mon regard dans le sien.

— Je suis certaine que même sans Kayla, tu aurais su retrouver le chemin de mon cœur. Tu es l'homme le plus séduisant que j'aie jamais rencontré, tu es celui qui a su me redonner confiance en moi et en l'amour. J'aime ton attitude envers ta sœur, votre courage à tous les deux force l'admiration. J'aime ce que je ressens quand je suis avec toi. Je t'aime car tu es le seul à avoir su guérir mes plaies et…

Ma voix vacille. Matthew m'agrippe le poignet et m'attire à nouveau entre ses bras.

— Moi aussi, je t'aime, Chloé. Et je ne veux plus jamais me réveiller sans toi à mes côtés. Alors je ne vois qu'un seul moyen d'y remédier : épouse-moi.

Les larmes aux yeux, je m'écrie d'une joie pure :

— Oh, Matthew ! Oui !

Sous le regard bienveillant des constellations, il se met à semer une pluie de baisers légers sur mon visage avant de me soulever pour nous faire tournoyer ensemble. Je ris, ivre de ce tourbillon qui nous emporte. Je ris encore quand tout notre monde tourne trop et que Matthew nous fait tomber dans la neige.

— Tu m'as terriblement manqué, souffle-t-il avant de revenir avec une intensité farouche à ma bouche.

Cette balade sous un ciel étoilé est sans aucun doute ce qui se rapproche le plus du bonheur.

☆

Le lendemain matin, je me réveille dans les bras de Matthew. Je reste une seconde hagarde avant de me remémorer cette fabuleuse nuit que nous venons de passer au chalet, après avoir décrété qu'il faisait trop froid pour faire l'amour dehors. La suite… Eh bien, ma foi, ce n'est pas le Noël que j'avais imaginé ! En revanche, c'est certainement celui dont j'avais besoin. Celui dont je rêvais depuis des années. Je ricane en réalisant que nous en avons totalement oublié le réveillon.

Matthew ouvre les yeux en entendant son portable vibrer.

— Oh, oh ! Kayla va me tuer, marmonne-t-il.

— Ça m'étonnerait, dis-je en brandissant fièrement mon téléphone. Albane m'a envoyé un texto : ta sœur a adoré la bûche de ma mère et elle a dormi comme un bébé dans ma chambre, avec Merlin.

Il se redresse sur ses deux coudes, l'air soucieux.

— Je me demande ce que tes parents vont penser de moi… Ce n'est pas très glorieux, de leur avoir laissé ma frangine sur les bras.

L'embrassant pour le faire taire, je lui assure ensuite qu'il n'a aucun souci à se faire.

— Mes parents penseront qu'il était temps que tu t'octroies une pause pour rendre leur fille heureuse.

Le regard malicieux, Matthew me renverse sur le matelas.

— J'en conclus que tu n'as pas changé d'avis à propos de ce que nous avons décidé hier soir.

— Ça dépend… Tu parles du prochain lait de poule à déguster à New York, ou bien du mariage ?

Deux heures plus tard, nous débarquons chez mes parents pile à temps pour l'ouverture des cadeaux. Dans le salon, les enfants ont déjà déballé les leurs et Jules montre à Victoria comment jouer à *Mario Kart*. Axel, quant à lui, inspecte minutieusement son nouvel équipement de mini-randonneur. Ayant tenu à ne pas arriver les mains vides, Matthew tend à ma mère le bouquet de fleurs que nous avons acheté au passage. Inutile de préciser qu'elle est aux anges.

— Vous êtes un amour ! roucoule-t-elle. J'ai toujours su que Chloé et vous étiez faits l'un pour l'autre.

Je serais bien tentée de lui rappeler qu'il y a encore une semaine, elle m'aurait poussé dans les bras de Théo si elle avait pu, mais Matthew n'a pas besoin de connaître ce détail.

— Merci de vous être occupés de ma sœur, hier soir, lui répond-il.

Albane nous rejoint, les sourcils arqués de façon très éloquente.

— Kayla était sans doute mieux avec nous. Vous deviez avoir plein de choses à vous dire, tous les deux, j'espère que vous avez pensé à vous nourrir.

À défaut de pouvoir la bâillonner, je propose que nous ouvrions nos cadeaux. Valentine et Jules ne dissimulent pas leur joie en recevant leurs places pour le concert d'Ed Sheeran, et Albane m'offre un sourire ému en découvrant nos bracelets ornés d'étoiles.

— Quel magnifique symbole ! approuve Papa, qui vient d'enfiler le pull en cachemire que nous lui avons choisi, afin de varier de ses horribles chemises à fleurs.

La mine embarrassée, Valentine me tend un énorme paquet.

— C'est de notre part, à Albane et moi, me précise-t-elle.

J'écarquille les yeux devant ce truc qui fait pratiquement la taille de Victoria.

— Mais vous êtes folles ?

— Oh, ne t'enflamme pas, me recommande Albane. J'ai un peu honte, maintenant que tu nous as offert ces ravissants bracelets.

Intriguée, je défais l'épais papier cadeau, qui dissimule… un gros, très gros ours en peluche !

— Impossible de résister quand nous l'avons vu ! s'esclaffe Valentine devant mon expression médusée. Rémi nous a confirmé que c'était LE cadeau parfait.

J'éclate de rire à mon tour.

— Non, mais vous n'êtes pas croyables !

— J'ignorais que tu avais une passion pour les ours en peluche, s'étonne Matthew.

— Pour les ours tout court, pouffe Albane.

— Ah bon ?

J'acquiesce pendant que mes sœurs se tordent de rire.

— C'est une longue histoire… Je te la raconterai peut-être un jour.

Les derniers cadeaux déballés, nous nous apprêtons à partir pour *L'Edelweiss* quand Sandy émerge de la salle de bains, un rouge à lèvres fuchsia étalé sur les lèvres. Avec son brushing à la Farrah Fawcett, son pantalon en cuir et son pull-over en mohair, elle semble tout droit sortie d'un film des années quatre-vingt.

— Attendez ! nous dit-elle. Christian et moi avons quelque chose pour vous.

Ils nous tendent chacun un petit présent, que nous scrutons avec curiosité.

— Il ne fallait pas ! proteste Maman, déjà pressée d'essayer sa nouvelle machine à café.

— Ça nous tenait à cœur, rétorque Christian, la voix tremblotante. Nous les collectionnons exprès pour les offrir à nos proches. C'est notre façon de…

— Distribuer un peu de paillettes et de bonne humeur, complète Sandy.

Un silence surpris s'abat sur la pièce quand nous constatons qu'il s'agit de DVD. Et pas n'importe lesquels…

— Des films de Noël ringards, gémit Albane. Qu'est-ce que j'ai fait pour mériter ça ?

Je souris, épatée de découvrir que, sous ses airs renfrognés, Christian cultive visiblement lui aussi une petite part d'Amélie Poulain en lui.

Le sourire ne me quitte pas de toute la journée. L'ambiance à *L'Edelweiss* est incroyable. Nos deux familles au grand complet comptent un peu plus de vingt personnes autour des longues tables que les garçons ont disposées pour l'occasion. C'est le Noël le plus bruyant et le plus merveilleux de ma vie. Je n'en reviens pas de cette formidable chance que nous avons, d'être rassemblés ainsi, dans le restaurant surchauffé de bonne humeur. Les gens que nous apprécions vont et viennent, dans un ballet qui fait chaud au cœur.

Peu avant le dessert, Emeline est apparue timidement derrière la vitre, me faisant signe de la rejoindre. À sa demande, je suis allée chercher Pierrot, installé près de mon père, et lorsque ses yeux ont enfin reconnu ceux de sa fille, je me suis retirée discrètement, les laissant à leurs retrouvailles. Puis Mathieu est arrivé à l'heure du café avec ses parents. Depuis, il n'arrête pas de flirter avec Albane, qui rit beaucoup car elle a abusé du bon vin. Je n'ai aucune inquiétude à leur sujet, quand ma sœur sera prête, ils formeront un très joli couple.

— C'est drôle, tout de même, glousse Maman en les observant.

— Quoi donc ?

— Matthew pour l'une, Mathieu pour l'autre, vous n'êtes pas jumelles pour rien.

Je laisse échapper un doux rire. À l'autre bout de la table, Lulu raconte pour la quinzième fois sa stupéfaction au moment où il a trouvé le second nain disparu dans son jardin, quand la porte s'ouvre à nouveau, cette fois sur Nadia, du Vallenot Social Club. Celle-ci agite joyeusement une feuille de papier.

— Je savais que je vous trouverais ici ! déclare-t-elle avant d'accepter une tasse de café. Je ne reste pas longtemps, je viens vous faire part des résultats du concours de pulls de Noël.

Une sorte d'effervescence gagne soudain la salle.

— C'est nous ? murmurent quelques voix.

Nadia s'approche de ma mère :

— Sophie, grâce à ta belle photo de famille, tu remportes le panier gourmand.

Si Maman est déçue, elle n'en montre rien.

— Merci beaucoup, je suis ravie.

— Bon, et le voyage, c'est qui ? s'enquiert anxieusement Violette.

— J'y viens ! Léna et Clément, un grand bravo à vous ! Cette idée de coller un tout petit pull sur l'échographie du bébé était de loin la plus originale.

— Oh ! Merveilleux ! s'exclame Léna.

Tandis que tout le monde les complimente, Jules baisse la tête. Je vois bien qu'il est chagriné.

— J'étais pourtant convaincu que les nains avaient leur chance, bougonne-t-il.

Heureusement, dans le brouhaha général, je suis la seule à l'entendre.

— Cette expérience t'aura appris que tricher n'est pas gagner, mon Juju. On peut trouver des petits arrangements avec la vie, mais rien ne vaut l'honnêteté.

Il hausse les épaules, et je lui presse le bras en voyant Léna se redresser. Balayant le restaurant du regard, mon amie déclare d'une voix claire et affirmée :

— Clément et moi avons pris une décision : ce voyage, nous voulons l'offrir à ma grand-mère et à Lulu. Ils ont traversé une épreuve pas très simple, ces derniers mois, ils méritent plus que quiconque de pouvoir s'évader un peu. Et puis, bon, on ne va pas se mentir, je ne vais pas partir en week-end avec un bébé, ajoute-t-elle pour la touche d'humour.

Les yeux embués de larmes, Lulu se met à bafouiller :

— Oh, bah, ça alors… Merci, mes grands. Je ne sais pas quoi vous dire.

Jules retrouve immédiatement le sourire. Jusqu'à ce que Jacotte, émue elle aussi par le geste généreux de Léna, balance sans réfléchir :

— Décidément, ils avaient tous envie de nous voir gagner, ces jeunes !

— Comment ça ? l'interroge Lulu.

Mon neveu se ratatine sur sa chaise. Violette n'en mène pas large non plus. C'est ce moment précis que Matthew choisit pour se mettre debout.

— Chloé et moi avons également quelque chose à vous annoncer.

Tous les regards sont désormais braqués sur nous. Bien que je sache parfaitement ce qu'il s'apprête à dire, étant donné que nous sommes convenus d'en informer tout le monde aujourd'hui, mon cœur cogne avec force dans ma poitrine. Je ne vais pas réussir à aligner trois mots.

Les mains jointes et la mine béate, ma mère s'exclame :

— Mon Dieu, est-ce bien ce que je pense ?

Matthew la regarde et lui accorde un sourire taquin.

— À dire vrai, je ne sais pas ce que vous pensez, mais...

Il se tourne vers moi, m'encourageant à poursuivre. Tremblant de tous mes membres, je me lève moi aussi.

— Nous allons nous marier ! dis-je en essayant de ne pas pleurer.

Des hourras s'élèvent dans l'assemblée. Clément débouche de nouvelles bouteilles de champagne pour fêter l'événement. Rémi s'adresse à Matthew en le gratifiant d'une claque amicale dans le dos :

— Sois le bienvenu dans cette drôle de famille, mon vieux !

Mon sentiment de joie redouble. Albane m'étreint chaleureusement avant de toiser Matthew d'un air menaçant.

— Je suis contente pour vous deux, mais tu n'as pas intérêt à briser le cœur de ma sœur une nouvelle fois, Coopland. Parce que je te tuerai, lentement et avec un certain plaisir.

— Message reçu, la jumelle aux cheveux courts, lui répond-il en s'efforçant de conserver son sérieux.

— Sois tranquille, j'y veillerai, intervient Kayla. Je sens que nous allons bien nous entendre, toi et moi, Albane.

Matthew et moi échangeons un clin d'œil complice.

— Joyeux Noël à tous ! scande Papa en levant son verre bien haut.

Dans un même élan de bonheur, nous trinquons au passé réparé, au présent si radieux, à l'avenir et aux belles surprises qu'il nous réserve. Parce que la lumière de demain danse d'ores et déjà dans notre présent.

Nous trinquons à la vie, cette vie qui brille et qui pétille dans nos cœurs, pourvu qu'on la laisse faire.

# Épilogue

*Dimanche 2 janvier*

— DÉPÊCHEZ-VOUS, on doit encore passer les contrôles de sécurité !

— Arrête de t'inquiéter, me répond Kayla. Tu sais bien qu'avec mon fauteuil, on est prioritaires.

En ce premier dimanche de l'année, l'aéroport de Nice est bondé. J'ai tellement peur de rater notre avion que je suis au bord de la panique. Matthew et moi avons fait peser nos valises avant de rejoindre Kayla, restée dans le hall avec les autres. Je sens venir les interminables effusions. Car ils ont pratiquement tous tenu à être présents pour nous dire au revoir : ma mère et mes sœurs, Rémi et mes neveux. Léna et Jacotte en ont profité pour s'incruster, arguant qu'une balade en bord de mer ferait le plus grand bien à Léna, qui se plaint de tourner en rond. Résultat, nous aurions presque pu louer un minibus. À onze, notre groupe digne d'une équipe de foot ne passe pas inaperçu. Et bien sûr, la conversation s'éternise. Maman me demande pour la cinquantième fois si je suis sûre de n'avoir rien oublié à la maison et Kayla a décrété qu'elle ne partira pas sans avoir mangé un dernier croissant made in France.

— Je vais t'en chercher un, se propose Matthew en avisant une enseigne de boulangerie.

— C'est bien ce que je dis, vous faites tout pour qu'on rate l'avion ! je rouspète.

Mais personne ne m'entend, car Jacotte vient de découvrir un stand qui propose des bavoirs personnalisés pour les bébés.

— Regardez comme c'est charmant ! s'extasie-t-elle. Si tu daignais nous donner le prénom, Léna, on pourrait en prendre un.

— Ou alors un jouet, suggère Albane. J'en ai vu dans une boutique, à l'entrée, ça vous dit d'aller jeter un œil ?

— Non, pas maintenant. Notre avion décolle dans une heure, nous devons partir.

Par chance, Matthew réapparaît avec le croissant de Kayla.

— Ah ! Enfin ! je souffle, soulagée.

— Tu parais pressée de commencer ta nouvelle vie à mes côtés, s'enthousiasme-t-il.

— Détrompe-toi, c'est juste que j'ai toujours rêvé de voyager en première classe sur un long courrier, dis-je en faisant référence au billet qu'il a pu m'obtenir à la dernière minute, afin que je puisse rester avec lui durant le vol.

Il me donne un baiser sur le front.

— Je savais que tu m'épousais pour mon argent, ricane-t-il.

Merlin, qui fait lui aussi partie de cette petite virée familiale, décide alors de recommencer ses âneries en se mettant à tirer sur sa laisse.

— Merlin, ça suffit ! Stop ! se fâche ma mère.

Je regarde autour de moi, cherchant la raison de son agitation.

— Qu'est-ce qui lui prend ?

— Encore une avalanche ? plaisante Albane.

Merlin file finalement se coucher aux pieds de Léna. La tête reposant sur ses pattes avant, il la fixe avec des yeux de merlan frit.

— OK, Super Toutou voulait juste un câlin, déclare-t-elle, perplexe.

— Bien, réplique Matthew, il est l'heure pour nous de vous laisser.

*Alléluia !*

Malgré ma hâte de rentrer à New York, c'est avec les larmes aux yeux que j'embrasse ma famille. Je répète à Albane combien je suis fière du chemin qu'elle a parcouru en si peu de temps, et lui promets que nous nous reverrons au printemps.

— Et puis, je compte sur toi pour être mon témoin de mariage. Tu as intérêt à rappliquer à Manhattan dès que possible. On va s'en graver plein le cœur, des nouveaux souvenirs.

— Va-t'en, tu vas me faire pleurer, répond-elle en reniflant.

— Chloé, on t'attend, me murmure Matthew.

Je le laisse m'entraîner, apaisée par toutes ces belles perspectives qui s'offrent à nous.

Puis Merlin aboie et un cri retentit.

— Oh, mon Dieu ! Je vais accoucher !

Nous pivotons en reconnaissant la voix de Léna. Effarée, je constate qu'une flaque s'est formée à ses pieds. Jacotte s'affaire auprès d'elle pour la soutenir, tandis que le chien lui tourne autour.

— Elle s'est fait pipi dessus, Léna ? demande Victoria avec toute l'innocence de son enfance.

— C'est soit ça, soit son bébé qui arrive, répond calmement Albane. Je pencherais plutôt pour la deuxième hypothèse.

Je ris en entendant la réflexion suivante de ma nièce :

— Dis donc, il a fait pipi très fort, son bébé !

— Il lui faut un médecin ! s'affole quelqu'un.

Léna siffle entre ses dents :

— Je voudrais surtout qu'on prévienne mon mari.

— Laissez-lui de l'air ! intervient Rémi. Je suis pompier.

Il échange quelques mots avec un homme de la sécurité, et prend Léna dans ses bras pour la conduire dans un endroit plus isolé.

— Il y a un hôpital près d'ici, m'informe ma mère. Ils vont emmener Léna.

— Est-ce que vous voulez qu'on vienne avec vous ?

— Non, ça peut prendre des heures, pour un premier enfant. Vous allez rater votre vol. Filez, on vous tiendra au courant !

Je la regarde s'éloigner avec les autres, dans un empressement qui en est presque comique. Matthew se retourne vers moi.

— C'est toujours aussi mouvementé, les fêtes de fin d'année, chez vous ? me demande-t-il dans un rictus amusé.

— Eh bien… La plupart du temps, oui.

— C'est absolument parfait.

— Ça ne t'effraie pas un peu, quand même ?

Un sourire flotte sur ses lèvres.

— Au contraire, mon amour, ça me conforte dans l'idée que j'ai bien fait de te choisir pour toujours.

— Seulement pour toujours ?

Le fauteuil de Kayla fait entendre un cliquètement.

— Bon, quand vous aurez fini de roucouler, on pourra peut-être y aller ? se moque-t-elle.

J'éclate de rire, emplie d'émotion et de gratitude envers la vie pour tout ce qu'elle m'a apporté ces dernières semaines en plaçant de merveilleux êtres humains sur mon chemin. Albane, Matthew, Jacotte, Léna, mes parents, Valentine, Rémi, Kayla, Jules, Violette, Lulu, Clément, Théo, Christian. Sans toutes ces belles personnes, le monde serait bien moins coloré. Plus confiante que jamais en l'avenir, je glisse ma main dans celle de Matthew.

— C'est parti ! En route pour le prochain chapitre de notre histoire !

# Note de l'autrice

Situer un roman après 2020 constitue un exercice qui n'est pas des plus aisés. Si j'ai évoqué la crise de la Covid-19 de façon succincte au début de l'intrigue, j'ai ensuite volontairement omis de parler de masques et autres passes sanitaires. On pourra me reprocher de n'avoir pas collé à la réalité, j'ai préféré que ce roman reste avant tout un moyen de s'évader et de s'échapper un peu du quotidien. Nous en avons tous besoin. J'espère que vous ne m'en tiendrez pas rigueur et que ce point ne vous empêchera pas d'apprécier votre lecture. J'ai pris un très grand plaisir à retrouver les habitants de Vallenot et à leur concocter de nouvelles aventures.

À ce sujet, je sais déjà que vous risquez de me demander pourquoi je n'ai pas développé davantage les personnages de Théo et Emeline. La réponse est simple : j'ai très envie de leur consacrer un futur tome de cette saga hivernale. Ils ont beaucoup de choses à vous confier, beaucoup d'émotions à vous transmettre. Je les laisse me souffler leur parcours de vie avant de leur bâtir à chacun une histoire de papier.

D'ici là, je vous souhaite à toutes et à tous un très joyeux Noël !

# Remerciements

Tout d'abord, chères lectrices, chers lecteurs, c'est vers vous que vont mes premières pensées. Les nombreux messages que vous m'avez envoyés l'année dernière pour me dire que les habitants de Vallenot vous manquaient m'ont fait extrêmement plaisir. Savoir qu'ils ont su se frayer un chemin dans votre cœur et que certains d'entre vous les considèrent presque comme des membres de leur famille est un sentiment très gratifiant : cela signifie que j'ai réussi à vous embarquer dans ce petit village qui me tient tant à cœur et à vous faire profiter de la magie de Noël en compagnie de ces personnages qui vous sont devenus familiers, au fil des ans. Pour cela, mille mercis ! J'espère que ce quatrième opus vous aura autant enchanté que les précédents !

Merci infiniment aux équipes de ma maison d'édition pour leur confiance renouvelée : à Karine Bailly de Robien et ses yeux de merlan frit (qui ne sont pas l'apanage de Merlin !) le jour où elle m'a demandé si j'allais écrire une nouvelle comédie de Noël, à Pierre-Benoît de Veron, prêt à me suivre dans n'importe quel projet, à Laury-Anne Frut (team Matthew) et à Christine Cameau (team Merlin) pour leur enthousiasme et leur sens du détail.

Merci du fond du cœur à Alice Bercker, qui a accepté de chambouler tout notre planning. Certains d'entre vous le savent, ce roman est très particulier pour moi puisque mon frère est décédé durant l'écriture. Autant vous dire qu'il n'a pas été évident de m'y remettre, surtout que je m'apprêtais alors à écrire la scène forte entre Albane et Chloé. J'ai cette incroyable chance de travailler avec des personnes très humaines, qui m'ont laissé le temps nécessaire pour terminer cette histoire. Je savais déjà que vous étiez une équipe en or, mais votre soutien, vos mails et vos appels m'ont véritablement touchée.

Merci également à « Magic » Stefania Zuin, qui a eu la patience de me suivre durant presque tous mes déplacements à travers la France (et de subir les nombreux couacs ferroviaires que j'ai tendance à attirer), à Caroline Obringer, Valentine Baud, Virginie Lancia, Laure Paradis et Emeline Loysier pour tout ce travail d'accompagnement auprès des libraires et des médias.

Merci aux lectrices Charleston, aux blogueurs et blogueuses, à toute cette belle communauté avec laquelle j'aime échanger sur les réseaux sociaux, et aux représentants de Dilisco, qui parlent si bien de mes romans dans les librairies.

Et puisque j'évoque les libraires, je ne peux pas ne pas vous remercier pour votre indéfectible soutien : Sandrine Dantard, Olivier Augier, Coralie Chevillon, Corine Gabriele, Delphine Menez, Brigitte Gharbi, Lydie Zannini, Julie Vandamme, Madleen Renault,

Lionel Cartier, Emmanuelle Grignon, Damien Lisabois et tant d'autres ! Merci de mettre mes livres en avant et de les conseiller avec tant d'entrain !

Merci à mes deux super bêta-lecteurs, Stan et Clara, pour vos remarques, votre impatience à connaître la suite, nos discussions qui partent dans tous les sens. Je n'ai qu'un mot : VKH !

Pour ses précieuses reparties, merci à Jen, qui se reconnaîtra, et à qui l'on doit, entre autres, le concept du « mental de dogue dans un corps de chihuahua ». Je t'avais dit qu'un jour tu finirais citée dans l'un de mes romans !

Enfin, un remerciement tout spécial à vous tous, qui avez été présents au cours de ces semaines difficiles : mes collègues de plume, mes amis. Et bien sûr : à Steeve, Armaël, mon père, ma grand-mère, Pascaline, Frédéric, Julie, Solène, Christopher, Josiane, Cyril, Stéphanie, Marie-Laure et mes autres cousins trop nombreux pour être cités. Avec vous, le mot « famille » prend tout son sens, dans les épreuves comme dans les moments de joie.C'est aussi l'un des messages que j'ai tenu à faire passer à travers ce roman en abordant des thèmes qui me sont chers : les liens d'une fratrie, la solidarité, la bienveillance et la générosité. Puissent ces valeurs vous inspirer et réveiller la Amélie Poulain qui sommeille, j'en suis sûre, en chacun d'entre vous (évitez tout de même de dérober des nains de jardin). ☺

Bonne lecture à vous tous, et à très bientôt pour de nouvelles aventures de papier !

Clarisse

## DE LA MÊME AUTRICE

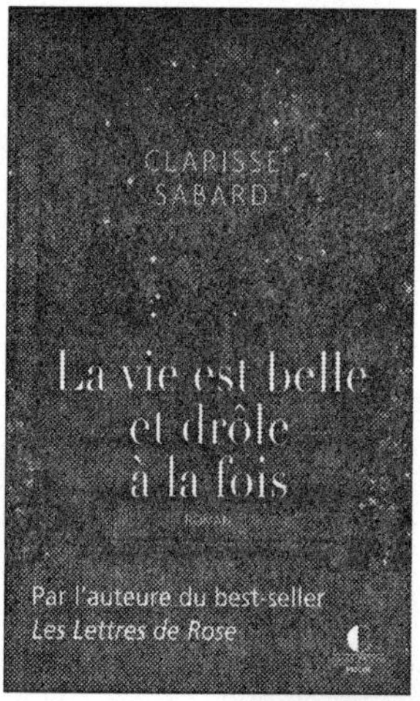

Dans le petit village de Vallenot, les fêtes de fin d'année sont toujours mouvementées ! Secrets de famille et révélations inattendues s'enchaînent pour des personnages hauts en couleur, au cœur d'une ambiance de Noël irrésistible !

Lola a été adoptée à l'âge de trois mois. Près de trente ans plus tard, elle travaille dans le salon de thé de ses parents en attendant de trouver enfin le métier de ses rêves : libraire.
Sa vie va basculer lorsqu'elle apprend que sa grand-mère biologique, qui vient de décéder, lui a légué un étrange héritage : une maison et son histoire dans le petit village d'Aubéry, à travers des lettres et des objets lui apprenant ses origines.
Mais tous les habitants ne voient pas d'un bon œil cette étrangère, notamment Vincent, son cousin. Et il y a également le beau Jim, qui éveille en elle plus de sentiments qu'elle ne le voudrait…
Réveiller les secrets du passé lui permettra-t-il de se tourner vers son avenir ?

512 pages - 8,90 €

Zoé, trente ans, voit sa vie basculer lorsque ses parents ont un grave accident de moto. Son père décède sur le coup, sa mère est trop grièvement blessée pour espérer survivre, mais encore assez lucide pour parler.
Elle va révéler à Zoé que l'homme qui l'a élevée n'est pas son véritable père. Elle lui donne un seul indice pour retrouver son père biologique : « La Plage de la mariée. »
Après quatre mois de déni, Zoé part à la recherche de la vérité. Elle atterrit en Bretagne et se fait embaucher dans une « cupcakerie » tenue par une ancienne psychologue franco-américaine, Alice. Dans ce salon de thé, plusieurs personnages se croisent et voient leurs destins se mêler, tandis que Zoé tente de comprendre pourquoi sa mère lui a menti durant toutes ces années.

560 pages - 8,90 €

1910. La jeune Agathe, repasseuse, fait la connaissance de la Belle Otero, célèbre danseuse, dans la villa dans laquelle elle est employée. Une rencontre qui va bouleverser sa vie, deux destins liés à jamais par le poids d'un secret.
Un siècle plus tard, Faustine, journaliste qui se remet tout juste d'une dépression, se rend dans l'arrière-pays niçois afin d'écrire un article sur la Belle-Époque. Sa grand-tante va lui révéler l'histoire d'Agathe, leur aïeule hors du commun. En plongeant dans les secrets de sa famille, la jeune femme va remettre en question son avenir. Et la présence du ténébreux mais très secret Sébastien y est également pour quelque chose…

528 pages - 8,90 €

Cet ouvrage a été imprimé en utilisant des papiers composés de fibres naturelles, renouvelables, recyclables et fabriquées à partir de bois issus de forêts qui adoptent un système d'aménagement durable. En outre, les fournisseurs de papier s'inscrivent dans une démarche de certification environnementale reconnue.

Achevé d'imprimer en septembre 2022
par CPI Bussière
À Saint-Amand-Montrond (18)
Dépôt légal : octobre 2022
N° d'impression : 2065662
Imprimé en France